本书得到"厦门大学繁荣哲学社会科学专项资金"资助

美国学院文学批评再反思：从梭罗到萨义德

周郁蓓 著

外国文学研究丛书

图书在版编目(CIP)数据

美国学院文学批评再反思:从梭罗到萨义德/周郁蓓著.
—厦门:厦门大学出版社,2014.12
ISBN 978-7-5615-5407-4

Ⅰ.①美… Ⅱ.①周… Ⅲ.①文学评论-美国-近现代
Ⅳ.①I712.065

中国版本图书馆 CIP 数据核字(2015)第 019063 号

官方合作网络销售商:

厦门大学出版社出版发行

(地址:厦门市软件园二期望海路 39 号　邮编:361008)
总 编 办 电 话:0592-2182177　传真:0592-2181253
营销中心电话:0592-2184458　传真:0592-2181365
网址:http://www.xmupress.com
邮箱:xmup @ xmupress.com

厦门市明亮彩印有限公司印刷

2014 年 12 月第 1 版　2014 年 12 月第 1 次印刷
开本:889×1194　1/32　印张:7　插页:2
字数:160 千字
定价:35.00 元

本书如有印装质量问题请直接寄承印厂调换

目 录

绪论 …………………………………………………………… 1

第一章　梭罗的道德观 ……………………………………… 10

第二章　通才与专才之争:学院文学批评的平庸化 ………… 99

第三章　从劳伦斯看美国文学批评:学院文学批评的工具化
　　　　………………………………………………………… 126

第四章　萨义德的民主批评:梭罗的回归? ………………… 157

参考文献 ……………………………………………………… 211

绪 论

本书不是一本单纯的理论著作，也不是对美国文学批评全面而综合的历史叙述或介绍性研究。本书的主题是美国文学批评，或美国学院文学批评。但本书采取以点见面的方式阐述美国文学批评的得与失。这些点包括梭罗的《瓦尔登湖》、通才与专才之争、美国文学批评与劳伦斯的《美国经典文学研究》、萨义德的人文批评观等。很显然，梭罗批评不属于任何范畴、任何定义上的美国文学批评。这些点之间似乎也不存在明显的关联性。甚至美国文学批评也具有模糊性，既可指关于美国文学的批评，又可指美国的文学批评。正因为如此，本书用"另一只眼"看美国文学批评。在"另一只眼"的视角中，这些看似并不关联的点，不仅有了关联，还可互相说明、互相评价。在"另一只眼"的视角中，美国文学批评的两个意义可同时存在，关于美国文学的批评就存在于美国的文学批评之中，后者所具有的特征在很大程度上也是前者所具有的特征。这些关联和关系并不仅仅存在于章节之间，也存在于每章之中，因为本书用"另一只眼"所关注到的是文学批评的思想特征、方法特征、语言特征和道德内涵。尽管本书所指的文学批评为学院文学批评，但本书不是一部论述方法论的著作。

本书的主旨是美国文学批评的思想特征、方法特征、语言特征以及道德特征。但这些并非毫无瓜葛，道德动机在一定程度上决定了思想特征、方法特征和语言特征，后者也在一定程度上反映道德意志、影响道德意志、代表道德意图、甚至决定道德意图。

　　本书如若以方法论为出发点，就不可能把梭罗作为研究对象。从文学批评的字面意义和规定意义而言，梭罗的《瓦尔登湖》肯定不是美国文学批评著作。但当观察的视角超越了字面意义和规定意义时，梭罗和美国文学批评之间千丝万缕的联系便显现出来。一方面，从20世纪初梭罗的作品成为美国经典作品以来，梭罗一直是备受美国文学批评界关注的美国作家之一。梭罗的代表作如《瓦尔登湖》等，因为具有反类别特征，既是以特立独行而表征了美国自由的美国作品，又是以独树一帜而挑战了既有文学观的美国作品。因此，梭罗首先以美国文学批评研究对象的身份与美国文学批评产生了必不可少的关系。另一方面，梭罗是美国文化和思想史上最为独特的一章，他并不是美国实用主义哲学的开拓者，却既表达了美国反叛权威的革命价值观和追求自由的民主价值观，又表达了与美国的物质利益观和工具价值观截然不同的精神价值观。既然美国文学批评是美国思想文化的行为者、阐释者和代言者，代表了美国思想文化的行为方式和行为动机，也不断成为其他美国文化阐释者的语境，美国文学批评便间接地与梭罗构成了必不可少的关系。此外，在《瓦尔登湖》中，梭罗将自己定位为认知者、阐释者和写作者——认知和阐释自我、他人以及自然，从这个意义上讲，《瓦尔登湖》本身就是一部比喻意义上的文学批评之作。本书之所以以梭罗为起始，皆因为梭罗与美国文学批评这种无可剥离的复杂关系。由此，本书所思考和回答的问题便包括：梭罗的《瓦尔登湖》究竟针对怎样的美国现实？梭罗对美国思想文化中的哪些价值观做了既借用又转义式的批判和传承？梭罗对它们既借用又转义的

绪 论

原因是什么？梭罗将这些价值观转义为了怎样的价值观？梭罗如何为认知这种价值观构建了一个有益的语境？梭罗通过怎样的行为与语言实践阐释了这样的价值观？梭罗践行自己价值观的最终动机是什么？

通过对所有这些问题的探索，本书旨在阐明梭罗在《瓦尔登湖》中作为一个阐释者、阅读者、写作者和生活者的四重实践，阐明梭罗如何将四种实践汇聚在同时关照自我、关照邻人、关照自然的认知观和道德观中，汇聚在毫无功利、毫无物欲的精神性动机和劝谕动机中。他在这自然的语境中进行阅读、写作和生活的过程，是认知和实践的过程。而这个认知和实践的过程由于没有重复自我中心主义的逻辑，也没有重蹈工具理性主义的覆辙，因此成功赋予了挪借于美国政治的自由、民主和幸福等概念以道德含义和道德动机。由于梭罗的角色和行为同样是阐释、阅读和写作，梭罗还通过回归自然的生活，剥去了阐释、阅读和写作的惯常意义和体制意义。梭罗的《瓦尔登湖》对 20 世纪中期以来的学者构成了极大的挑战。后者的学术性批评与《瓦尔登湖》的距离并非时间上的距离，而是道德和精神境界上的距离，是动机上的距离。因此，当学者们试图将梭罗格式化，并以此为基础贬低或赞扬梭罗时，梭罗与美国文学批评之间便构成了切实的反讽关系。本书的第一章从美国文学批评对梭罗的接受方式说起，正是要凸显这样一种关系。但本书并不打算以阐述这种关系的方式贯穿美国文学批评的主题，而是选择以阐述和分析梭罗的《瓦尔登湖》的方式，将梭罗留在前景之中，将美国文学批评的主题留在后景之中，打破时间框架，让后景中的美国文学批评，即研究梭罗的美国文学批评，成为梭罗认知和实践起始的场景，成为梭罗逐渐离开从而走向另一个场景，即自然场景的场景，也成为梭罗最终回来进行劝谕的场景。但是，这个后景中并不只有当代梭罗批评。本书从当代梭罗批评起始后，采用了一个从当代逆回到梭罗时代的美国的轨迹。那么，在这个后景中，就不仅有当代梭罗批评，也有梭罗时代的美国。将两者置于同一个后景中的目的，是要展示两者的共性，是要使这个后景更加庞大，并利用这个后景。如果说《瓦尔登湖》起始于对同时代思想文化的批判性和解决性解读，那么它便合情合理地是当代梭罗批评的批判性和解决性解读。

但从时间上而言，本书是以议论当代梭罗批评开始的，对美国思想文化的讨论发生在这之后，在对梭罗的细解之前。顺序的倒置表明，当代梭罗批评的问题已经暗含在了梭罗同时代的美国思想文化之中。如此，梭罗与美国思想文化的断裂至今未能修复。梭罗是19世纪美国思想史和文学史上的一个高峰：作为一个自由思想者，同时也是一个身体力行者，梭罗在美国思想史上前无古人，后无来者；作为一个遵循自由模式的写作者，在美国文学史上同样前无古人，后无来者；而断裂使得梭罗的重要性愈发显要。为了彰显梭罗的重要性，或者说已经缺失了的重要性，本书并不遵循章节之间需保持平衡的原则，而是给予了梭罗以最大的篇幅。与第一章乃至第四章相比，中间两章相对短小。本书拟通过这种短小，让美国文学批评与梭罗形成反差，也让美国文学批评自身的产量与其产品的价值形成反差。

由于当代梭罗批评并非出自梭罗，而是出自19世纪的美国思想文化，本书选择了两个主题代表19世纪的美国思想文化逐渐发展至当代梭罗批评的过程，即通才与专才之争、美国文学批评的国族动因和学科动因。以此为题的两章和第四章的主体，都曾在学术刊物上发表。本书对三篇原文都做了相应的补充和修改。第四章对原文有较大篇幅的补充和修改。第一章直接跨过了梭罗和当代批评之间的时间间距，并将时间顺序倒转过来，让梭罗成为对当代批评的点评，因为历史的前行并不意味着所有意义上的进步。但是，在第一章到第四章之间，本书仍然因循了时间顺序，除旨在勾勒美国文学批评的发展过程外，也拟思考以下问题：当本应持存的东西被人以人为的方式逐步卑微化，乃至最终接近消解时，当重拾这些东西的艰难显而易见时，重拾是否可能？怎样重拾？第二章对美国文学批评学科化之后出现的第一波论争也即通才与专才的论争做了评述与分析。从表面上看，通才学者们反对文学批评专业化、帮助大众学会和享受阅读的理由，与梭罗的理念有几分相仿，但通才学者们不断在学院和媒体之间周旋，最终从学院走向媒体。这一事实表明，他们的理念是梭罗所批判的美国思想文化本质和行为的延续，他们已经比梭罗在《瓦尔登湖》中嘲讽的哲学教授更加平庸。

  第三章阐述了在美国文学批评走上专业化道路后一直赋予其价值、促进其发展的两个重要动因：国族动因和学科动因。但这一章并不对这两个动因进行纯理论阐述，而是同样采用了以文本分析为主、以理论分析为辅的方法，对20世纪中期前后美国文学批评的著名论著进行解读，以期彰显其背后的两个动因。另外，这一章并不就美国文学批评而论美国文学批评，或者由某个理论预设出发而分析美国文学批评，而是从劳伦斯的《美国经典文学研究》一书入手展开讨论。劳伦斯的《美国经典文学研究》并不是一部学术著作，也不是一部立意宏大的巨著，只是一本抒发个人感受、表达个人愿望、充满灵感和情绪的书。但美国文学批评却自愿成为了这本小书的受启者，借这本小书的灵感成就了一批重要的美国文学批评论著。在《美国经典文学研究》

中,美国主题只是劳伦斯表达自我的媒介,因此,贯穿全书的主线——美国双重性,在很大程度上并不能被视为是对美国现实的写实描写。但是,恰恰是这种美国双重性成为了美国文学批评反复演绎的母题。不仅如此,美国文学研究者们还通过相互对话、相互补充、相互解释、相互作为场景的方式,以这个母题为主导逐渐形成了服务于这个母题的体制化批评思路、批评方法和批评语言。这个过程满足了美国文学批评在美国文学中寻找国族价值,并通过将其体制化和方法化的方式,满足了文学批评作为一门大学研究型学科必须具有实用价值和专业价值的双重要求。劳伦斯以小见长的著作与美国文学批评形成了三个反差:小书的"小"与批评论著的"众"之间的反差,小书的随性和个性与批评论著的千篇一律之间的反差,小说的欧洲背景与批评论著所坚持的美国性之间的反差。这个由小而大的过程,与梭罗由大而小的道德认知过程截然相反,是"消散型回应",也是一种"狂热型回应"。前者满足于抓住任何可用机会而大做文章,后者则将一个动机术语强加于所有。① 本书由劳伦斯出发,展现了这样一个事实:所取用的源头、所言说的对象,并不等于取用者的动机,就像梭罗的思想不是梭罗批评的动机一样。当然,劳伦斯的《美国经典文学研究》之所以可以被美国文学批评所取用,是因为劳伦斯的著作中显而易见的自我表达本质,劳伦斯的英国著名作家身份,可以转而服务于美国文学批评最为根本但却秘而不宣的动机:一种基于先天不足(作为研究型学科、作为美国文学的研究者)的自卑感之上的、基于作为美国人的自豪感

---

① Burke, Kenneth. *A Grammar of Motives*. Berkeley: University of California Press,1969. 442.

之上的本我满足与自我确证。当然，美国文学批评的自我，已经是劳伦斯自我的扭曲和滥用，是用工具理性强化了的自我。而美国文学批评从劳伦斯处寻得的但不愿承认的最深层次的东西，是欧洲父亲的庇护和肯定，一种对自我的间接弘扬。

第四章之所以以萨义德为题，是因为萨义德以另类的方式，对国族、学科以及自我的主题进行了转义性和反讽性延伸，同时还因为萨义德与梭罗一样，也是一个有着主流和边缘双重身份的美国人，是一个既被褒又被贬的学者。本书不是对萨义德后殖民主义理论的研究，也不从后殖民主义视角研究萨义德。相反，萨义德对后殖民主义研究的嘲讽，是本书的切入点。从这一切入点起始，本书拟显现后殖民主义研究或萨义德研究与当代梭罗研究的共性。在第三章中，本书已经阐明，美国文学批评体制不断庞大，约束性不断加强，文献体系不断膨胀，自我对话性要求不断严苛，声称有目的但实际无目的，声称有价值但实际无价值的现象也愈发严重。所有这些结果，早已包含在梭罗所批判过的19世纪的美国文化之中，而且是后者的延续、发展和巩固。因此，梭罗便不仅对当代梭罗批评构成了反讽，也对萨义德研究构成了反讽，或者说对当代文学批评构成了反讽。但是，本书借萨义德一章所提出的问题是，在当代的学术场景中研究和写作，像梭罗那样走入自然的可能性愈发微乎其微，那么，到底这种可能性还存在否？实现这种可能性是否可能？实现的方法是什么？这些问题实际上就是萨义德在《起始》中所提出、探讨和尝试解决的问题。如果说梭罗所做、所言因其普遍性意义而适用于讨论当代学术问题的话，那么萨义德则是典型的时代产物，他所针对的也是演进到20世纪后半期时的典型学术困境。因此，萨义德通过提出起始的问题而尝试突破此困境的方法，对于具有道德意识的学者而言便具有了较为重要的参考意义。

梭罗所批判了的现象在当代批评中演变到了极端。对于大多数批评而言,文本到底说了什么、到底用了怎样的方法来说、为了达到怎样的目的、具有怎样的起始动机,其实无关紧要。具有至高重要性的是自我,是预设,是证明自我,证明预设。文本在批评者的自我和规定的方法与思路面前往往退居其次。由于有自我作祟,层层预设其实并非由原初的思想家本人所设置或建构而成,而是思想家们的学院追随者们所为。为此,就像梭罗回到自然一样,萨义德的《东方学》抛开所有中介和对话,直接与现象的源头即"东方学"的原文本接触,《起始》则直接回到最有影响力的思想家的文本本身,从思想家处寻找起始之意义、起始之动机和起始之方法。《东方学》之所以成功,是因为萨义德对起始有了正确的认识。《东方学》是对起始的实验性尝试。为此,对于文学批评家而言,萨义德的真正重要性,并不在于他关于东方学的认识本身,而在于他与梭罗入乎其内、出乎其外的写作和生活具有共性的批评方法、批评主题和写作形式以及其中所包含的意义和意图。

本书在讨论萨义德时,同样做了一个打破时间顺序的安排,将对《东方学》的讨论置于对《起始》的讨论之前。这样做的原因有两个。其一,同梭罗与当代梭罗批评的关系一样,萨义德也与萨义德研究构成了一个反讽关系。这一章以萨义德研究起始,除彰显这种关系之外,还拟通过对《东方学》的分析,展现萨义德所揭示的真相:东方学著作的动机、目的、方法和语言背后的思维方式、思想原因,与萨义德研究如出一辙;萨义德研究不是萨义德《东方学》的延续或扩展,而是东方学的延续。萨义德与其他研究者的最大不同,便是他在认识到东方学思维误区和思想误区,认识到由此所导致的方法误区和语言困境时,选择用决不重复这些误区的方式来研究、写作和阐述。当这些关系和事实较为明晰时,起始的重要性便凸显出来。其二,本书通过先看结果和事实、后究原因的方式,重复萨义德在《起始》中打破时间顺序时所表现出来的道德自律性:萨义德将维科置于最后一章讨论。这种安排让思考回逆,其目的是让自己在此过程中强化有关起始和结果的意识。萨义德的所有著作都表明,批评的动机和目的决定批评的方法和语言,起始是否成功,关键在于动机中有无道德性和责任性。本书所要考量的正是包含了道德动机的批评方法和批评语言。如果说梭罗的写作方法、写作语言和生活方式都是对一种道德动机的贯彻,因而表达着独特意义的话,那么,批评方法和批评语言同样应该如此。但是,萨义德毕竟不是梭罗,因为已经不再有自然供他回归。他的局限之处有待读者点评。本书归根结底是一本关于道德的书。

第一章 梭罗的道德观

梭罗的著作素以难以归类、难以摘要著称。从《在康科德与梅里马克河上的一周》到《瓦尔登湖》再到《论公民的不服从》,从体裁到风格再到主题,莫不如此。梭罗坚信,最优秀的艺术作品,无不"表现人将自己从[工具的工具]状态中解放出来的奋斗历程"。① 以此标准衡量,难以归类和难以摘要恰是优秀作品的必备品质。然而,20世纪中期以来,美国的主流梭罗研究,却常与梭罗的信念相悖而行,不仅变自身为方法和概念之工具,也将不拘一格的梭罗变成了学术工具之工具。学者笔下的梭罗形象,先是从20世纪60年代前后的个人主义者、自由主义者、浪

---

① Thoreau, Henry David. *Walden and Resistance to Civil Disobedience*. New York: W. W. Norton & Company, 1992. 25. 后文出自同一著作的引文,将随文在括号内标出引文出处页码,不再另行作注。

漫主义者或无政府主义者,①变成了 70 年代的道德楷模。② 80 年代开始,梭罗又成为后现代理论追捧者的宠儿,成为当代批评提取理论同位元素的有效材料。此时的梭罗,挪用大众文化,戏仿商业话语,表演语言狂欢,③著就了一部催人向上的劝谕书,一部将企业精神和浪漫主义相结合的政治科学著作,一场表演良心的政治盛宴。④

表面呈繁荣和多元之势的美国主流梭罗研究,在一定程度

---

① 如 Morton White 和 Lucia White 将梭罗视为辱没乡村生活、远离社会关系的消极抵抗者。见两人的论著:*The Intellectual Versus the City:From Thomas Jefferson to Frank Lloyd Wright* (New York:New American Library,1962. 41.)。Sherman Paul 的 *The Shores of America* (Urbana:University of Illinois Press,1958)将梭罗定义为个人主义者,Richard Drinnon 则认为梭罗是无政府主义者,见 Thoreau's Politics of the Upright Man. *Massachusetts Review* 3(1962):126-38.

② 如 Bob Pepperman Taylor 在 *America's Bachelor Uncle:Thoreau and the American Polity* 中指出,梭罗以反资本主义姿态示人,而其主题却是道德改革。Stanley Cavell 则将《瓦尔登湖》视为美国的俗世圣经。见 *The Senses of Walden:An Expanded Edition*. Chicago:The University of Chicago Press. 1981.

③ Malini Schueller 运用巴赫金的理论解读梭罗,见"Carnival Rhetoric and Extra-Vagance in Thoreau's Waldern." *American Literature* 58. 1(1986):33-45.

④ Brian Walker 在"Thoreau's Alternative Economics:Work, Liberty, and Democratic Cultivation"中指出,《瓦尔登湖》是一部面向普通劳动者并探讨其在为生计而老的同时获得自由之策略的劝谕书,该文载于 *The American Political Science Review*,92. 4(1998):845-56. Philip Abbott 认为,《瓦尔登湖》"既净化又信奉资产阶级价值观","将拥有权所带来的自傲与原始生活的传奇结合起来",见"Henry David Thoreau, the State of Nature, and the Redemption of Liberalism."*The Journal of Politics* 47. 1(1985):184,197. 最后一个主题参见 Turner, Jack. "Performing Conscience:Thoreau, Political Action,and the Plea for John Brown." *Political Theory* 33. 4(2005):448-71.

上,是单一"公理体系"的反复演绎:一方面用该体系满足方法论需要、说明批评整体的合理性,另一方面又由该体系衍生出无需论证、不言自明的"参照体系"。① 主流梭罗批评因此而呈现出两个悖论:批评与批评对象之间的悖论;方法、概念、理路等的同一性和同质性与其所论证的自由、戏仿、狂欢等主题的特异性和异质性之间的悖论。当代主流梭罗批评的误区,可以说是列奥·施特劳斯所说的由历史主义、科学主义和技术主义所导致的极端相对主义之谬,②也可以说是海登·怀特所说的将模拟现实钦定为所有话语之标准的话语理念之误,或者可以说是拉塞尔·雅各比所说的真正的激进主义和乌托邦理想的丧失。相对主义既以真理的不再为前提,也导致真理的不再,陷学术于无良目标的道德危机之中。话语理念之误,如怀特所释,陷话语者于概念或体制的操控之中,使之无法企及既处于诠释状态又处于"前诠释"状态、既批评他者又批评自我的认知道德境界,无法"在关乎诠释之本质的同时关乎主题,使主题成为自身构建行为的显性契机"。③ 乌托邦理想的丧失使得政治和学术都将激进主义化约为了手段和方法,既不能超越市场主义,也不能迈出政治提案式的公民参与,造就了鼠目寸光的知识分子。④ 主流梭

---

① 可见 Adorno,Theodor W. *Notes to Literature*. Vol. 1,Trans. Shierry Weber Nicholsen. Shanghai:Shanghai Foreign Language Education Press,2009. 15-16.

② 参见 Strauss,Leo. *What Is Political Philosophy and Other Studies*. Chicago:The University of Chicago Press,1959.

③ White,Hayden. *Tropics of Discourse*. Baltimore:The Johns Hopkins University White,Hayden. Press,1978. 4.

④ 拉塞尔·雅各比:《乌托邦之死》,姚建彬译,北京:新星出版社 2007 年版,第 41 页。

第一章 梭罗的道德观

罗批评,就像爱德华·凯西所说的被"实证主义、新实证主义、维根斯坦、奥斯汀"哲学或"存在主义、现象学、结构主义、后结构主义、海德格尔、德里达"等概念所取代了的美国哲学一样,让探求思想的智识生活,同化为维护和维持人所设定的认知方式和制度标准的工具。① 表面上看,主流梭罗批评的误区,似乎是技术和方法的误区。但是,当批评自身既是批评的终极目标,又是其存在的合理性时,换言之,当批评以无理性基础的职业信仰证明方法的理性主义,以无现实依托的职业化思想论说现实时,技术和方法上的误区在本质上就是智识被奴役、美学意识被剥夺的"集体道德怯懦",②也使梭罗研究成为自身研究对象也即梭罗的嘲讽对象。

这样的道德怯懦,常使梭罗在被冠以"美国思想之代表"的同时,又被排斥在正统的美国思想谱系之外。例如,在研究美国实用主义思想谱系时,康乃尔·韦斯特对美国实用主义思想家作了如下定义:"规避"欧洲认识论,"挑战学科分类",以"处于困惑之中的老百姓"为言说对象,"将知识寄托于力量、传统于创造、授业于激励、社群于个人、现实问题于乌托邦可能性",让美国哲学成为"知识分子对独特的社会和文化危机所做出的回应",成为"一种文化批评形式"。照此逻辑判断,梭罗当是最具

---

① Casey, Edward. Foreword. *The Primal Roots of American Philosophy*. By Bruce Wilshire. University Park:The Pennsylvania State University Press,2000. ix-x,p. ix.

② Mary Poovey 在"Beyond the Current Impasse in Literary Studies"一文中用该词描述当代批评之现状。该文载于 *American Literary History* 11.2(1999):356。梭罗也用"道德怯懦(cowardice)"一词指新英格兰大众的智识和道德状况。见 Carl Bode ed. *Selected Journals of Henry David Thoreau*. New York:The New American Library,1967. 284. 1858 年 11 月 6 日日记。

代表性的美国思想家了。但是,由于韦斯特对美国思想家的分析并不"规避"也无意规避概念构成的重重藩篱以及后现代权力、文化和历史等视角所构成的逻辑桎梏,"规避"欧洲哲学的爱默生,在韦斯特的著作中,便不得不变身为一个准种族主义者,"既不是一个自由主义者,也不是保守主义者,当然更不是社会主义者或公民共和主义者,而是一个小资产阶级自由论者,不时还带着些许无政府主义倾向,带有些许有限但却是真诚的民主情感"。① 这种既宣扬"规避"又将其等同于无政府主义或术业无专攻的悖论,表面上源于概念藩篱和技术误区,实质上是源于两者背后真诚性的缺乏以及对真诚性的盲视。比爱默生更善于"规避"的梭罗无缘于韦斯特的实用主义思想谱系,原因便不言自明了。"规避"或许是爱默生和梭罗最为显著的共性特征。但他们所规避的,不仅是欧洲哲学,而且是隐藏在韦斯特所说的市场、种族等现象背后,隐藏在韦斯特身后的美国现代思想文化之痼疾,是预言了韦斯特式学术的价值观。

　　爱默生对这种痼疾生动而精辟的描述,散见于他的多篇文章之中。在爱默生看来,美国人"维持着已经死去的教堂,奉献于已经毫无气息的圣经研修会,跟随着一个大党向政府投去赞成票或反对票,像一个低俗的主妇那样摆好餐具吃食"。美国社会就是"一个股份公司,其成员们缔结合约,以便更好地保证每个股份持有者获得生计,让每个食用者交出自由,放弃教养",美德"不再是通例,而是例外"。面对失德的共同体,爱默生作出了这样的论断:"最终没有什么比你自己头脑的品格更加神圣",

---

① West, Cornel. *The American Evasion of Philosophy: A Genealogy of Pragmatism*. Madison: The University of Wisconsin Press, 1989. 9, 5, 40.

"我不再期冀示好他人,我希望他人期冀向我示好,我将在此做人类之代表,当然,我将让人类更加宽容,我将让它更加本真"。① 但是,爱默生极具针对性的思想,却被 F.O. 马西森简而括之为个人主义和反传统主义,被昆汀·安德森一言蔽之为以想象方式脱离社会的"帝式自我"。② 由于盲视了爱默生针锋相对之物,擅长精致细读的马西森和安德森都误入了要么是错过要害、顾末失本,要么是声东击西、语焉不详的偏安之一隅。查尔斯·泰勒在讨论现代主义的三个隐忧时指出,个人主义是现代性三个连环"隐忧",即个人主义、工具理性和柔性专制主义的第一环。如果说工具理性的背后是目的之"晦暗",柔性专制主义的背后是"自由之丧失",那么,个人主义背后,便不是阿兰·布鲁姆等文化悲观论者所说的利己主义或道德败坏的简单逻辑,而是"道德视野"之"褪色",是资本主义的平庸道德观和欲望道德观。③ 照此理念来看,个人主义恰恰是爱默生眼中的美国之隐忧。

梭罗《论公民的不服从》的剑锋所指,同样是道德视野之褪

---

① Emerson, Ralph Waldo ed., *Essays and Poems*. New York: Barns & Noble, 2004. 118, 116, 117, 119, 121.

② Matthiessen, F. O. *American Renaissance*. Oxford: Oxford University Press, 1941. 172; Anderson, Quentin. *The Imperial Self*. New York: Vintage Books, 1971. 4.

③ 查尔斯·泰勒:《本真性的伦理》,程炼译,上海:上海三联书店 2012 年版,第 13 页。

色。在该文开篇以反政府姿态出场的梭罗,①在随后的篇章中并未将抽象意义上的政府作为痛批之靶,而是将或看似崇高、或看似普通的所有貌似"无辜"之人无一遗漏地揽入他的嘲讽笔端之下:"我反对的不是千里之外的敌人,而是近在咫尺的邻居们"(230),是"那些令人鄙视的职业改革者们",那些"更令人鄙视的政治家们的智慧和雄辩"。即便是世人眼中的"经验和明辨之人","创造了独特乃至实用的制度体系并因此理应获得诚挚道

---

① 当时对政府较为流行的看法可见 James Wilson 和 Thomas Paine 的著作。James Wilson 写道:"Government, indeed, is highly necessary; but it is highly necessary to a fallen state. Had man continued innocent, society, without the aids of government, would have shed its benign influence even over the bowers of Paradise."(转引自 Thomas Pangle. *The Spirit of Modern Republicanism*: *The Moral Vision of the American Founders and the Philosophy of Locke*. Chicago: The University of Chicago Press, 1988. 123.)Thomas Paine 在 *Common Sense* 开篇第一段的第二句中写道:"Society is produced by wants, and government by our wickedness; the former promotes our happiness positively by uniting our affections, the latter negatively by restraining our vices. The one encourages intercourse, the other creates distinctions. The first is a patron, the last a punisher",在紧接着的第二段中,Paine 概要道:"Society in every state is a blessing, but government even in its best state is but a necessary evil."(Thomas Paine. *Common Sense*, *Rights of Man, and Other Essential Writings of Thomas Paine*. New York: New American Library, 2003. 5.)在 *The Federalist Papers* 中,James Madison 写道:"If men were angels, no government would be necessary. If angels were to govern men, neither external nor internal controls on government would be necessary. In framing a government which is to be administered by men over men, the great difficulty lies in this: you must first enable the government to control the governed; and in the next place oblige it to control itself."(James Madison, Alexander Hamilton, and John Jay. *The Federalist Papers*. New York: Penguin, 1987. 319-20.)

谢"的美国先父们,也免不了令人遗憾地"彻彻底底地站在体制的身形之中",既不能识别其真面目,又"常常忘记掌管世界的并不是方针政策和权宜之计"(243)。显而易见,梭罗并非简单的无政府主义鼓吹者,他所反对的是摒弃崇高道德和蜕化道德视野的政治,是奉政治为唯一至高,认为唯有政治尚可治德、德治服务于政治的观念。的确,虽然把小农经济和公民教育视为公民美德之保障的托马斯·杰弗逊、主张以政治手段和竞争方式改造个人的詹姆斯·麦迪逊、认为可以用商业精神和企业家精神将人之私欲转化为公益动力的亚历山大·汉密尔顿,都对有可能随民主政治而来的民粹主义、权力滥用和物质腐化等后果早有预见,并以卓越的经济识见、远大的政治抱负和活跃的民主想象,精心设计出了作为防患未然、防微杜渐之良方的政治制度和经济策略,但是,无论是先进的政治制度还是经济的发展,不仅不能阻挡,反而加速了实用主义、商业主义、平均主义、常识主义、党派政治和种族主义在19世纪上半叶的美国泛滥成灾。

19世纪上半叶,经济迅猛发展,但是,现实在体制与道德、权威与道德愈行愈远的同时,也与美国开国先父们的理想渐行渐远。"聚敛财富"以前所未有的方式成为美国人的生活目标,"一种暴力性的、侵犯性的经济个人主义随之扎下根来"。[①] 典型的美国人逐渐成为随时"伺机而动的资本主义者",冒险进取逐渐成为美国的准宗教,自由逐渐变成放任(laissez faire)的同义语,种族歧视愈演愈烈。[②] 在这样的语境下,本应在智识上引

[①] Hammond, Bray. *Banks and Politics in America*. Princeton: Princeton University Press, 1957. 327.

[②] Hofstadter, Richard. *The American Political Tradition and the Men Who Made It*. New York: Vintage Books, 1974. 73.

领风骚的知识分子,也失去了最根本的"知识分子品格",即"游戏性"和"虔诚性",沦为"以思想为生,而非为了思想"的职场专家,沦为"官员"、"大众追随者"或大众"劝诫者"。① 建立在平庸目标之上的良好的政治实验和政治设计,无法阻挡认知方式、生活模式和政治生活的平庸化、同一化、浅薄化、狭隘化和利益化,还在事实上成为了凡此种种的助力器。20世纪的美国,一方面自恃经济和政治首强,另一方面,却如汉娜·阿伦特所说,深受宪政危机困扰。执政者不再以宪法为威,民众也不再以参政热情履行对宪法的"一致同意",所谓的"一致同意",要么沦为民粹主义,要么名存实亡。当然,在阿伦特看来,美国并非不可救药,而其救赎生机恰恰就存在于唯美国独有的"律法精神"之中。② 同样,施特劳斯,如凯瑟琳·扎科特所述,也给美国作出了三个貌似悖论的命题:美国是现代的,现代是坏的,美国是好的。在施特劳斯看来,美国无法逃脱现代之隐忧,但美国又必将以融合了古典、前现代和现代的政治制度实现拥抱自由也拥抱德性的"自由主义民主政体"。③

但是,早在19世纪早期,阿历克西·德·托克维尔就预见并预言,就美国民主的态势而言,将律法精神付诸实施的主客观条件行将销蚀殆尽。在托克维尔看来,喜好"快捷成功、快捷享乐和快捷信息"的美国人,"兴趣有余而闲暇不足,以现实、混乱、

---

① Hofstadter, Richard. *Anti-Intellectualism in American Life*. New York: Vintage Books, 1962. 31-33, 27, 85-86.

② Arendt, Hannah. *Crises of the Republic*. New York: A Harvest Book, 1972. 89, 94.

③ 凯瑟琳·扎科特:《施特劳斯的真相》,宋菲菲译,北京:商务印书馆2013年版,第73-99页。

亢奋、活跃的方式生活着,鲜有时间用于深思、用于细考、用于慢究","大众思维趋于同一,思想内容趋于同质","大众对先有知识趋于轻蔑,对大众意志和观念趋于臣服"。大众一方面坚信"无不可释之事,无不可知之物",另一方面则坚称勤奋之目的唯有"获得利益、名望乃至权力"。面对既无意探索"高端思想领域",也无意培养对真理的"崇高"兴趣和"神圣"热爱的美国人,托克维尔丝毫不留情面地将美国称为专制体制的"旧衣新穿"。①

托克维尔的此番洞穿之见,在 18 世纪末和 19 世纪上半叶的美国文学作品中其实并不鲜见。有所不同的是,后者的洞见,无论是刻意表现还是无意流露,都是以焦虑和困惑的方式再现在文学主题和文学形式之中。休·亨利·布莱肯里奇的小说《现代骑士》(1792),既嘲讽了受突发奇想驱使,骑老马、携仆人遍游美国、饱览众生相的 John Farrago,又讽刺了愚昧无知但又利欲熏心的爱尔兰仆人 Teague O'Regan 及其一路上出乎意料的种种奇遇:先后被推举为立法委员,被遴选为牧师,被吸纳为全美哲学学会会员,等等。② 饱读诗书却毫无信念、庸俗投机的 Farrago,与道德败坏却机遇不断的 O'Regan 相得益彰,造就了托克维尔笔下的美国民主乱象:"权威人士或当权者的才智和美德愈来愈稀有"。③ 在汉娜·韦伯斯特·福斯特的《放荡女》

---

① Tocqueville, Alexis de. *Democracy in America*. New York: Bantam Dell, 2002. 526, 512, 557, 556, 521.

② Brackenridge, Hugh Henry. *Modern Chivalry*. Albany, New York: New College and University Press, 1965.

③ Tocqueville, Alexis de. *Democracy in America*. New York: Bantam Dell, 2002. 235.

(1797)中,追求情感自由和欲望满足的 Eliza,拒绝了诚实自律的教会牧师 Boyer,选择了标榜自由、崇尚物欲的新型纨绔 Sanford,沦为自由主义的牺牲品,[①]再现了"'错误的自由观和婚姻观'以及个人道德失衡对社会的影响"。[②] 但是,如果说作为自由主义代言人的 Sanford 最终以既失去爱情也失去家庭的代价而收场,作为小农价值观的代言人、将众人之见作为道德之源泉和道德之标准的 Boyer 及相邻好友,也只能将社区道德价值生命的传承,寄托在 Eliza 残存的遗骸和冰冷的墓碑之中。在华盛顿·欧文的《睡谷传奇》中,无头骑士的传说并非最令人恐怖之事,以他为象征的美国革命所带来的后遗症更令人心惊:小学教师的猥琐庸俗、暴发户的自负摆阔、男女村民的闲话度日。而最令人胆战的,或许是小说的开放性结尾所暗示了的可能性:无能无德的小学教师在追求暴发户之女未果失踪后成为传闻中的纽约要人。同样,无论是霍桑让海斯特以美的代价成功经历了民主改造时所表现出来的困惑,还是梅尔维尔让具有自然贵族性的 Ahab 葬身于大海时所表现出来的焦虑,都不能用怀旧思绪或精英情结一言蔽之。相反,用精英主义将这些文学作品中的批判态度和嘲讽语气一并打发,要么是避重就轻,要么就是本末倒置。

霍桑和梅尔维尔试图用传奇般的诗性想象超越远非华彩的智识现实,福斯特等感伤小说家试图用过度的道德说教和情感滥觞抵制物欲横流和道德沦落的社会现实,布莱肯里奇试图用

[①] Foster, Hannah Webster. *The Coquette and The Boarding School*. New York: W. W. Norton, 2013. 文中小说名为作者自译。

[②] Wenska, Walter P. "*The Coquette* and the American Dream of Freedom." *American Literature* 12.3(1977):251.

第一章 梭罗的道德观

并不成熟却又充满风趣的模仿手法嘲讽德权不配、德位不配和德才不配的政治现实和学术现实，作为作家，他们未能跃出浪漫主义或大众主义的局限性视野。但是，他们的困惑和局限，恰恰再现了这样一个事实：实现律法精神的智识、思想和道德条件不再。而一旦条件不再，律法精神便要么形同虚设，要么成为专制的有效工具和美丽外衣。阿伦特所说的公民不服从便也只能是聊以自慰的虚幻泡影罢了。但是，南希·L. 罗森布拉姆却恰恰是套用了阿伦特意义上的公民不服从概念，才得以解决了在她本人看来存在于梭罗文本中的矛盾性。罗森布拉姆认为，民主社会中的良知者，是以不服从为手段、以服从于自由和抵抗等普适价值和政治理想为根本目标的激进个人主义者，而非良知者则是以不服从为根本、以自我实现和自我表达为手段和目的的浪漫主义者。基于此，罗森布拉姆一方面将梭罗定义为浪漫主义者，因为梭罗将良知视为个人的"内在声音"与"天赋"，将良知行为视为"一种灵感性的自我表达形式"，赋予良知以浪漫主义性；另一方面，罗森布拉姆又将梭罗视为一定程度上的激进个人主义者，因为梭罗将相异于公民或统治者政治能力的个人力量转向社会，向他人展现"愤怒"、"挑衅"和"一意孤行"。浪漫性与不服从的有机结合，使梭罗得以用非政治方式达到改变社会的政治目的，用道德手段强化美国的律法精神，因此，生成了一种"好战性良知"。① 然而，如果说激进个人主义的集体视野和合约精神，是以维护个人自由和个人幸福为终极目的的道德精神，是服务于个人权利的工具精神，那么，以自我为中心的浪漫主义

---

① Rosenblum, Nancy L. "Thoreau's Militant Conscience." *Political Theory* 9.1(1981):83-85.

与个人主义的结合,便无法达到阿伦特所说的结成不服从同盟以为公益的公善之高度,罗森布拉姆"好战"和"良知"的并列组合便也遁入了循环论证的误区。

　　罗森布拉姆的解读,显然忽略了以下事实:梭罗意欲避开的正是这种循环论证的误区,因为梭罗将政府之虞首先视为道德观之虞,故梭罗不可能像美国先父们那样以探究政治哲学、设计政治体制的方式寻求解决隐忧之途径,梭罗必须也只能将自己置身于政治之外,用超越政治的视角明察政治之极限,洞穿政治之本质。因此,《瓦尔登湖》所蕴含的不服从论,与阿伦特的不服从论并不可同日而语。梭罗以为,美国人所缺失的道德或良知,既非罗森布拉姆所说的天赋情感,又非本杰明·富兰克林所说的功利道德;既非杰弗逊所说的小农道德,又非卢梭所说的公意高于个人意志的公民道德,更非遵纪守法或乐善好施。在《论公民的不服从》中,梭罗数次提到良知。但是,良知,正如梭罗在《在康科德与梅里马克河上的一周》中所写,不是"在屋内养成的人之本能"——人之本能"没有,也不应该垄断我们的生活",[①]而是如斯坦利·卡维尔所概要的那样,是一种诗学行动和哲学行动,是应持续一生的认知、构想、诠释和表达行为,是在相信国家的存在不是为了"被服从",而是为了"被监督"的前提下能够断定政府是否已陷入暴政和无效,能够在混乱的价值丛林中寻找自己的人生之路,能够在人将自身之力神秘化和神圣化时识见人之愚昧的智慧、勇气和信念。由于梭罗将良知理解为集智、

---

① Thoreau, Henry David. *A Week on the Concord and Merrimack Rivers*, *Walden*, *The Maine Woods*, *Cape Woods*. New York: The Library of America, 1985. 61, 60. 出自同一著作的引文,将随文在括号内标出该著名称首字和引文出处页码,不再另行作注。

知、言为一体的道德行动和道德品格,卡维尔认为,《瓦尔登湖》不啻为一部阐述"良知认知论"的"系统哲学著作",《瓦尔登湖》所述、所行不啻为一种"被构想为行动的廉正诚实观"。① 如果知便是行,行亦包括言,那么,知、行、言合而为一的生活行为本身,由于以智、知、诚、信为前提,是既不同于浪漫主义自我实现、又不同于个人主义权益诉求的自善行为,是迥异于以物赈济的慈善之举或息事宁人的良善之言的共情共善,因而具有显而易见的不服从本质——不盲从于大众意志,不顺从于个人私欲,更不屈从于政府之言。即便这种不服从可以被定义为个人主义,它也是肯尼斯·伯克在评价弗洛伊德时所说的具有崇高道德寓意的个性主义。伯克指出,"任何救赎技巧都具有明显的个性成分",而弗洛伊德在分析那些要么被前人回避,要么被他人斥责、谩骂或扼杀的"阴沟"之事时所表现出来的诚实、才智与想象,与其说是寓意在充斥于其著作的"悖论、空白和愿景"之中,不如说是蕴含在他的"援救人类"之心而非"复仇"之心中。而这种援救人类之心才是真正的"宽厚和仁慈"。② 如果政府,确如托马斯·潘恩所说,是与社会相抵触之物,是源于人之邪恶并以抑制恶之方式消极促成人之快乐的人之建制;③如果学术研究,确如阿伦特所说,只执迷于寻找"深层原因",制造假设和理论,使"研

---

① Cavell, Stanley. *The Senses of Walden: An Expanded Edition*. Chicago: The University of Chicago Press, 1981. 88, 98, 94, 109.

② Burke, Kenneth. *The Philosophy of Literary Form: Studies in Symbolic Action*. Berkeley: University of California Press, 1973. 259, 263, 260.

③ Paine, Thomas. *Common Sense, Rights of Man, and Other Essential Writings of Thomas Paine*. New York: New American Library, 2003. 5.

究变成行动的替代品",变成"规避之技巧";①如果美国人的头脑,确如爱默生所说,在时代进入到了以"穷人的文学、孩子的情感、街巷的哲学、家常的意义"为标志的进步阶段时,却"因学会了瞄准低下目标而吞噬着自己";②那么,当梭罗选择运用既高于政治又达到社会目的,既排斥知识体制又珍视人之智慧,既不用纯文学又不用纯理论的视角、态度和方式描述、分析和解决问题,既通过生活实验又通过写作实践将知、行、言合而为一时,便表现出了极强的针对性、真诚性和拯救意图,因而也表现出了既具个人性又具社会性的宽厚和仁慈。而这便是梭罗的不服从。

  关于知、行、言的相谐相合以及知、行、言的自觉意志问题,怀特在探讨话语转义模式时,有过这样一番表白:怀特坦承,他探讨话语转义模式的目的其实是要探讨人文科学中描述、分析和道德的关系。在他看来,既然在人的意识问题上,不存在不容置疑的理论,那么,人文研究对所用模式的选择,便不仅仅是学术行为,而是"在对人性充分了解的基础上,并在其被认为是合理而正当时,对人性的构成有所贡献"的自觉道德行为。因此,"除非意志能力在理论中重新被恢复,人文科学的道德内涵将永远不会被理解"。③ 怀特所指的"人文研究",同样可以置换为"生活"、"写作"和"政治"。怀特在描述、分析和道德之间建立起来的必然关系,不仅适用于人文研究,也同样适用于生活、写作

---

  ① Arendt, Hannah. *Crises of the Republic*. New York:A Harvest Book, 1972. 72-73.
  ② Emerson, Ralph Waldo. *Essays and Poems by Ralph Waldo Emerson*. New York:Barns & Noble,2004. 64,66.
  ③ White, Hayden. *Tropics of Discourse*. Baltimore:The Johns Hopkins University Press,1978. 22-23.

第一章 梭罗的道德观

和政治。就像人文研究的道德性在于承认和洞见所有理论易误本质的勇气和睿智,在于挣脱理论局限、言说真诚之语的意志和决心一样,生活、写作和政治行为的道德性也在于同样的勇气、睿智、意志和决心。从这样的角度来看,梭罗的林中生活和写作实践之间,便不是因与果、先与后的顺序关系。梭罗倾近十年之力对《瓦尔登湖》所作的反复修改①,《瓦尔登湖》中"我"入不敷出的田头劳作和看似闲暇的观鸟赏湖,《瓦尔登湖》循环往复的结构、亦诗亦文的语言、以我言他的主题和既似自传又似随笔的体裁等,都因梭罗和《瓦尔登湖》对被奉为至上却深具差误性的制度法律、思维模式、写作模式和大众之见的不服从——对它们的转义或替代,而成为梭罗知之过程、行之实验和言之美学相互阐释又共同促成道德品格的提升、共同演绎道德观的道德之举。如果依伯克所言,在驳斥或批判某个概念或构想时,行之有效且具有道德性的做法,必然是以另一个概念或构想替换之,②那么,梭罗的批判和违抗,不仅不像罗森布拉姆所默认的那样与道德相对而立,反而是其道德行为的起始之点。以批判为起点,梭罗将美国的政治目标即自由、平等和幸福转义为了道德目标,将认知的实证主义原则和专业主义方法转义为了以生活和写作双重实践为基础的诗性道德认知方法。由于批判既是林中生活也是写作实践的起始点,梭罗在湖边生活中所认知、体验和展示了的道德观,便可以不断在写作中再次得到实践、认知、描述和分析。这种知、言、行所构成的互动关系,展现了言与思、言与行的

---

① 《瓦尔登湖》写于 1845 至 1847 年间,出版于 1854 年。
② Burke, Kenneth. *The Philosophy of Literacy Form*: *Studies in Symbolic Action*. Berkeley:University of California Press,1973. 272.

辩证与和谐,展现了梭罗让自己的思之过程、言之局限与行之短处互相审视且展露无疑的坚定意志。与此同时,由于梭罗的批判不是以批判为最终目的的批判,也不是停留在斥责和驳斥阶段的批判,立于此批判和违抗基础之上的林中生活、湖边沉思和写作实践,意在对被批判之物、之思进行超越和解决,因此,都构成了从熟悉进入陌生,从习俗进入冒险,从体制进入创新,并以从陌生回到社会为最终目的的道德认知过程和道德实践过程。

早在20世纪40年代,注重文本分析且并不完全循规蹈矩的美国学者马西森就指出,形散而神聚的《瓦尔登湖》,是"最为扎实的"美国文学作品。在马西森看来,《瓦尔登湖》结构和主题的绝妙之处,是依托四季而循环,依托四季而统一,"在艺术与日常工作之间缔造了能够给予生命气息的类比关系"。① 但是,马西森对《瓦尔登湖》浪漫主义特征的渲染,仅仅是烘托出了人走向自然的过程,却湮没了人从自然再回到人的过程。四季循环,的确如马西森所说,是《瓦尔登湖》的基本框架。但是,《瓦尔登湖》中最为显著的变化,并不限于四季更替,还包括人的变化:由对邻人的犀利批判和避之而去,到对终极统一的感知感悟和诗意表达。《瓦尔登湖》中最为突出的循环结构,也就并不限于四季更替了,还包括"我"之视野和作者之笔墨在自然、"我"和邻人之间的循环往复。在四季循环的大框架中,作为认知主体和道德主体的"我",与作为认知对象和共情对象的自然与邻人,在每章之内、在章节之间所构成的循环往复,表述了"我"与自然、

---

① Matthiessen,173. 马西森之后,有不少学者随即便将此解读模式运用至他们自己的分析中,如 Lyon, Melvin E. "Walden Pond as a Symbol," *PMLA* 82(1967):289-300. Lyon指出,《瓦尔登湖》以四季变化为章节安排顺序,梭罗在湖畔的独居是他远离文明、认同自然之举。

第一章　梭罗的道德观

"我"与邻人、"我"与"我"等三种关系向上、向深的互促运动。三种关系的互动和变化，既彰显出由感知、想象、知性和理性所参与的认知行为的不断改善，由批判、旁观、共情和共善等所体现的道德行为的不断提升，也展现出认知与道德无可分割的密切关系。正因为前行的运行轨迹与往复的循环结构相互交融，概念语言借比喻思维转义出全新内涵，理性批判借诗性想象超度为同情共感，冷静思考借感知努力最终演化为道德劝谕。在此过程中，"我"在瓦尔登湖畔的独居便不是消极隐逸，"我"对邻人的批判也不是剑拔弩张。相反，"我"与邻人群体的关系是疏而不离，"我"对美国文化的态度是批而不废。借助时间前行和空间循环，《瓦尔登湖》的作者、《瓦尔登湖》中的"我"以及《瓦尔登湖》，共同演绎了将认知完善、道德提升和美学表达合而为一的个人心脑高贵化，也即宽容化、谦卑化、英勇化过程，或者说诗性化过程。

这种高贵化，是以由己至人的共同善诉求为最终目标的自我善追求，是包含公共精神的个人道德完善。但是，此种公共精神，与其说是阿伦特所说的出于自然良知的持异精神或践行美国"律法精神"的公民不服从精神，不如说是苏格拉底式的公共精神：起始于政治生活问题，但却超越极有限的政治生活，以哲学思考方式回应和解决政治生活之问题。① 梭罗认为，"被称为政治的东西"，不仅目标平庸，且"既肤浅，又野蛮"。正因为如此，"政治只是一片狭小的地域，通向这片狭小地域的是那条更为狭窄的公路。我有时这样给旅行者指路。如果你想去政治场域，只需走那条大家都走的路——跟着市井之人，让他们的步伐

---

① Strauss, Leo. *What Is Political Philosophy and Other Studies*. Chicago: The Chicago University Press, 1959. 78-94.

扬起的尘埃落入你的眼睛之中,那样你就会直接到达目的地"。① 但是,选择从政治的狭小领域穿行而过的梭罗,如果最终停留在欧洲专业哲学论证框架的狭小领域之中,他仍然会像市井之人一样,对路人扬起的尘埃毫不在乎。梭罗选择用非专业的方式进行思考与写作,与其说是他对专业或专家价值观的不信任,不如说是他对未来专家文化本质的预知,是他对理查·德雷农在把《瓦尔登湖》视为弊病重重的"悖论"、"大片空白"和"狡黠的讽刺"时所代表了的学术本质的预见,是他对大卫·M.阿特金森在把《瓦尔登湖》的作者视为"一片由各种印象构成的奇怪的马赛克"——一个"超验主义者、有神论者、温和革命者、个人主义者、自由论者、博爱主义者和实用主义者"时所代表了的学术思路的预见。② 卡维尔曾坦承,将梭罗和爱默生轻视为业余哲人或业余文人的年轻时的自己,其实是哲学已被盘剥殆尽之窘境的最为恰当的标志物。③ 席勒早在专业性并未成为泛滥世界的隐忧之时就曾指出:专业性"在将真理展现给人的知性能力之时,又将真理在情感面前隐藏了起来","必要"成为了时代的"主人","有用"成为了时代的"偶像","哲学家与世人一样满怀期待地只将双眼专注于政治领域,如今的人们相信,

---

① Thoreau, Henry David. *The Essays of Henry David Thoreau*. Ed. Lewis Hyde. New York: North Point Press, 2002. 213, 154.

② Drinnon, Richard. "Thoreau's Politics of the Upright Man." *The Massachusetts Review* 4. 1 (1962). 130; Atkinson, David M. "Review of *the Writings of Henry D. Thoreau*." *American Political Science Review* 70 (1976): 1296.

③ Cavell, Stanley. *The Senses of Walden: An Expanded Edition*. Chicago: the University of Chicago Press, 1981. 147, 148.

在政治领域中,人类的至高命运正处在被判定的过程之中"。①正因为在物质和哲学术业、政治和哲学术业之间存在着这样的逻辑链,怀特指出,在维科的思想中,"堕落之标志便是哲学降格为怀疑论,演讲术从雄辩降格为争论术"。② 而这恰恰是梭罗的哲学思考拟贬抑之物。

一

由于起始于政治生活,梭罗,如斯特劳斯所描述的《理想国》中的苏格拉底一样,必须先纡尊降贵于政治生活之中,继而才可从愤然而为的离群索居升华到超然而为的和睦相处。如果说苏格拉底的哲思阐发起始于平庸的政治式论辩,那么,梭罗道德认知的升华实践则起始于对立性的批判。批判因此也成为《瓦尔登湖》前三章的根本主旨,作为批判对象的邻人则随之成为前三章中梭罗循环视野的落脚点。在梭罗看来,邻人们几乎一无是处。他们唯权、唯众、唯名。改革者或政治家们,"以改进之手段获得其实易如反掌且毫无改进的结果"(35);"伟大的学者和思想家们",不再以做哲学家为荣,只满足于做哲学教授,满足于以"精细思考""创建一个学派",为了生存而"顺从度日",荣耀于"谀媚者般的成就,而非王者之成就或男子气概式的成就"(9)。无思的大众,更是以"入门书和教科书"为经,以"廉价的当代文学"(69)和"故事书"为乐(72),"教养不良,卑劣低下,目不识丁"

---

① Schiller, Friedrich. *On the Aesthetic Education of Man*. Trans. Mineola Reginald Snell. New York: Dover, 2004. 24, 26.

② White, Hayden. *Tropics of Discourse*. Baltimore: The Johns Hopkins University Press, 1978. 213.

(73)。无论是学者、政客还是体力劳动者,皆因为唯俗、唯欲、唯物,过着眼里只有土地而"忘记了蓝天"(25)的"苦行"(2)生活,活着却双目紧闭,沉睡不醒,被"吞没在黑暗的愚昧沟壑之中"(75),要么臣服于浅薄而奴性的贸易观念和交易意识,要么沉浸在源于自身智慧和雄辩韬略的沾沾自喜之中,要么只以满足基本的生存欲望为终。或自傲自负、或自轻自贱的邻人们,一方面与提升人类品质的崇高目的愈行愈远,另一方面却要么是自欺欺人地享受着,要么是愚昧无知地向往着政治和物质上"并不真实的自由"(36)。

  这种一网打尽式的批判,同样出现在爱默生的著作中。在爱默生看来,笼罩着美国的,是"只看见自己的斗和车"的农民思维,"灵魂只臣服于美元"的商人思维,把"艺术知识当成对规则和细节的学习或对色彩或形式的有限判断"的浅陋智识思维,是"非信任性的"、"遮盖性的"、"寻求超级敏锐以便索取而非给予"的商业主义,让"牧师变成躯壳、律师变成法律全书、机械师变成机器、水手变成船上的绳索"的职业主义,"朦胧人之双眼、用功能和程序之知识让学生无法对整体进行勇敢思索"的科学主义,以及让人们"在大众中失去双目"的大众主义。① 这种种主义构成了一种无意识的反讽,因为作为文明进步之代表,它们其实是一种比原始的"感官野蛮"更为野蛮的"算计性的思想野蛮",只以满足私欲和私利为终极目标。② 爱默生的痛恶和痛陈毫不逊色于梭罗。但是,当同样具有拯救之心的爱默生把出路寄托于

---

  ① Emerson, Ralph Waldo. *Essays and Poems by Ralph Waldo Emerson*. New York: Barns Nobles, 2004. 51, 213, 85, 51, 44, 79.
  ② White, Hayden. *Tropics of Discourse*. Baltimore: The Johns Hopkins University, 1978. 213.

超验灵魂,终未逃脱自我的局限时,梭罗却并未让批判终结于对自我灵魂的高歌颂扬。在前三章的批判行为中,梭罗就奠定了超越自我的基本模式。梭罗在描述邻人时,其冷峻语气的确溢于言表,其频繁使用的义务性情态动词和非个体性名词的确强硬而疏远,如康科德"居民","大多数人"等(5)。梭罗甚至自称"文明生活之过客"(1),既不掩饰自己的清高自傲和唯我独善,也不包藏对读者的不屑和轻蔑:"我相信没有人会削足适履,只有适者方可获益"(1-2),"我的缺点和矛盾并不影响我所陈述之真谛"(33)。但是,与冷峻疏远和自傲清高格格不入的是,梭罗又反复使用"我们"、"我的"、"我们的"等亲和性代词,甚至在批判邻人的同时也将自己包括在邻人之中。梭罗一面指斥邻人,一面坦言:"意欲避开的坏邻里其实就是我们患了坏血病的自己。"(23)。因此,当"听到一个不可抵抗的声音,让他远离这一切"时(7),梭罗自知做邻人不做和不屑之事,亦是做自己欲为而未为之事。梭罗将自己包括在批判对象之内的举动,是避免让自己成为无道德的批判者的关键一环。无道德的批判者和揭露者,如伯克所说,可以有意或无意地"先给一样东西冠以罪名,抛而弃之,而后又给它冠以他名,取而用之",也可以以"博爱"为计,将自己所言与社会真理分离,将"阐释"与"劝谕"剥离。这样的批判者有意或无意地将批判的彻底性寄生在"纯粹的控诉、纯粹的咒骂、纯粹的击倒、纯粹的唾弃、纯粹的扼杀"之上,而不是像弗洛伊德那样意在拯救,为了厘清"教会与阴沟的关系"而直面阴沟本身,勇敢地"自我放逐",说谦卑之话乃至"羞辱"自己,从而让自己的著作"像忏悔室一样具有告解性、净化性和坦诚性"。① 这样的批判者"比任何人都更相似于[他们的]被批判者"。②

《瓦尔登湖》的批判正是通过冷峻清高与自审自批的并存,使得反讽成为超然的自觉行为,使得批判本身成为豁达的道德行为。为此,梭罗对邻人的无情诘问,其实就是反躬自问:既然哲人与同时代人以不同方式蔽体取暖,"一个人如果没有用比他人更好的方法维持生命之体温时,又怎可能成为哲人呢?"(10);如果明知哲学教授只会"用望远镜和显微镜而不是自己的双眼来观察世界",怎可再让孩子跟随哲学教授操习学术呢?(34-35)。如果说哲学教授蔽体取暖的目的和方式,无非是众人之浊和拘虚之见的同义重复,哲学教授的望远镜和显微镜,就是相沿成习和约定俗成的思维方式,那么,要超越哲学教授,便需如阿多诺所言,以"非方法论的方法","将反体系的冲动纳入自身的结构、方法、形式和语言之中",在理想主义中纳入自反性的"反理想动机";③ 或者如爱默生所说,用"自然、书本和行动教育"自己,成为"思想着的人","有英雄主义头脑"的人。④ 事实上,无

---

① Burke, Kenneth. *The Philosophy of Literacy Form: Studies in Symbolic Action*. Berkeley: University of California Press, 1973. 174, 186, 260, 259, 258.

② Burke, Kenneth. *A Grammar of Motives*. Berkeley: University of California Press, 1969. 406-07.

③ Adorno, Theodor W. *Notes to Literature*. Vol. 1, Trans. Shierry Weber Nicholsen. Shanghai: Shanghai Foreign Language Education Press, 2009. 13, 12, 16.

④ Emerson, Ralph Waldo. *Essays and Poems by Ralph Waldo Emerson*. New York: Barns & Nobles, 2004. 59, 56.

第一章 梭罗的道德观

论是伯克告解着的批判者,还是阿多诺用非方法论的方法思考和写作着的随笔作家,或是爱默生用书本、自然和行动教育着自己的英雄诗人,都不是罗森布拉姆所说的似有犬儒意味的"好战"者,而是以批判为基础但又超越批判的建言者。自审自批是建言起于批判又逾越批判的道德基础,但建言本身的道德性,则既不在于批驳否定,也不在于独出心裁,而在于批而不废,疏而不离。可以说,批而不废或疏而不离是具有更高道德境界的反讽:不把伪与真视为二元对立,而是将前者视为后者的一个必然阶段。① 因此,梭罗对邻人的批驳否定,与梭罗在文体、语言和解释方式上的不落窠臼,其实是无可分割的统一体。梭罗取而用之的,往往正是他的驳斥之物。但是,梭罗的取而用之,并非被伯克全然贬斥的如法炮制式的取而用之。《瓦尔登湖》的前三章以被真理化了的邻人价值观以及该价值观中被公式化了的概念为起点,在结构、形式、语言和描述中将这些概念还原到意义的不确定状态,继而以转义的方式重新启用、重新认知和重新阐释这些概念。

在前三章中,梭罗以批判邻人和自我批判的方式,将大众主义和模式化思维,将降格以求的政治目标和生活目的也即自由和幸福呈现而出。在批判与自我批判的同时,梭罗又将衣食住行等生活必需品概念中的常识性意义和政治性意义一一腾空,为自己决然而然地踏上重新体验、认识、诠释和追求生活之必须以及基于此上的自由和幸福的实验之旅清理主客观的障碍物。与批判和清理互为诠释的是梭罗对实验写作模式和实验意义的

---

① 参见 White, Hayden. *Tropics of DB Course*. Baltimore: The Johns Hopkins University Press, 1978. 213-19 对维科的评述。

反讽式模仿,是梭罗对各种文体和形式的交错使用。由于实验是美国开国先父们对新政体的定义,①政治和物质意义上的自由以及其所保障的以物质丰富和生活安定为基础的幸福等理念,是《独立宣言》和《联邦党人文集》所宣扬的最高立国目标,也即新政体实验的最高目标,那么,梭罗建立在最少的政治瓜葛、最少的生活用品、最少的生计之劳、最少的物欲私欲基础上的孤独的实验之旅——自甘贫穷、忌食肉类和选择孤独,也是起始于美国国庆日的实验之旅,便将自己置于了身在其中而意在其外的冒险旅途和反讽境界之内:立国的契约条件不再,既接受和借用美国的立国准则——自由和幸福,但又将其重置于零意义状态之中。立国的契约条件不再,目标的物质含义不再,目标和条件的合理性便也不再。由于实验同时也是现代科学主义最为推崇的实证方法,梭罗在前三章中既模仿实验开题报告的方式提出问题、描述现象、阐明缘由、呈现论点,又用文体和语言反讽被常识化了的实证主义实验方式、被固定化了的实验报告写作模式和被神圣化了的实证真理。梭罗将简单明了的收支列表置于无边无垠的诗性想象和深刻犀利的理性批判之间,使得实证的贫瘠一览无遗。梭罗让陈述性语言和诗性语言交替出现,在时间的线性结构中纳入跳跃式的主题逻辑和非秩序性的空间格局(例如,在第一章中,梭罗让枣红马与猎狗的寓言在平铺直叙中突兀而出),将论述与诗话、白话与寓言、时间逻辑和空间逻辑,尽数揽入既像自传又非自传、既像札记又非札记的独特体裁之

---

① 如 The Federalist Papers 屡次提到"实验",见 Madison, James. Alexander Hamilton, and John Jay. *The Federalist Papers*. New York:Penguin Books,1987. 92,189,248. (No. 2,No. 24,No. No. 38).

第一章 梭罗的道德观

中。在这样的文本空间中,被叙述事件的过去性与思考性语言的现在性和探索性实验的未来性,比喻思维的从无到有与反讽思维的从有到无,相互交错、相互补充、相互阻滞,预演了展开实验、验证假设的全过程。在这一过程中,生活中的体验和倒叙中的回忆,将取代科学性的实证,个人心脑将取代实验仪器。描写实验和阐释概念的写作,也将与亚里士多德以来一直被视为至高的论辩逻辑模式或戏剧展开模式相悖而行。话语的混用,结构的杂合,体裁的另类,回忆的溯洄,想象的自由,生活的现实,使得将价值和事实两相分离的实证观,将崇高剥离于生活目标和生活本质的政治理想主义意义不再,①使得逻辑与想象、论述与诗性毫不相容的修辞思维观意义不再。

正因为批驳、反讽和转义意图的互补共存,看似矛盾的话语模式得以和谐共处,看似悖论的结构形式得以并行不悖,看似分散的主题思想也得以相互关联。话语、形式和主题之间的相得益彰,认知方式、表达形式和主题阐述的互释互补,是使梭罗成为"既热爱真,也热爱善,热爱美"的行动之人的关键,因为只有当这三者达到统一时,思想者才有可能"既是知者,也是行者和言者",言说者和思想者才有可能让形式和语言的主观性无遮无掩。当主观性在貌似反逻辑的非连续性中建立了连续性时,梭罗才有可能成为作为物质的、"形式依赖于灵魂"的"诗人"。②此时的梭罗,杜绝了让"另一个人为自己思考"的可能性,杜绝了"别人在为我思考的同时让我不得为自己思考"的可能性(31)。

---

① 这一观点可参见凯瑟琳·扎科特,第86—87页。
② Emerson, Ralph Waldo. *Essays and Poems by Ralph Waldo Emerson*. New York: Barns & Nobles, 2004. 215, 213.

这种融认知和美学于一体的道德观,其实就是梭罗在第三章中所说的"警戒之心、审慎之势和英雄之勇"的阅读观(75)。

从以"阅读"为题的第三章向以"声音"为题的第四章的过渡,既是前三章批而不废的转义逻辑的重复,又是作为实验之概述的前三章与实验起始部分的第四章的衔接。第三章借阅读之题将邻人之问题概括为"不思真理"、"不识真思":"伟大诗人的作品还从未被人类卒读,因为只有伟大的诗人才能读懂它们",因为人们对伟大诗歌的所谓阅读无非像"民众对星星的阅读一样,至多是占星术,而不是天文学"(70)。但第四章开首却以突如其来的方式对以上论断作出了貌似无关的间接回应:"与总是在观察将要被观察之事物的课业相比,精挑细选的历史或哲学或诗歌课程"、"最好的社群"、最令人艳羡的生活常态,又算得了什么呢?"你是仅仅想当一个读者、学生?还是想当先知?阅读你自己的命运吧,看看你的面前有什么?走到未来中去吧"(75)。原本只是走入过去、以书本为对象的阅读,此时却有了指向未来、阅读人生和命运的寓意。但是,紧接着的第二段又以突转的方式,平铺直叙般地答非所问:"第一个夏天,我并未读书;我犁地种豆了。"(75)。由于在第一章中梭罗已经将哲学转义为"生活的经济学"(35),表达了用另类写作和日常生活反讽美国政治实验和科学实证主义实验的意图,"阅读自己的命运"和"种豆"两个突如其来的转折,便毫无突兀之感了。如果说命运和种豆是构成梭罗生活经济学的核心举动,那么,这两个转折所表达的意义、其基于之上的逻辑,乃是种豆即阅读,阅读即认知,认知即生活。换言之,阅读是知、行、言的合而为一,因而当种豆即是阅读,种豆也是实验时,种豆便成为了一种寓言:寓意着实验在本质上是知、行、言的体验。同样,体验的本质通过结构的安排

第一章 梭罗的道德观

和语言的运用而得到展现。

作为描述实验部分的首个章节,第四章以气势高扬的设问句开场,经由"种豆"一句的平铺直叙,引入紧随而来的诗性描写。由设问到平铺直叙、文不对题的回答,再到原野中的感性生活,这样的语言安排,与前三章中平铺直叙与诗性语言之间的来回突转,与常夹杂在这两种话语之间的设问句式和情态动词一样,象征着认知行为在意义尚不确定、意志尚无定力的情况下必然经历的意志踌躇、反复强化踌躇中的意志的过程。例如,在第二章中,梭罗在用诗一般的语言描述了清晨的纯净后设问道:"如果人没有沉睡,为什么对日子的描述贫乏而无趣?"(61),"我们为什么要如此匆忙、如此浪费地度过时日?"(63),"我们必须学会唤醒自己,让自己保持清醒,不是用机械工具,而是用对黎明无尽的期待"(61)。"种豆"一句的沉静仿佛象征着意志踌躇状态的尘埃落定,也仿佛象征着梭罗习染了科学和政治俗念的理性思维。而这一句的居间性,便寓意着这种理性思维将一方面向着想象反复行进,另一方面向着"经验冲动"或认知冲动反复溯洄。① 种豆表面上的平实无华其实蕴含了奢华,种豆行为施展于其上的田野在这个过程中凸显出来。

但是,种豆的先决条件是回到田野。用种豆作为第四章的开始,意味着还生活于思想,还思想于田野。而回到田野便成为梭罗回到自然的第一步。由于批判、反讽和转义是回到自然的原因和动力,回到自然便远非遁世绝俗、消极厌世,更非观玩兽鸟鱼虫、赞美花草树木或欣赏湖河溪水。由于梭罗的林中生活

---

① Adorno, Theodor W. *Notes to Literature*. Vol 1. Trans. Shierry Weber Nicholsen. Shanghai: Shanghai Foreign Language Education Press, 2009. 13.

既于邻人之中,又于邻人之外,回到自然也并非简单的对"文明的自我之皮"一了百了的褪去,①并非对"财富的腐坏性"、"日常生活琐事、用品和衣物"、"麻木头脑和奴役身体的劳作"一劳永逸的远离。② 当然,如果对文明之皮的褪去可以被描述为一种自我清理的话,那么,自我清理的确是梭罗回到自然的第一个目的。梭罗在前三章中反复强调,文明生活的最大问题,在于大众只会在体制、常识和习惯的约束中进行思考。因此,"比过去更完全地转向森林"(13),是要"掸去我头脑里家具上的灰尘"(24),将侵入心脑的"舆论、偏见、传统、谬见、表象的污泥浊水"荡涤一空(66),与邻人保持"最具男子气概的关系"(3)。换言之,走向森林,便是选择自甘贫穷、忌食肉类和享受孤独,便是选择将现成概念中的既定意义、现成体制中的既定工具弃而不用,将现实中的人际关系弃而不用。在前三章中,这两层意义上的自我清理,以形式、语言、结构和表述的方式,得到寓言式再现和美学实践。因而,这种自我清理,便好似俄国形式主义批评家维克多·什克洛夫斯基所说的将熟悉和习惯之物"去熟悉化"和"粗糙化"的美学行为,③其目的是要促成本就极具惰性、继而又被教育习惯化了的认知和感知重获原初生动性。原初生动性的重获,其实就是梅尔维·雷昂在解析梭罗时所说的自然自我的

---

① Lyon, Melvin E. "Walden Pond as a Symbol." *PMLA* 82(1967):289.

② Poetzsch, Markus. "Sounding Walden Pond: The Depths and 'Double Shadows' of Thoreau's Autobiographical Symbol." *American Transcendental Quarterly* 22(2008):391,391.

③ Shklovsky, Victor. "Art as Technique." *Russian Formalist Criticism: Four Essays*. Trans. Lee T. Lemon. Lincoln: University of Nebraska Press,1965. 3-24.

重获,或是马克斯·坡艾慈在诠释梭罗时所说的"清醒和睿智"的重获,①因而也相仿于维科所说的人之思维从思想与感知两相分隔的抽象表达、精细思想和数理思维,向着以感知和想象为核心的诗性状态的回转,从冷酷的现代丛林,向着充满虔诚、信念和真理的原始森林的回转;②相仿于施特劳斯所说的从批判和对立的政治性状、平庸低俗的物欲性状向着哲学境界的回归;相仿于怀特所说的话语行为为了避免"意图的无履行"向着元逻辑的折回:"当我们希望从某个确定了的逻辑推理链中摆脱出来时,为了避开从同一根逻辑链中推演出的意义,或者要重新思考某一种假设/推演行为的大前提或小前提,我们就可以考虑逆回……到更加'原始'的认知方式之中",即以"元逻辑反叛于逻辑本身"。③ 对于梭罗而言,个人只有在自我清理或者说实现了这样的回转的前提之下,才有可能成为睿智之人:"不宣讲任何教条,没有体制,在望向天空时,没有椽子阻隔,甚至没有蛛网遮眼"(*A Week* 57),成为"不再恐惧,不再烦乱,不再偏见"的真正自由者。④

梭罗的文字不同于杰弗逊的《弗吉尼亚笔记》,杰弗逊在此

---

① Poetzsch, Markus. "Sounding Walden Pond."*American Transcendental Quarterly*22(2008):392. 但两者的解读只是停留在自然自我的层面。

② Vico, Giambattista. *New Science*. Trans. David Marsh. New York: Penguin Books,1999. 维科也以循环结构的方式在这部著作中描述和论说了这一思想,尤见第 1046—1112 段。

③ White, Hayden. *Tropics of Discourse*. Baltimore: Johns Hopkins University Press,1978.3,10.

④ Thoreau, Henry David. *Selected Journals of Henry David Thoreau*. Ed. Carl Bode. New York:The New American Library,1967.274. 1858 年 5 月 6 日日记。

书中的自然描写要么是宗教性的,要么是具有功利性质的勘测式描写。梭罗的文字也不同于从自然中获得心灵慰藉的颂扬式自然文学描写。他的笔墨并未停留在褪去文明之皮的意义层面。梭罗作为向着森林回转的自由者,既是美学和认知意义上的不服从者,也是政治意义上的不服从者。这个不服从者向着自然的回归,既是要清理自我,寻求纯洁和自由的状态,又是要探索持存和提升不服从精神,让不服从精神既益于个人也益于社群的良好途径。如果公民的不服从,的确如阿伦特所言,是法律失去权威的象征,是对具体法规的不服从,又是对律法精神的服从,那么,要使得公民不服从精神存在于公民社会之中并产生积极作用,便首先须回答和解决一个最为关键的问题:既然具体法规已经丧失被服从的价值,而律法精神又是自人之法典升华和抽象而来的宗旨和意义,正义的不服从精神和不服从意志如何才能从危机丛生和腐败滋长的社会中获得生命和生机而并不夭折于半途呢?阿伦特并未对这一问题作出解答。或许,公民,的确如托马斯·杰弗逊所说,可以通过接受教育,成为"人之行为和人之企图的评判者",成为能够"识别无论何种伪装之下的勃勃野心"的自由"守卫者"。[1] 但是,当教育成为意识形态之工具,当教育者成为梭罗所蔑视的功利追逐者时,公民又如何才能借助教育而练就火眼金睛呢?依弗洛伊德所言,文明无非是对人之本能的压抑和限制,只导致两种情况的存在:大众要么心怀焦虑或不满,要么在文化中获得自恋满足感,因自身的"超我"将外部的文化强制内在化,而从文明的对立面转而成为文明之工

---

[1] Jefferson, Thomas. *Notes on the State of Virginia*. New York: Penguin Books, 1999. 155.

第一章　梭罗的道德观

具。但这种不满因是由被压抑的本能转化而来,即便是上升为行为,其最高目标也只能是对本能与欲望的顺应和满足。① 由于将知、行、言的结合置于了自然及其所象征的环境之中,将重归自然的过程变成了知、行、言的过程,梭罗向着自然的回归,便远非重获真正的自我或褪去文明之皮那样简单了。梭罗的重归自然,旨在寻找不服从精神的正当性,旨在从教育和政治体系之外获得促使不服从精神生长的客观条件和主观动力,继而获得既可满足自我也可有利公共的不服从精神本身。为此,梭罗的回归自然观,既弥补了阿伦特和杰弗逊的公民说之缺陷,也超越了弗洛伊德本能说之视野。

如果主观能动性可以被视为道德源泉和认知动力的话,那么,既作为一种现实行为又作为一种寓言表达的自我清理,即便是让头脑回归到了纯洁状态,在头脑中创造了良好的条件,也并不一定能自然而然地转化为主观能动性,因而既无法保证不服从精神的生命力,也无法保证不服从精神的社会性。在前三章中,梭罗反复用自甘贫穷、忌食肉类和经历孤独等三个比喻,意指对既定思维和既定概念所设障碍的排除。② 但是,这三个比喻,作为心和脑回归重生的起始状态的先决条件,既是一种行为,也是一种道德意志力,也即"目标和决心之坚毅","升华了的虔诚"(218)。由于"户外""没有房屋,没有管家"(26),回到自然者必须"勇敢地以冒险的方式去生活"(10)。但是,梭罗回到自然的最终目的,是要"最大限度地排除障碍以便与其[自然]进行

---

① Feud, Sigmund. *The Future of an Illusion*. Trans. W. D. Robson-Scott. Garden City, New York: Anchor Books, 1964; *Civilization and Discontents*. New York: Penguin Books, 2002.

② 梭罗之语是"voluntary poverty"(9)。

私人事务交易"(13),让"美之品味"在没有低俗、没有定势、没有习惯、没有常识的自然中得到"最佳养育"(26)。仅有意志力或先决条件,回归自然的心和脑并不一定就能完成与自然的圆满交易,并不一定能养育可结出诗之花朵和思之果实的美之品味。心和脑与自然的交易是否圆满,最终取决于"心脑之勤"(34),或者说心和脑在道德意志支配下的认知之勤和感知之勤。当进入纯真状态的梭罗,在冬天的清晨醒转过来,试图去回答那些在他沉睡时被问到的问题"什么—如何—何在?"时,自然只"将那张宁静安详、心满意足的脸望向我宽宽的窗口,唇上丝毫不见问题之踪影","自然不提问题,也不回答任何我们凡人所提之问题,她早已是神定气闲的了"(188)。没有心脑之勤,自然便犹如无言的经典,既无意义也无情感。在梭罗看来,心脑之勤便是人之现实。或如亚里士多德所言,人之现实只有在情感力和思想力的习用过程之中才可成其为现实,现实中的生命、现实中的人之存在,"就是感觉和思想"。① 正因为如此,梭罗一方面坚信"善人"绝不是"隐退静养"之人(A Week 63),另一方面又质疑道:"到底有多少人可以施用最高的人之能力。"② 在梭罗看来,唯有当心和脑像手和脚一样,"在山丘下开采、挖掘出穿行之路"(67),实现"内在的勤奋与扩展"时(16),贫穷才可"像花园之草木一样被栽培"(219),"宁静孤独"(75)才可成为美好的"伴侣"和"宽广的留白"(91),"生命的恒久之源泉"才可"从自己的身体

---

① Aristotle, *Nicomachean Ethics*. Trans. F. H. Peters. New York: Barnes & Noble, 2004. 199, 1170a.

② Thoreau, Henry David. *Selected Journals of Henry David Thoreau*. Ed. Carl Bode. New York: The New American Library, 1967. 274. 1858年5月6日日记。

第一章 梭罗的道德观

内部重获力量和渴望"(90,60)。

人的"更高自然本质"(146),在马基雅弗利眼中,是忘恩负义、狡诈奸猾、胆小怯懦和贪婪成性,在霍布斯眼中,是险恶与残忍,在《瓦尔登湖》中,则与席勒所说的人的能力施用更为接近。在席勒看来,人的个性"只是无限表达的潜能而已,只要他既不沉思也不感觉,他就只是躯壳和空空如也的容器"。① 但是,对于席勒而言,自然本性既低于理性法则状态和道德法则状态,又与须经陶冶而成的美学状态相对而立。梭罗却认为,当回到自然的心和脑充分施展自然能力时,"人之天赋便重施力量、重展人性"(61),人之心脑便渗入了自然的"崇高和高尚"(66),人的能力的施用便不是对私利和私欲的满足。回到自然的心脑之勤既有认知范畴的寓意,又包含了深刻的道德含义。在梭罗的自然思想中,无人性之人的确是污染自然之人。但梭罗的污染自然之人,不仅仅是破坏自然生态环境之人,而且是喜悦于一时之见且"停滞不前了的自满自足"之人(221),是想象消弭、感知麻木和思想泯灭的"头脑腐烂"之人(217),即拒绝使用、无意使用心脑的沉睡之人,也是以人之习惯和人之体制是否模仿具象自然为人性衡量标准、竭力在人造物中抹去或掩盖人为性之人,是将自然视为人之征服对象和征战对象之人。回到自然,便意味着从习惯和体制的伪自然向着人性的真自然的回归。具有真正自然人性的人既承认人之能力的自然性和可提升性,又承认人之体制的易误性,既充分施展自身能力去感知、认识、解读自然,又敬畏自然。

正因为回归自然有着这样的寓意,第三章的主题"阅读"与

---

① Schiller, Friedrich. *On the Aesthetic Education of Man*. Trans. Mineola Reginald Snell. New York: Dover 2004. 63.

紧接而来的主题"林中生活",便是毫无冲突的两事一物了。林中生活之于自然,便好比阅读之于经典了,因为林中生活也是一种英雄般的阅读。梭罗在第三章中写道,所有搅扰和困惑现代人的问题,同样也是古往今来的智者所思考的问题。而问题之答案早已在他们的著述中、在他们的生活中被阐释、被展示。但是,识读这样的答案,需要心脑之勤,也"需要像牛一样被驱使,被刺激"(73)。这种驱动力,便是进取之心和勇敢之心。进取之心和勇敢之心是梭罗取之于商业的典型用语:"商业给予我的启示,便是其进取之心和勇敢之心。"(80)《联邦党人文集》多次将进取之心定义为唯美国人独有的进步精神。[①] 由于梭罗对进取之心和勇敢之心进行了转义,本能的良心不再是道德人性的最高境界。在梭罗看来,本能的良心之所以会"繁殖原罪"(*A Week* 61),是因为它不是进取之心和勇敢之心所激发而出的心脑之勤的结果。正如18世纪美国神学家乔纳森·爱德华兹在他的宗教情操论和宗教理性论中拒绝把良知视为最高境界一样,梭罗也赋予了人之情操和人之能力以神圣性。但是,在爱德华兹的宗教理念中,良知仍是属世人的最高境界,是属世人和属灵人的重要区别之一。属灵人的属灵智慧和属灵感悟并非神所赐予的全新能力,而是属灵人对神启的"自然新法则"之人之理性和人之情感的高阶运用。[②] 对于梭罗而言,属世人和属灵人之分,超自然和自然之分,无论是在情操还是在理性的施用中都不再具有实际意义,人的神圣性也不再是神选之人所获得的神

[①] See, for example, Madison, James. Alexander Hamilton, and John Jay, *The Federalist Papers*. New York: Penguin Books, 1987. 111, 131.

[②] Edwards, Jonathan. *A Treatise Concerning Religious Affections*. http://www.ccel.org/ccel/edwards/affections.html, 2014/10/3, p.98.

之恩典,而是进取之脑和勇敢之心与自然交易的结果。

梭罗的非神秘主义性,一方面体现在他对道德意志和心脑之勤的坚信与坚持之上,另一方面体现在他用美学结构和美学形式贯穿和表达心脑之勤和探险意志的方法之上。梭罗在前三章中所建立起来的循环结构贯穿全书。循环结构传输的深刻寓意是,回归自然绝非唾手可得或一劳永逸,它是施用心脑和贯穿意志的结果。《瓦尔登湖》以"声音"一章为起始的主体部分的结构特点,并非如厄尔·凡戴尔曼所说,是由每两章构成的"二元对立"的反复呈现,是代表群体的自我和代表个体的自我之间的辩证统一,[①]而是由邻人、"我"、自然所构成的循环结构的延伸。与这个循环相交的,是以"听"、"闻"、"视"、"触"等为起始、核心和基础的感知、想象和理性思考等构成了的,展现主体认知过程的一个个小循环。两个循环的交会,的确形成了一个既向上又向深的整体动态结构,一种既认知、验证和阐释,又将认知所获作为认识自我、理解邻人的道德生活轨迹。但是,循环的往往复复也表明,心脑的回归自然,是一个在英雄之勇的道德意志作用下,经由心脑之勤不断反复清理自我,反复回到认知原初状态,反复感知和认识道德真理的过程。只有这样不断地反复,心和脑才可在常思常新、常察常明中"永葆青春"(218)。[②] 而这便是梭罗的转义之动机和转义之要旨。与循环结构的寓意相一致,《瓦尔登湖》包含了几个高潮部分而非一个,例如"豆田"、"湖"、"更高法则"等。这些高潮章节与其他章节构成阶段性的体验和

[①] Fendelman, Earl. "Toward Walden Pond: The American Voice in Autobiography." *The Canadian Review of American Studies* 8.1(1977):11-25,17.

[②] 梭罗用了"forever new and unprofaned"(59)一语表述常思常新之意。

认识发展过程,而高潮章节本身则是阶段性体验和认识发展过程的提升和升华。

二

可以说,第四章及其之后的林中生活,就是心脑向着原初生命状态的回归,是回归过程的反复实践和反复寓言。在第四章中,初回自然的梭罗,沉浸在活跃的想象和积极的感知之中。同样的生活表象,同样的生活事件,便随之呈现出截然不同的生活景象。火车的鸣笛声,马车的辚辘声,教堂的敲钟声,对于既不想象也不感知、习以为常于日常或体制的邻人而言,其作用无非是作息时间的固化、日常言行的僵硬、至高追求的降格、思想范畴的约束。但是,在"我"的脑海里,呼啸而过的火车,虽然不可与"天国之车"同日而语,但也不再是"几节车皮连接而成的小小列车"(75)。火车的鸣笛,带来了火车所经之处的声声息息,描绘着火车所经之处的生活画卷。火车和马车的世俗之声,鸟兽和植物的自然之声,汇集成了"宇宙里拉琴的和谐颤动"(83)。自觉而踊跃的视听触所带来的各种联想,反复出现在不同的章节之中,但这种联想随着循环的前行而逐渐趋向抽象。例如,在第十四章"冬天的湖"中,在碎冰者眼中只是钱之替代物的湖冰,不仅是物理原理的呈现,也是自然之美的结晶,是人生哲理的蕴含。冰的消费对象——印度人,继而也不再是钱物的贸易者,而是古老的印度哲思。将要被运至印度的冰块,让"纯净的瓦尔登湖水与神圣的恒河之水汇入一支"(199)。借着对冰的观察,"我"就像迦太基探险家汉诺一样,完成了一趟恒河之旅,成为思想上的"世界公民"(81)。但是,伴随着"道德和身体系统"的每一次"舒展"(34)，梭罗总是沿着循环的轨迹再次回到邻人之中，"常散步到村里，观察大人和孩子们","听村民们从不间断的闲聊"(112)。然而，同样的闲话，却不再是刺耳的不和谐之声。同样的闲话，伴随着梭罗的每一次散步，都"像顺势疗法的药剂，令人耳目一新，如同树叶之婆娑，青蛙之呱叫"(112)。

感知和想象，将梭罗从既定意义和既定思维中解放出来，也将日常生活表象和日常生活事件，从既定的、习惯的、词典式的桎梏中解放出来。感知和想象的联想能力和转义能力，的确演绎了保罗·利科所说的"充分性原则"（the principle of plenitude）。并以其复杂性、模糊性和包容性矫正了"适宜性原则"（the principle of fittingness/congruence）下的一致性、拣选性、确定性和狭隘性。① 但是，生发在每一个循环初始阶段的感知和想象，更接近于弗洛伊德所说的自由联想。其所唤起和勾连的，无非是现成的事物和现成的意义，是并未完全脱离俗世的日常之物——瓦尔登湖边的铁路、贸易之用的冰块等。这些俗世之物，尽管丰富了梭罗的心和脑，但却无法构成创造新意义、产生新认知的动力和源泉。梭罗在想象和联想中的远足，也只能局限在恒河之旅和耳目一新的感觉状态之内。但是，感知和想象的自由运用，感知和想象所带来的自由体验，成为梭罗认知提升和美学感悟必不可少的一环。

作为第一个高潮的第七章"豆田"，寓言了道德、美学和认知在梭罗湖边生活中的第一次融合，也彰显了感知和想象仅在现实具象中巡回便无法创造新意义、产生新认知的深刻原因。梭

---

① Ricoeur, Paul. *The Rule of Metaphor*. Trans. Robert Czerny, et al., London: Routledge, 2003. 111-12.

罗借助"豆田"这一语境,构建了心脑之劳、手脚之劳和笔端之劳的互喻,也书写了心脑与自然交易的寓言。在这一章的开头,梭罗的感知和想象,在他的双手从田里刨出印第安人遗物时,重现着他们从未被载入史册的土著生活;在他的双手让锄头与石头发出碰撞声时,让此声音与飞鸟和林木合奏出美丽的音乐。但是,梭罗并未让感知和想象停留在不同表象之间的关联性上止步不前,而是将感知和想象上升到重新定义日常行为和日常概念的思维层面,或者说让经过历练和舒展了的感知和想象,抽象到日常生活之原则的层面。于是,种豆,不再是为着食豆的生计之劳,也不仅仅是手之勤与脑之勤的互喻,而成为"转义与表达",成为思、读、著。正如梭罗在一篇日记中所说,种豆使得农民的劳动与"学者的劳动""成为严格意义上的类比"。① 就像写作着的学者必须与自己之外的各种力量建立亲和关系一样,劳动着的农民,也必须在人和"土地的各种力量"之间建立亲和关系(112)。就像学者与学者之思、之作之间并非拥有和被拥有的关系一样,农民与土地之间同样不是拥有和被拥有的关系。梭罗告诫道:"享用土地吧,但却别拥有它。"(139)即便是"这些豆子的果实,并不全是为我所获,难道它们不也是为土拨鼠而生长的吗?",麦穗"本就不是农夫的唯一希望",麦粒本就"不是麦穗唯一拥有之物"(112)。当种田者认识到土地和土地上的果实并不全然属于耕种者,土地的丰收并非耕种者独自劳动的结果,土地上的果实并非劳动者唯一的收获,当种田者让"连接了荒野和

---

① Thoreau, Herry David. *Selected Journals of Henry David Thoreau*. Ed. Carl Bode. New York: The New American Library, 1967. 148. 1852 年 1 月 20 日日记。

第一章 梭罗的道德观

耕地"的豆田(106)保持在"半耕种的土地"状态时,"我们怎可能不丰收呢?"(112)。"真正的农夫不再有焦虑",因为他"不再认为自己完全拥有田地里的庄稼"(112)。布莱恩·沃尔克指出,尽管种豆使得"美德从人与土地的接触中勃然而出",但与洛克相比,梭罗的高深之处在于,他既强调耕种之美德,又不让耕种"自以为义",时刻发出耕种是对荒野的取代和"复写"的警示。①"种豆"所寓意的美德,的确像沃尔克所暗示的那样,是人与自然相处时与其相谐相适的"期冀希望与豁达大度"(112),②是人对身外力量的承认与尊重。但是,此时的种豆,并不只是让农民与土地建立起了包容与和谐的关系,也并不仅仅是这种关系的寓言,而是让土地成为了"一片伟大的、处处飘着养分和黄油牛奶香气的膏脂之地"(132),让土地"服务于某个寓言创造者"(109),谱出了"农民生活的诗歌"。③ 因此,豁达大度不仅指人对自然环境的尊重,而且指人在言说时对人的自然能力的尊重,对各种表达方式和思维方式的尊重。在此意义上,种豆才是思想行为和写作行为的寓言。如果说心脑之勤,在梭罗看来,是真正的自然人性的张扬,那么,由种豆所表意的豁达大度便具有两方面含义。一方面,豁达大度是心脑和笔端的豁达大度,是怀特笔下弗洛伊德和皮亚杰式的思维包容性。在怀特看来,弗洛伊

---

① Walker, Brian. "Thoreau's alternative Economics." *The American Political Science Review* 92.4(1998):160,165.

② Thoreau, Henry David. *The Essays of Henry David Thoreau*. Ed. Lewis Hyde, New York: North Point Press, 2002. 199.

③ Thoreau, Henry David. *Selected Journals of Henry David Thoreau*. Ed. Carl Bode. New York: The New American Library, 1967. 133. 1851 年 10 月 4 日日记。

德把"对比喻转义本质的感知""用于他通过实验得来的数据之上",皮亚杰则拒绝把认知发展早期阶段的比喻思维、反讽思维与成熟阶段的逻辑思维等级化。① 另一方面,这种豁达大度可以说是思想与成果、写作与成果之间的豁达关系,是梭罗基于豁达大度的认识观之上的劳动观和报酬观。

梭罗通过亦手亦脑的种豆表明,只有当劳动者不是全然为了可视和可触的回报而劳动时,才可使"心和脑滋养"土地(132),劳动和思想才可浑然一体,劳动和自由才可兼而得之,劳动者才可得到实与虚的双重收获。② 卡维尔认为,在《瓦尔登湖》中,知识之道便是劳动之道。③ 这种同样适用于体力和脑力劳动的非功利劳动观,与洛克或亚当·史密斯所说的以实物回报为目的的劳动观,与培根的科学主义认知观,与佩里·米勒所说的新教劳动观,即视厌恶劳动、自甘贫穷为耻辱的劳动观,显然截然不同。④ 梭罗在散文《无原则的生活》中这样写到,"我几乎每晚都被火车头的喘气声吵醒。它搅扰了我的美梦。没有安息日。如果能看到人类有片刻的闲暇,该是多么荣耀啊。除了工作、工作、工作之外,别无他事了。我甚至买不到一本能写下我思想的空白本子,通常的本子都为美元和美分划好了格子",

---

① White, Hayden. *Tropics of Discourse*. Baltimore: The Johns Hopkins University, 1978. 12, 6.

② 见 Thoreau, David Henry. *The Essays of Henry David Thoreau*. New York: North Point Press, 2002. 在"Walking"一文中梭罗表达让自然之土地产生意义之果实的劳动观。150.

③ Cavell, Stanley. *The Senses of Walden*. Chicago: The Chicago University Press, 1981. 118.

④ 参见 Miller, Perry. *The New England Mind: From Colony to Province*. Boston: Beacon, 1953. 40-53.

第一章 梭罗的道德观

"没有什么,甚至是罪恶,都不如无休无止的企业行为那样对抗诗歌,哲学,呵,还有生命本身"。因此,"仅仅是以挣钱为目的的劳作,才是真正的无所事事,甚至更糟,如果劳动者所获仅仅是雇佣者付给他的工资,它就被欺骗了,他也欺骗了他自己。如果你以作家或讲座者的身份获得报酬,你就必须迎合大众,而此却是垂直堕落"。[①]"种豆"一章表明,对于自然的豁达大度,对于思维和认知方式的豁达大度,对于思想和意义的豁达大度,对于实物形式的劳之所获的豁达大度,其实是互为前提的。"种豆"中思绪飞扬、长于描述却短于定义的写作方式,不仅与这样的豁达大度和谐一致,也以独特方式寓意了豁达大度的思想理念。这种写作方式,相仿于怀特在评价弗洛伊德和皮亚杰时所说的"对自己的充分性构成质疑或反讽"的"元话语的自反性"。[②] 但是,如果把梭罗移植到当代,作为术语的元话语的自反性,作为能动主导性的元话语的自反性,都应该是他想要冲破的藩篱,因为种豆对梭罗的启示是,人既具有决定力,也是被决定了的。此种认识其实是豁达大度与心脑之勤的思想基础。

梭罗在第一个高潮章节中虽然通过种豆寓言了劳作、游戏和休闲的紧密关系,但是,"种豆"一章所收获、确立和完善的,是心脑手进一步促人提升的主客观条件,是一种仅仅属于俗世的劳动道德观、认知道德观和写作道德观,是并未上升到可以将人与自然都包容在内的生命法则境界的认识观、道德观和美学观。在梭罗看来,人之提升是人之生活的最高目标,但是,人不仅未

[①] Thoreau, Henry David. *The Essays of Henry David Thoreau*. New York: New Point Press, 2002. 198, 199.

[②] White, Hayden. *Tropics of Discourse*. Baltimore: The Johns Hopkins University Press, 1978. 4.

有提升，反而经历了两次堕落：从人到农民的堕落，从农民到"技工"的堕落(44)。种豆，只是完成了从技工的工具和机械状态，向着在田野中劳作并游戏着的农民状态的溯回。种豆时的心智，犹如怀特所说的话语一样，在概念超定和概念欠定之间劳作，既有"反逻辑性"——颠覆和解构"已经被硬化为绝对真理的关于某一给定经验领域的概念"，又有"前逻辑性"——为之后的逻辑性思想分析"划出一块经验之领地"，①也让双手创造着启发认知和激励审美的生活之豆田。在耕种这片"领地"或豆田时，梭罗经由对心脑手自由而勤奋的施用，让人的自然性与田地的自然性相互触碰、相互交融，既喜乐于自然之助，又释然于心脑之勤和手脚之劳的局限性。为此，在"种豆"结尾处，梭罗写道："我不应该为杂草而欣喜吗？杂草之籽不是鸟之粮仓吗？"(112)但无论何种田地，在"自然景观中所占据的位置都是那么的渺小"，绝不比土拨鼠"挖的地洞"更大更宽。②

因此，从烙满农民印记的农田心满意足地直接回到邻人和自我，从逻辑上而言，便是循环论证；从道德和认知上而言，便是在社会堕落到频染恶疾时的一种顺势疗法。梭罗在前三章中就反复表明，美国社会已经身染恶疾，提升人类的目标已经无法借助教育体系和政治体制顺利完成。在这样的社会里，"以政令和民权政府之名，我们所有人至少都被迫向我们的卑劣表示致敬和拥护。原罪，在第一次露出羞愧面色之后，便不再具有愧意，并从不道德演变成了无道德"(《论公民》232)。仅仅依靠政策行

---

① White, Hayden. *Tropics of Discourse*. Baltimore: The Johns Hopkins University Press, 1978. 3-4.

② Thoreau, Henry David. *The Essays of Henry David Thoreau*. New York: North Point Press, 2002. 154.

第一章 梭罗的道德观

事,"的确改变事物和关系",但这种改变"不仅分裂国家和教会,分裂家庭,呵,也分裂个人,将他体内的恶性和神性分离开来"(《论公民》233)。即便是"法律也从不使人更加正义"(《论公民》227)。美国政府存在的目的,就是为了"保护"获得报酬的勤奋"劳动",因此,"政策不是道德——政策从不能保证任何道德正当,仅是谋划权宜之计而已"。① 美国政府用来塑造人的策略,无异于"妖术",被政府的策略塑造出来的人也"仅仅是人的影子和人的联想而已"(《论公民》228)。梭罗对政府和政治的极端否定态度,确有无政府主义之嫌。但是,作为一个在知、行、言等方面均有更高智性标准和更高道德要求的智者,一个拒绝将人之存在和社会之存在的根本目的视为满足私利和私欲、保护私利和私欲的智者而言,梭罗必然拒绝用已被他批判了的和意欲超越的常人或众人标准来检视政治和政府。常人的标准,在他看来,是"较低的视点"。从这一视点来看,"[美国]宪法,尽管有各种各样的缺点,仍是优良的;法律和法庭也是值得尊敬的;甚至这个国家以及这个美国政府,在许多方面,都值得称道,是稀有之物,令人心存感激,就像不少人所描写的那样;但是,从较高一点的视角来看,它们便是我所描述的那样了;从更高一点、最高的视角来看,谁又能说它们是什么呢?或者谁又能说它们值得一看或值得一思?"(242)伯克在《行为动机语法》中的一段阐述可以解释梭罗所说的常人思维:

当亚里士多德定义人为理性动物时,他用的是属加种

---

① Thoreau, Henry David. *The Essays of Henry David Thoreau*. New York: North Point Press, 2002. 190.

差。"动物"代表属,"理性"代表种差。但是,请注意,我们的技术和财务语汇完全得自人的种差本质,因为钱和机器完全是人的属性。诸如此类的动机并不存在于自然之中,不存在于人的发明之外。这些动机所提供的内里的内里或顶上的顶上具有明显的人思特征,就像用来制作工具的工具,用来赚钱的金钱,或者说亚里士多德人思之思即为上帝的观点一样。

为此,用钱和技术的方式看人,例如,当我们"有效地"建构金钱和技术两个术语中的任何一个背后的人之动机的合理性时,就在某种程度上"完美地"将动机主题简单化了。因为我们将人之动机的一个方面当作人之动机的本质了,所以,我们实际上是将人的属性本质简化成为了种差本质。[1]

将梭罗与无政府主义简单地画上等号,显然也是此类思维的典型代表之一。视点的高低,决定了梭罗的生活实验是否可以成为伯克所说的"进步的转变",一种超越性的成长。[2] 从最高的视点观看政治,政治便不是应被大众感恩戴德的对象了,而是将德与制分离、商与德并论、人与地对抗、人与神等身的人之现象了。为了在最高视角上也即在超越政治以便概览政治全貌的视角上知、行、言,梭罗必须毅然而然地穿过与这一现实还有着千丝万缕联系的豆田,他必须穿过政治场域,走向森林。就像

---

[1] Burke, Kenneth. *A Grammar of Motives*. Berkeley: University of California Press, 1969. 410.

[2] Burke, Kenneth. *A Grammar of Motives*. Berkeley: University of California Press, 1969. 429.

第一章 梭罗的道德观

"豆田"一章居于《瓦尔登湖》的中间一样,豆田只是梭罗走向"湖"、走向森林的经停之地,而非终点之站。从豆田走向森林的梭罗,类似于伯克所说的从《裴德拉篇》到《理想国》的柏拉图:"前者之动机是传统的、现实的、'前启蒙'状态下的宗族的崩裂;第二者则在'更高'层面,在一种以理想方式所构建的国度的形态之下重新求得宗族概念。"① 但是,这个梭罗是完全抛弃了宗族观念的人,因此,他更类似于柏拉图从洞穴突围到洞外、又从洞外回到洞穴的哲人。洞穴中的哲人周围,尽是将影像当作真理的人群以及人群依赖影像所设立的人之制度,尽是梭罗所说的"我们不敬拜真理,我们敬拜的只是真理的印象"的人群。② 哲人只有突围到洞穴之外,才有可能寻找到提升人之品质的更高可能和更高法则。

梭罗相信,社会"需要的是人,不是政策之人,而是正直之人,这样的人可以识别高于宪法的法则,也可以识别高于大众决策的法则"。③ 正直品格,正如梭罗在"豆田"之前的章节中阐述和实践的那样,包括自甘贫穷、心脑之勤和豁达大度等,是识别更高法则的必要条件。如果当我们的周围,如伯克所说,环绕着一种政治黑暗的时候——"令人厌恶的无目的"或者"更加令人厌恶的目的性",我们不仅必须选择最高的视点观物观人,我们还"必须从其他地方获得坚定性——我们必须探寻某种身体肌

---

① Burke, Kenneth. *A Grammar of Motives*. Berkeley: University of California Press, 1969. 428.
② Thoreau, Henry David. *The Essays of Henry David Thoreau*. New York: North Point Press, 2002. 211.
③ Thoreau, Henry David. *The Essays of Henry David Thoreau*. New York: North Point Press, 2002. 190.

肉及其在头脑中的对应物"。① 这个其他地方,对于梭罗而言,就是森林和湖泊。进入森林、面对自然之湖的梭罗,抛弃了心脑可以依赖的现成概念和思维体系,也不再借助手脚之劳为心脑之劳提供素材,真正地从席勒所说的行动之人转变为沉思之人。在豆田里劳作的梭罗,只是行动之人,而非沉思之人,因为,如席勒所说,行动之人,只是行道德准则之事,知他人已知之事,享人所共求的快乐时光。沉思之人,则对美德、知识及快乐之意、之道,予以思与知。② 如果说豆田里的劳作,让梭罗从工具状态溯回到农民状态,那么,湖边的沉思便是从农民状态溯回到人之状态的关键。但是,重获人之状态的前提,又必须是从农田回归到森林,因为,只有当沉思的环境和对象是不受世俗影响的森林时,沉思才可以用森林自身的方式体验和感知森林之中的美德之道、知识之道和快乐之道,才可以与森林形成交易。

　　当身处湖边、别无旁顾时,梭罗意识到了在豆田中无法感知到的真相:围绕他的森林和现实"不断地滴入、不断地浸润我们",让我们"理解什么是壮丽与崇高,宇宙万物才会不断地、顺从地回应我们的思想,道路才会为我们铺就而成,无论我们的行程是快或者慢。那么,让我们用生命来思想吧"(66)。自然之于沉思着的梭罗,就好似大卫·科瑞所描述的神谕之于苏格拉底一样。在科瑞看来,苏格拉底反复提到的神谕,与纯宗教信仰的神谕具有相通性,是一种"绝无谬误的暗示",在人的理性思维中

---

　　① Burke, Kenneth. *The Philosophy of Literary Form*. Berkeley: University of California Press, 1973. 161.
　　② Schiller, Friedrich. *On the Aesthetic Education of Man*. Trans. Reginald Snell. NY: Dover, 2004. 83.

起着类似于"直觉"的作用,推动理性思维进入运行状态。① 但是,梭罗所寻找的暗示,与美国17世纪下半叶和18世纪上半叶清教观中的宗教神谕有着本质差异。恰如神学家爱德华兹所说,宗教信仰者眼中的"圣灵住在圣徒心中,住在圣徒心中的圣灵是生命的种子和生命的源泉",圣徒因为圣灵的眷顾而得神谕(74)。梭罗的无谬误暗示,则既须通过心脑之勤而被起获,又非"主词(god-term)"一语所能一言蔽之。因此,梭罗的无谬误暗示,也区别于柏拉图业已存在于人脑之中的先验知识。

当然,爱德华兹在将神谕视为神灵赋予圣徒的"新的自然法则"时,丝毫不排斥人的主观能动性,因为神谕并未赋予受谕者全新的灵魂能力,即理性能力和情感能力,只是"在灵魂的本质之中奠定了新的基础,从而使同样的理性能力能够施行新的行为"(77)。梭罗在森林中所感知到的更高法则,由于保留了主观性和超验性,似乎可以被看作是对爱德华兹"新的自然法则"的转义。但事实上,爱德华兹的超验趋于虚无,梭罗所避开的恰是这种虚无性。梭罗在寻求更高法则时将主观与超验相结合的方式,与20世纪美国哲学家查尔斯·泰勒所提出的解决当代道德病症的方式有更为本质的共性。泰勒认为,当社会体制被视为最高法则时,社会要么受大众主义制约,要么染虚无主义顽症。20世纪最伟大的作家们为治疗两种顽疾开启了一扇希望之门。他们的治疗路径,便是方式的主观化和"质料"的非主观化,或者说"主观和超验的交织和混合"。② 但与梭罗相比,泰勒的见解

---

① Corey, David D. "Socratic Citizenship: Delphic Oracle and Divine Sign." *The Review of Politics* 67(2005):225.

② 见查尔斯·泰勒:《本真性伦理》,第73、107—108页;Taylor, Charles. *Sources of the Self*. Cambridge: Harvard University Press, 1989. 493.

虽有启明作用，但却过于折中、抽象和简略。泰勒将大量的笔墨花费在分析疾病病症和疾病的产生与发展过程上，在阐述解决路径时却惜墨如金，使得解决路径最多只是一个顺水推舟的结论而已。而梭罗对于更高法则的体验和认知，成为"豆田"之后"湖"和"更高法则"两个核心章节的主旨。

在这两个章节中，湖之于梭罗，完全不同于豆田之于梭罗。与豆田相比，湖不带有人的劳动印记，是自然之具象，是自然的更高法则之具象，因此，"瓦尔登湖是交易的好地方"（14）。如果说在豆田里劳作的梭罗，认识到了手之劳动寓言知之劳动的本质，认识到了豆田寓言人之劳动非占有性的本质，那么，在湖边观察和沉思的梭罗，则识见到了自然的具象本质和寓言本质，识见到了湖作为自然之具象继而也是自然秩序之寓言的本质。只有在这一认识的基础之上，梭罗才能获得湖经由寓言方式所展现出来的绝无谬误的暗示。此时的梭罗，与湖有了一种"交易"关系，有了一种无需中介的交易关系，因为湖是未经人之语言和人之秩序中介了的自然秩序，而湖所表意的更高法则也是未经中介的准则。梭罗既不用标尺，也不用公式，而是用眼、脑、心，辅以绳和石，测算湖之深度和宽度，勾画湖底之样貌，确认湖最长处的直径、最宽处的直径相交在湖最深处的事实，知悟"我们还未曾视见到"的"更大量的貌似冲突实则一致的法则"（194），识见湖的颜色之变和季节之变背后的"和谐"（194）以及湖表面上的纯洁、清澈，感知湖面背后深不见底的寓意。常人必用的标尺和数学公式，此时不仅毫无用武之地，反而有可能成为湖之寓意和人之认识之间的巨大障碍。正是因为有了梭罗的心脑之勤，湖作为"地与天的媒介之物"（127），作为"天之水"和"地球之眼"的寓言角色才呼之欲出（125），湖作为自然神性和自然秩序

"最美丽、最传意之物"的本质才渐露端倪(125)：湖既"呈现出空中之灵"，又"不断从天上汲取新生命和动力"(127)。

但是，仅仅认识到湖背后的终极和谐秩序，湖背后高于政策、俗见和众议的更高法则，并非梭罗与湖之交易的最终目的。与湖进行"贸易"，其目的是让更高法则惠及贸易者自身，再经由贸易者惠及社会。为此，梭罗一方面认识湖所昭示的终极秩序和更高法则，另一方面，则反复重复着由湖及人、由人观湖、由湖观人的思维循环。与视人之内心为自然之反映、视人之内心为道德之源泉的浪漫表达主义恰好相反，梭罗视野中的湖，是一面不碎裂、不消蚀、不褪色的"镜子"(127)。由人观湖时，湖和其背后的更高法则是永恒的，人却是有限的。湖以某一种形态所彰显的自然法则，对于人而言，有无限多个侧面，依人之视角的变化而变化，但人却永远无法探得其全貌，无法改变其永恒："国家周而复始，它却没有受到任何玷污。"(127)然而，由于人有感知和理性，正直的人便可以在望向它眼睛和镜面的那一刻，"度量到自身本质之深度"(125)、自身之局限与自身之能力。观湖的梭罗，就像柏拉图在《裴德罗篇》中所描述的观爱者之眼的被爱者一样，只有"观"才有知之可能：只有观太阳或在阳光下观太阳照耀之物而非火光下的阴影时，才可接近太阳之真谛；只有观爱美者之眼而非众人之影像时，才可获知美之样貌与自身之美，才可超越观时之假设，获得"更高法则"，而非由假设而预设了的结论。

这样的"观"挣脱了所有预设、俗见和肤浅，展现了感知、想象以及理性的慎和勇。因此，当邻人重又出现在脑海中时，梭罗借着湖之镜，分出了两类不同的观湖之人。一类观湖者，就像命名 Flints 湖的拓荒者一样，只见其貌而不识其意，沉浸在自己的浅薄自大之中,沾沾自喜于人理屈词穷的"命名法"(132),盲目自信于人自身所设定了的验证自然规律的方法和体系,以及用这些方法和体系构建起来的所谓自然法则和自然本质。而所有这些在最高法则面前只不过是"赝品和幻觉",湖与最高法则才是"最令人奇妙的"真实现实(65)。梭罗在回望命名 Flints 湖之流的现状时感叹道:"现在我们仅仅是了解了一些自然法则而已。然而,即便是这些已知,也被我们自己对计算过程中必要的参与元素的盲然无知而不是被自然界的混乱或无序规则荡涤一空或腐化败坏了。我们对法则与和谐的理解,通常只局限于我们可视见的事例。"(194)与这类观湖者相反,另一类观湖者,其内心的最深之处,恰恰处在湖的两条直径的相交点上,这"便是人之品格的至高和至深之处"(194)。这样的高贵之人,可以包容湖的最深之处在其思想深处栖息。湖所彰显的意义之深浅,取决于观湖者本身。观湖可以观得他人乃至人类之本质:看"他湖岸的走势如何,看他周遭的情势如何,以此推断出他的深度与他藏而不露的最深之处"(194)。观湖也可"度量到自身本性之深度"(125)。与自然达成如此交流的梭罗,便不再是初到森林时那个"只知我是人之实体"的"我"。那时的"我",只能意识到自己是由思想和情感所构成的"场景",意识到自己的"某种双重性",意识到存在于自己体内却又批评自我,"不分享但却观察自身经历"的另一个自我也即"旁观者"(91)。初到森林的"我"眼中的旁观者,仿佛就是泰勒所说的现代性双重自我中的他者,[①]就是卡维尔所描述的在分裂、局部和无序中找到了自我完整性

[①] 参见 Taylor, Charles. *Sources of the Self*. Cambridge: Harvard University Press, 1989. 143-76.

的梭罗。但是,卡维尔把此时的梭罗与"春天"一章中的梭罗混为一谈,将梭罗此时的自我理解为梭罗的最高境界,不仅未能逃脱反而重复了现代自我观或者说洛克自我观的误区。①

事实上,观湖过程中的梭罗,完成了从双重分裂的自我到真正理性自我的转变。站在结了冰的湖边,梭罗看到,在"覆盖着一汪汪浅水洼"的湖面上,自己的双影"头对头而立","一个立于冰面之上,另一个立于大树之上或山腰之上"(196),仿佛他自己也成了天地的相交之处。与天地相交了的梭罗,体验到两种本性在自身体内的共存和作用:精神生活的本能和原始生活的本能。精神生活本能与原始生活本能并不是相互冲突的二元对立,而是当"更高本质沉睡"、动物本质便"苏醒"了的联动体(146),是在本质上"最为低俗的欲望"经由精神可以转化为"纯洁和热爱"的统一体(147)。物欲和动物欲望只是最低俗欲望的表象,在本质上,最低俗的欲望其实是"慵懒的头脑习惯"(148)。但是,脱离愚昧,获得自尊,并不等于在偏废和贬黜原始本能的前提下阐扬和光大精神本能,而是建立在对两者同样敬之有加的态度之上(140)。但是,这种敬之有加,又并非对原始欲望的无奈认同和消极接受,也不是精神本能对其的压抑和管制。这种敬之有加,有如优秀青年的成长之路一样,始于狩猎和垂钓,终于作诗或博物,让作为"低等级创造"的原始本能,"喂养我的天赋"(146),与可使人之兽性转化为神性的精神本能互相促进(146)。将习惯和众议从自己的体内荡涤一空,尚不是真正的纯真。纯真是当人的原初"生殖力"被养化之时"健硕活跃、灵感迸

---

① Cavell, Stanley. *The Senses of Walden: An Expanded Edition*. Chicago: The University of Chicago Press, 1981. 103.

发"的生命状态,"纯洁是人的旺盛之状态,我们所说的天才、英雄主义和神圣性等,都是纯洁之果实,只有当纯洁之路敞开时,人才可向神涌动"(147)。为此,梭罗所说的纯洁的优秀青年,与爱默生的诗人一样,既是狩猎者和垂钓者,也是哲学家、诗人和隐居者(179-180)。梭罗在林中与垂钓者、狩猎者、隐居者、诗人和哲人的相遇和相聚,成为梭罗走向纯洁之路的必然际遇,成为优秀青年成长过程的寓言。梭罗在田野里所获得的豁达大度的劳动道德观,在"湖"与"更高法则"两章中,上升了到了这种通向更高原则的道德认知观。

只有在获得了这样的认知观时,梭罗所观察着的湖,才如雷昂所说,成为了"导师"、"先知"、"自然法则的过滤器"、"精神重生和道德改造的聚合与映射"、"衡量梭罗进步的标准,也是促使他进步的积极力量"。① 但是,和把《瓦尔登湖》中的自然理解为道德成长之典范的菲利普·克法罗一样,②雷昂完全忽略了观湖之方法、心脑之勤劳、道德之努力对湖之深意、湖之力量是否能够跃然而出的决定性作用,也忽略了梭罗由观湖而观自我、观邻人的循环。正是由于梭罗以清理自我和心脑之勤奠定了观湖的道德基础和认知条件,湖才有可能如坡艾慈所说,成为了窗户,也成为了镜子,成为了梭罗向外看世界、向内看自己的器官,"观湖才成为观人的绝好类比"。③ 此时,"作为象征,此湖既深

---

① Lyon, Melvin E. "Walden Pond as a Symbol." *PMLA* 82 (1967):292.

② Cafaro, Philip. *Thoreau's Living Ethics*. Athens, GA: University of Georgia Press, 2004.

③ Poetzsch, Markus. "Sounding Walden Pond: The Depths and 'Double Shadows' of Thoreau's Autobiographical Symbol." *American Transcendental Quarterly* 22 (2008):395.

又纯"(190),既包含了自然秩序的含义,又包含了社会道德秩序的含义。而人在自然归属中的道德含义便是,"天空既在我们脚下,也在我们头上"(188)。

这种目标高远、豁达大度、生动纯洁的道德认知方式,既为他在前三章中所呈现出来的现实问题提供了迥异于实证主义和经验主义的"实证"性分析,也为这些问题提供了迥异于常识性科学主义的"科学"解决途径。梭罗在1851年1月7日的日记中这样评价与政治同被奉为至高的科学,"科学不代表所有人类所知,只对从事科学之人存有意义"。① 科学狭隘、冷漠而现实。在霍布斯的理念中,人不可如动物般活着的途径是"利维坦"或一个"人造的人"。② 在现当代的美国,"利维坦"、商业主义和科学主义已然成为互利共赢的利益共同体。由于生活在这个共同体的大洞穴中,"我们的敌人就在我们中间,在我们周围","我们的敌人无非是脑与心的普遍呆板和普遍迟钝,是活力在人体内的匮乏,而活力的匮乏则源自我们的恶习,正因为如此,各种恐惧、迷信、偏执、烦扰和奴性才会随之泛滥"。③ 也正因为如此,自然力量的优越,人之身体的脆弱,人之体制的易误,才会如弗洛伊德所说,成为人丧失自由和快乐的三个苦难源泉。④ 弗洛

---

① Thoreau, *Selected Journals of Henry David Thoreau*. Ed. Carl Bode. New York:The New American Library,1967.105.

② Hobbes,Thomas. "Leviathan." *The English Philosophers from Bacon to Mill*. Ed. Edwin A. Burtt. New York:The Modern Library,1939.197.

③ Thoreau, Henry David. *The Essays of Henry David Thoreau*. Ed. Lewis Hyde. New York:North Point Press,2002.267-68.

④ 在 *Civilization and Its Discontents* 以及 *The Failures of Civilization* 两本著作中都有关于此意的表述。如 Sigmund Freud, *Civilization and Its Discontents*, trans. David McLintock, New York:Penguin Books,2002.24.

伊德没有寻找到超越苦难的途径。梭罗在"结论"中嘲讽法国资产阶级革命家奥诺雷·里克蒂为反对被神圣化了的社会法则而展现出超乎寻常的决心时暗示,革命或许是破除苦难的方法之一,但是,梭罗相信,看似坚决的革命者,其革命行为的不顺从其实往往是对他个人法则的隐形顺从。在梭罗看来,一个理智的人,只有"通过顺从于更为神圣的法则"才能有效反对被视为神圣的社会法则(215)。因此,梭罗在《瓦尔登湖》中始终追求的个人目标,便是必须成为真正的人,即"勇敢、智慧和独见的人",或者说"能够把他的思想和喜悦用作公正和持久的创造之材料的"诗人,[①]因为只有这样的人,才能与自然更高法则建立以谦卑为基础的贸易关系,与人之身体的脆弱达成和解,与人之体制的易误不断抗争。观湖与成就诗人之间的密切关系,使得梭罗所说的诗人全然不同于苏格拉底所见之诗人。苏格拉底在发现诗人谈诗不如作诗的事实后,得出了诗人之诗实为神授灵感所赋的结论,但苏格拉底所见之诗人,却固执地坚信好诗皆拜自身智慧所赐,因而沉溺于沾沾自喜之中。[②] 与这种诗人相反,梭罗的诗人,是由谦卑、豁达和勇气所成就了的:

> 如果一个人沿着他梦想的方向充满信心地前行,努力过他想象中的生活,那么,他将获得成功,这种成功在平常的时日中是无法料想的。他将把一些东西抛诸身后,将穿

[①] Thoreau, Henry David. *Selected Journals of Henry David Thoreau*. Ed. Carl Bode, New York: The New American Library, 1967. 274. 1858 年 5 月 6 日日记。

[②] Plato, *Apology*,《柏拉图著作集》,本杰明·乔伊特英译,广西师范大学出版社 2008 年版,第 249-275 页,第 254-255 页,22c。

过无形的疆界;全新的、普遍的、更加自由的法则,将开始驻扎在他的周围、他的内心;或者,旧的法则将会被扩展,在更自由的意义上以他所接受的方式被诠释。他将手执生命更高秩序之执照继续生活。宇宙法则将会显得不再那么复杂,其逐渐单纯化的程度依他简化生活的程度而定。孤独不再是孤独,贫穷不再是贫穷,弱点不再是弱点。(216)

至此,梭罗从第一章的身体——衣食住行的最低所需,回到了"结论"中的身体——内心的自由、富裕、充实和强健。从走向瓦尔登湖到认识更高法则再到由湖至人的探索旅程,在梭罗看来就是"带着一船腌肉"在"道德世界的陆地上、海洋里""独自探索个人的大海、个人生命的大西洋和太平洋"的远征探险(214)。这种探险,不同于康德或弗洛伊德般的探险,更不同于欧洲各国在纯粹政治和经济动机支配下的远征探险,后者至多是"大圆弧航行"(213)。梭罗道德探险的所到之处,看似只是极其狭小的人之头脑,却比地球广泛而遥远得多。探险者,"即你自己内心整个新陆地和新世界的哥伦布,打开了新的通道——不是贸易通道而是思想通道"(214),成为真正的人之"故土的宇宙学专家"和世界主义者(213)。

三

梭罗观湖时的思想探险,将他从自然到自我到邻人的循环提升到了全新的阶段。由湖至己的过程,提升和完善了梭罗的自我认识,使他的自知和自善趋于同一。由湖至己至人的过程,提升了梭罗对邻人和人类命运的认识,使梭罗的知湖、知己和知人趋于统一,也使他对人的存在意义有了不同的理解。梭罗对自然法则、自然力量和思维模式的豁达大度,也随之提升为对邻人个体的豁达大度。早在"豆田"一章中,认识到豁达大度之重要性,徜徉于丰富的感知与想象中的梭罗,就不再像在前三章中那样将邻人视为无名无姓的符号群体或一无是处的奴性形象了。即便是那些早已逝去的拓荒者、爱讲童话的老妇、留下遗迹的土著、被人虐待的黑奴、农民 Stratton 一家、被人杀害的 Breeds 一家、制陶工 Wyman、爱尔兰人 Hugh Quoil、居住在铁路沿线的遥远的居民们,都随着梭罗愈发生动的记忆、想象和叙述,而逐渐成为颇具生气、个性鲜明的左邻右舍。体格强壮、意识浅薄、精神空洞的加拿大樵夫,的确全然把生活当作了"简单的权宜之计"(101),但面对他的诚实,面对他对不可知的敬畏,梭罗意识到,"在最低级的生活中或许也存在着天才之人"(101)。南方逃来的黑人奴隶,智力轻障的流浪者,以他们发自内心的谦恭让梭罗看到,他们拥有的是"他们自己都不曾意识到该如何处置的""智慧和风趣"(102)。"采摘草莓的孩子们,周日早晨来此散步的铁路工人们,垂钓者和狩猎者们",与"诗人和哲学家们",不再是截然不同的两类人,而是具有了同样道德身份的"诚实朝圣者"(104)。

在"湖"这一章的前后,由于梭罗获得了心和脑的最高自然属性和自然本质即豁达大度的境界,梭罗对邻人的态度进一步由宽容提升为共情,在邻人个体中看到了生命之共性。即便是了无生趣、木讷愚钝的爱尔兰农民约翰,在梭罗内心唤起的也不再是蔑视,而是万般惋惜,乃至无限期许。远处传来的与约翰的生活格格不入的笛声,"和着他〔约翰〕内心的情绪奏出了和谐之声"(148),唤醒了"沉睡在他体内的人之能力"(149)。漫步在瓦

第一章 梭罗的道德观

尔登湖边的梭罗，情不自禁地在脑海中勾勒出一个在"日落前"已经"洗心革面"、焕然一新了的约翰（140）。梭罗甚至得以倾听逝者之声，感知逝者之事，重与逝者为邻，成为超越时空的生命延续者。当然，即便是在"更高法则"一章之后，处于循环结构中的梭罗，其对邻人的共情也绝非对原则的放弃。在联想到这片森林曾经的居住者们，那个古老的小村庄时，梭罗虽然不再冷语相向，但仍毫不留情地质疑道，他们为什么未能留下任何曾经存在的蛛丝马迹？"有关这些人类居住者的记忆，对环境之美的提升是多么微不足道啊！"（176）。

尽管如此，不断融于"更高原则"统一体中的梭罗，不断认识到"我对湖之观察所获同样适用于道德"的梭罗（194），仍不断验证着初进森林时所意识到的自然乃是"同情"，是"无以用言语表述的纯洁无瑕和仁慈宽厚"的真理（93）；不断强化着"辨出邻人纯真"的思想能力和道德能力（210）；不断坚定着人人心中都蕴藏着可资养育的纯真的信念。在"春天"一章中，"昨天还把邻人看成窃贼、醉汉或声色犬马者"，并因此而"可怜或蔑视他，乃至绝望于世界"的梭罗，如今在温暖春晨、再创世界的阳光下，以焕然一新的视角目睹了同一个邻人"那已经精疲力竭、放纵堕落了的血脉，随着新一天带来的喜悦和福祉重新偾张"的整个过程，感受了"春天以其婴儿般的清纯"在邻人身上所发生的作用。于是，梭罗不再耿耿于怀于邻人的过错，他体验到的只有围绕着邻人的"善意的气氛，甚至还有神圣的感知，这感知摸索着寻找表达方式，可能有些盲目，有些徒劳，就像初生的本能"，看到的只有"随时欲从他那粗糙的外皮下破土而出的纯洁而美丽的幼芽"（210）。此时，梭罗通过识别邻人的两面性，将自己从自审到自清再到自善的个人实践，通过想象，转化为了邻人从麻木和愚钝到如春天般的纯洁的过程,转化为了对共善诉求的表达。梭罗的认识能力和道德能力,在不断经历分分合合的辩证过程中得到了质的飞跃。在"春天"一章中,梭罗基本完成了由自然向着社会的回归,向着广义的人的回归,完成了"我"之角色和作者角色的三重提升:从旁观者到倾听者到共情者的提升。

但是,由领悟自然之秩序而领悟邻人之纯真,这作为梭罗由感知、想象和抽象思维共同参与的认识活动和道德活动的收获之一,其实只是部分地完成了共情角色,因为,此时的共情表达还未彻底完成共善诉求的表达。在"春天"一章中,使梭罗、邻人、自然进一步统一的共善者角色,是在两个条件下完成的。首先,梭罗必须在认识到湖的寓言本质的基础之上,认识到自然作为诗人的本质,认识到自然作为故事叙述者的本质。在"湖"和"更高法则"中认知了自然万物传意本质的梭罗,在"春天"一章中,将这种认知推向了更高层面。梭罗意识到,大地不是"已经死亡的历史之碎片",不是等待人类去改造的"一片早已成为化石的土地",而是"所有动植物的生命都寄生于其上"的"活着的诗歌"(206)。梭罗在自然万物的形态中视见了其诗性的传意方式:在动物的羽毛、人类的内脏、植物的叶子、地球的样貌中,看到流动着血液的"血管"(204);在寒冷的冰天雪地中看到冬天"用爱人的温柔装点着夏天的长发"而非"粗鲁和暴戾",看到了蒯草那"比希腊语或埃及语还要久远"的"古老风范"(206);在一片嫩叶和一面"山坡"中,看到同样被描画了的"自然的所有行事原则"(205);在一堆沙子中,"发现植物叶子的即将诞生"(204);甚至在 lobe 一词的内脏之意(肝叶、肺叶等)和外形之意(一片干叶,因为 f 和 v 形似被压扁和干燥了的 b)中,看到形似而意合的生命之表达。梭罗觉悟到,"啊,字母的根基原来就是物,自然之物与自然之现象原来就是表达我们思想和情感的原初符号或文字"。① 自然万物的传意方式与人的传意方式之间,存在着本质上的共通性,但保持这种共通性的前提是人之语言对诗性本质的持存。

其次,基于上述论述,成为共善者角色的第二个条件,是以尊重这种本质共性的方式进行独特思维和独特表达,用有限的语言但却是最为包容和宽广的方式,传递自然并不以人所期望之方式所呈现出来的更高法则之意义,传递不同生命之间的共性或联系。唯有如此,梭罗才可与他所观之物、所表之意趋于和谐、趋于同质,他诉求共善的角色才可趋于完善,作为认知者、言说者和诠释者的他与不同生命之间的共情,才可实现"精神的共情感"和共品质(214)。此时,"全新的、普遍性的、更为自由的法则,开始在他周围、在他内心生成,旧的法则开始扩展,更为自由地被诠释,朝着他想要的方式被诠释,而他则会手持更高等级的生命之执照,与之共存"(216)。

显然,由远离邻人到个人、邻人和自然的统一,再到基于统一基础上的超越,不仅有赖于个人对自然具象背后的更高法则的识见,有赖于个人对自然展示意义、呈现法则的诗性方式的诗性洞见,更有赖于个人以诗性洞见方式和诗性表达方式,既承认人只能识见自然法则之一斑而非全貌,又确信人的心脑和语言可以延伸自然之无限的谦卑之态和英雄之勇。梭罗认识到,自然既是"我"的认知对象,也是以独特方式昭示真理的终极主体,与"我"及邻人构成相互包容、相互再现、相互诠释的互动关系,

---

① Thoreau, Henry David. *Selected Journals of Henry David Thoreau*. Ed. Carl Bode. New York: The New American Library, 1967. p. 298. 1859 年 10 月 16 日日记。

但是,作为"上天露水之蒸馏器"的湖所昭示的意义却深不见底(121)。即便是"我的日常生活所获,在一定程度上,同样像早晨或夜晚的色彩一样,既无法被清晰理解,也无法用语言描述。它就像一个小小的只在瞬间闪现的星团,或者被我抓在手里的一抹彩虹的一小片而已"(145),"有时,我们似乎是透过朦胧的薄雾才看见处于永恒关系中的事物"。① 为此,一方面,梭罗拒绝对"更高法则"进行概括性定义,拒绝对自然秩序进行清晰描述,拒绝使用"称谓之称谓[Title of Titles]"或"主词"来覆盖存在之一切。② 另一方面,梭罗却坚信,我们可以也必须以"从自然及其真理"中"借用一个比喻"的方式,避免让"午餐成为午餐寓言"的现象重复发生(163)。此时的眼耳脑的所闻所视所言,恰如席勒所说,便不再是物质的粗鄙,而成为了形,成为了创造。但是,尽管席勒如是说,与得自然传意本质和传意方式之启示的梭罗相比,席勒却因过度依赖二分法或三分法(理性、美育和欲望),过度追求语言的清晰度和定义的准确性,而丧失了一定程度的清晰度,丧失了一定程度的包容性,最终为"美"凌驾于道德之上留下了可能性。③ 梭罗在"春天"一章接近尾声处的描述仿佛是对这种局限性的诗意反讽:

如果不是未经开发的森林和草地围绕着我们的乡村,

---

① Thoreau, Henry David. *Selected Journals of Henry David Thoreau*. Ed. Carl Bode. New York: The New American Library, 1967. 64.

② Burke, Kenneth. *A Grammar of Motives*. Berkeley: University of California Press, 1969. 429.

③ Schiller, Friedrich. *On the Aesthetic Education of Man*. Trans. Reginald Snell. NY: Dover, 2004. 126.

第一章 梭罗的道德观

我们的乡村生活便会停滞。我们需要野性的滋补,以便有时我们可以在……沼泽中跋涉,听猎鸟发出的声音,闻飒飒作响的莎草……在我们热切地探索和学习的同时,我们也需要万物保持神秘性和不可探索性,需要土地和大海无限狂暴,未曾被勘测和度量过,因为它不可勘测、不可度量。自然对于我们是永无止境的。在看到永不消竭的活力、广袤而巨大的面貌、漂浮着船只残骸的海岸、满是成长着的和腐朽着的树木的荒野、雷雨持续了三周并造成了洪水的大雨时,我们必须用这些视觉补充元气。我们需要见证我们自己的极限被超越,见证在我们从未涉足的地方有生命在自由地食草……我乐意看到自然充满着如此多的生命,以至于有足够大量的生命可以在相互捕食中被牺牲、被损失……既然有偶然性,我们必须看到可做的解释少之又少。智者所得到的印象会是普遍意义上的无辜。毒药毕竟不会引起中毒,伤口不会致命。共情是难以维持的境界。它必须是迅速完成的,它的诉求承受不了一成不变。(212)

梭罗用诗性的思维和语言所表达的,是伯克所说的立于援救人类的动机之上,包容分分合合的辩证关系,最终可以超越分合关系的道德进步和认识提升。但是,梭罗指出,共情境界稍纵即逝,这种进步和提升同样稍纵即逝。与此相符,诗性意义的本质也是"被使用一次,随即就被扔掉"(162),当诗性语汇完成时,它"带着我们进来、出去"。唯有语义意义才试图将某一刻的洞见延长为贯穿一生的套路。① 梭罗的循环结构同样表明,诗性境界不是一蹴而就的,而是个人一生知、行、言从日常走向森林之循环的不断重复:在将熟悉之物陌生化的基础之上,又经由全新的比喻、寓言等方式将不熟悉之物或之意熟悉化,继而如怀特所说,进入反讽之境界,既思考和表达人之思和言无法包容一切的事实真相,又思考和表达人之思和言"成序原则"的建构本质,使得"误与真、愚与知,换言之,想象和思想之间具有了存在意义上的连续性"。②

和怀特所暗示的一样,伯克也并不认为语义境界与诗性境界相对而立。在伯克看来,语义理想只是通过"淘汰观点的方式获得描述",将"所有使意义的客观清晰度复杂化的情感因素一律砍掉,一律抽象化","将过度阶段变成体制,就像修道会一样,将洗罪的情绪变成'官僚机构',将'瞬间状态'转化为固定物,给予此状态以制定好了的程序,将一瞬间延长为一种'生活方式'",极易简化为"非此即彼"的简单逻辑。③ 伯克指出,由于语义理想只"建立一种语汇以便用同样的模式讨论所有人和社会的事件",而道德成长却没有可以'通过重复而学会'的实用程序",所以语义理想"不可能提供可资思考道德成长复杂性的语汇"。④ 语义理想的典型代表便是实证主义科学,一种被科学

---

① Burke, Kenneth. *The Philosophy of Literary Form: Studies in Symbolic Action*. Berkeley: University of California Press, 1973. 162, 166.

② White, Hayden. *Tropics of Discourse*. Baltimore: The Johns Hopkins University Press, 1978. 5, 6, 21.

③ Burke, Kenneth. *The Philosophy of Literary Form: Studies in Symbolic Action*. Berkeley: University of California Press, 1973. 147-48, 138.

④ Burke, Kenneth. *The Philosophy of Literary Form: Studies in Symbolic Action*. Berkeley: University of California Press, 1973. 151, 147.

界、社会科学界和政治界广泛采纳为真理的科学,被伯克称为"欺骗性"的"将物理观点挪移到人之事件"的"暗喻迁移"。① 与语义理想不同,诗性理想是"不断扩大的包容行为","试图通过获得一个在所有观点冲突之上的视角来收获更为完整的道德行为",通过拟想一个穿越"戏剧"而非像语义理想那样绕过戏剧的语汇,"容纳更为广阔的人之关系",具有"更为丰富的劝告含义"。②

如果自然的诗性表意,可以在人那里得到延伸,那么,人与自然达成共情,便需要人在既谦卑又坚毅的态度之下,既发挥原始本能和诗性智慧,又发挥精神本能和理性力量,对自然和人进行认知,继而对认知之意义进行表达。换言之,共情境界并不止于人与人之间的和谐,还必须包括人经由思考和表达所再现出来的人的表意方式与自然表意方式的和谐,也即还应包括人与自然的和谐。只有此时,人才表达了共善的诉求,人才充分地"与真理打交道,人便是永恒了"(67),人也因此而知晓了人之生活的真理:人可以认知,但认知既有限也无限;人可以表达,但语言同样既有限也无限。两者的道德意义都存在于承认自身局限但却以合于自然而非人之体制的方式进行思想和表达的无限性之中,因为只有这样,人才可知自然,才可既尊重了具象式表意的自然,又尊重了自然赋予人的心脑功能。人才参与了自然之美,也提升了环境之美,人所到之处,"天与地便相接了"(179)。

---

① Burke, Kenneth. *The Philosophy of Literary Form: Studies in Symbolic Action*. Berkeley: University of California Press, 1973. 147.

② Burke, Kenneth. *The Philosophy of Literary Form: Studies in Symbolic Action*. Berkeley: University of California Press, 1973. 146, 144, 157, 148.

梭罗的确同亚当·斯密、休谟和爱德蒙·伯克一样,接受人都有同感心的普遍人性原则,但是,梭罗用实践和实验,用诗性表达和诗性思维,解决了亚当·斯密理论中所存在的服务于共同体利益的利己心和同情心之间的矛盾,也解决了令休谟反复踯躅的理性和情感在同情心中孰轻孰重的问题。在梭罗起于批判、走向共情的道路上,理性和情感从未分而治之,利己和利他也从未分庭抗争,因为,斯密所说的财富在梭罗处早已意义不再,休谟的二分法在梭罗的逻辑中也毫无意义可言。① 而由于梭罗的共情中容纳了被休谟和斯密等人所排斥了的自然,梭罗的共情也与他们所说的同情有了根本的区别。

在《瓦尔登湖》中,认识和表达的自然性,便与常识化和课本化了的、政治和科学所规定了的思维方式、研究方法和体系体制等的伪自然性、伪神圣性形成鲜明对照。阿多诺曾指出,"这个社会因为不容忍任何不带有其印记的东西,所以也最不能容忍那些让其想起自身无所不在之事实的东西,由此便不可避免地征用那些被其自身所作所为完全抹去了的本质,把这些本质作为其意识形态的补充",让本是人为的"命题领域、文化领域"穿上"自然性、自然"之外衣。继而,客观性或现实性被定义为主体对形式任意性的抵御,主体对表达冲动和鲜活意识的克制。② 即便是并不超验且将人之情感等同于自然的席勒也犀利地指出,具有进步意义的启蒙运动,"拒绝承认正当范畴中的自然,却

---

① 可见 Hume, David. *An Enquiry Concerning the Principles of Morals* (1751)和 Smith, Adam. *The Theory of Moral Sentiments*(1759).

② Adorno, Theodor W. *Notes to Literature*. Vol. 1. Trans. Shierry Weber Nicholsen. Shanghai: Shanghai Foreign Language and Education Press, 2009. 11, 5.

第一章 梭罗的道德观

不料在道德范畴内经历了她的暴政,在拒绝受其影响的同时,我们却从她那里接受了我们的行事原则"。换言之,我们表面上礼仪宜人,举止有度,为了所谓的客观而抛弃情感,在物质上却又臣服于情感,成为极端理性和低下情感(如强力和物欲)的奴隶。① 被剥离了内涵和诗性的形式与方法,在被等同于符合自然的形式和方法的同时,其人为性和主观性被人为遮盖,成为极端理性和权力欲望的工具。伯克也指出,语义语汇本身并非罪大恶极,只不过是"世俗的祈祷文"而已。当它只是走向诗性境界过程中的一个阶段时,它甚至值得被尊敬。但是,当它成为一个理想,成为终极目标,当它"被判定为避开某一种东西的避难所,并且不允许任何人提及这种被避开的东西时,它才变成了诗歌的稀薄形式,维持着自己的假设模式"。② 梭罗基于诗性本质的共情,消除了现当代哲学赖以存在和发展的主客体二元对立,模糊了被康德一分为二的知识判断和审美判断之间的界限,因而相异于被康德视为人的主观普遍性基础的共通感,相异于威廉·狄尔泰认为可以为诠释客观化、方法论化和体系化提供基础的共通认知条件。③

梭罗之所以反复强调林中实验的生活性,是因为无论是作为思考问题的切入点,还是作为对实验之本质的概括,"生活性"都扰乱了社会和文化领域的人为类属,扰乱了职业领域的分工

---

① Schiller, Friedrich. *On the Aesthetic Education of Man*. Trans. Reginald Snell. New York:Dover,2004. Schiller. 36-37.

② Burke, Kenneth. *The Philosophy of Literary Form: Studies in Symbolic Action*. Berkeley:University of California Press,1973. 167.

③ Dilthey, Wilhelm. "The Rise of Hermeneutics." Trans. Frederic Jameson. *New Literary History*,3.2(1972):232.

之界,扰乱了教育为人生和学业所钦定了的目的和方法,颠覆了将康德或狄尔泰等人的分类神圣化了的学术或专业思维方式。早在第一章中,梭罗就警示道:"建立学院的方式通常是先筹措美元和钱币,再盲目地将劳动分工法则运用到极致"(34)。以《瓦尔登湖》模仿自然为由将其结构定义为有机体,如凡戴尔曼认为梭罗的悖论式语言和第一人称叙述构成了一个"有机整体",恰恰是对阿多诺所指问题的重复。① 阿多诺指出,对自然的尊重,首先是要确认和明示这样一个事实:"自然对于人而言其实已经不复存在了。"②当具有古典学背景的梭罗,让"生活之实验"(34)等同于"生活之经济",又让后者等同于"哲学"时(35),他所说的自然性,便是人的心智之勤,人以心智之勤的独特方式对自然的知悟和参入,对"普遍纯真"之共情感的洞见和养成(212)。但是,将经济学上升为哲学,将共情上升为共善的诉求,却必须让心智之勤与笔端之慨相互交会。恰如伯克所说,语言或形式与心智或思维方式、与人之动机,必然是相提相携的,在"贫瘠的季节里",唯有文体可以作为"劝告性的、激励性的行为",因为,当文体所携带的语气不再是"凌辱性的",即不再是自上而下地对人说话,或者不再是"专横的",也即不再声称具有提升人的作用的时候,它才可以通过所有人的参与和所有人一

---

① Fendelman, Earl. "Toward Walden Pond: The American Voice in Autobiography." *The Canadian Review of American Studies* 8.1 (1977):15.

② Adorno, Theodor W. *Notes to Literature*. Vol. 1. Trans. Shierry Weber Nicholsen. Shanghai:Shanghai Foreign Language and Education Press, 2009.11.

起发出诉求。①

四

梭罗在1842年3月21日的日记中写道,"灵魂的命运从不能单纯通过理性来研究,因为理性模式并非出神入化","我可以计算算术题,却无法计算道德","但人的命运却恰恰是美德或男子气概,这完全属于道德范畴,只能通过灵魂之生活来习得"。梭罗相信,上帝不计算道德,也不讲道德哲学或伦理规范,"当一束神圣之光照亮灵魂的时刻,理性将仅仅是一抹暗淡的云彩而已",但自然也"为最节俭的方法提供了无可穷尽的工具"。② 美德的无法估算以及自然的节俭、宽容与豁达,一方面使得诗性认知和诗性表达成为知美德和传美德的必要手段,另一方面使得谦卑成为认识和表达的意志基础。谦卑,在凡戴尔曼看来,是《瓦尔登湖》与《本杰明·富兰克林自传》的根本区别。由于成功而非谦卑才是富兰克林的行动目标,道德判断的重要性便次于名誉了。为此,凡戴尔曼认为,富兰克林并没有以真诚态度对待文体、自身生平以及生平故事,其自传形式本身也失去了自审性,变成一种"自我颂扬和自我吹嘘"。③ 的确,对自身局限的无

---

① Burke, Kenneth. *The Philosophy of Literary Form: Studies in Symbolic Action*. Berkeley: University of California Press, 1973. 161-62.

② Thoreau, Henry David. *Selected Journals of Henry David Thoreau*. Ed. Carl Bode, New York: The New American Library, 1967. 64-65.

③ Fendelman, Earl. "Toward Walden Pond: The American Voice in Autobiography." *The Canadian Review of American Studies* 8.1(1977): 18, 21.

知,一方面会将自己桎梏在因为此局限而生成的局限视野之中,另一方面又会了然于胸地认为此视野甚是奢华和崇高。正如卡维尔所说,"人总是神化自己的力量,设计将它们变成半神,然后又用这些半神服务于他们的计划",且呼此为必须和必然。[1] 在梭罗的眼中,只有"谦卑才会像黑暗那样呈现出上天之光"(219),才会让人毫不掩饰地将人的创造性、人的心智等自然能力丰富到奢华,让语言和形式丰富到奢华。

换言之,道德基础和道德动机是创造诗性奢华和诗性共情的基础。在伯克看来,是否具有道德动机是诗性意义和语义意义的根本区别。诗性意义总是以道德动机作为起点的,事实上,谈论人与社会的语言和视角不可能与道德无关。作为道德行为的诗性行为,如若不"起始于对误入歧途的个人和非个人因素的洞见",便无法具备道德"诉求"的本质,因而也不再具备诗性本质。[2] 而诗性表达的道德诉求本质,在于诗性意义的写者和受者在情感和理性上共同回应和参与诗性意义所包含的戏剧过程。换言之,诗性意义既然必须携有拯救之心,便必须心系他人,必须给他人留出参与戏剧的空间。这样的道德之心贯穿在《瓦尔登湖》的始终。可以说,心系他人是梭罗自我完善的目标之所在。拯救之意、心系他人与自我完善的关系,在《瓦尔登湖》的前三章里,被寓意在不同的比喻之中。距离梭罗瓦尔登湖畔的住所"一英里"之遥的村庄(88)、瓦尔登湖边的铁路,与屋内分别为着"孤独"、"友谊"和"社会"而陈设的三把椅子和三个盘子

---

[1] Cavell, Stanley. *The Senses of Walden: An Expanded Edition*. Chicago:The University of Chicago Press,1981.97.

[2] Burke, Kenneth. *The Philosophy of Literary Form: Studies in Symbolic Action*. Berkeley:University of California Press,1973.164,167.

第一章 梭罗的道德观

一样(94),与看似矛盾的意图表白互为说明:自封"巡检员"、"勘查员"的梭罗(12),虽然决然而然地移入森林,但他宣称"我们都属于社群"(31),承认"我和大多数人一样热爱社会","我本非遁世之人,如果业务需要,我或者可以在酒吧里熬过最常在那里消磨时光的吧客们"(94)。林中小屋疏而不离的地理位置、小屋之内孤而不寂的陈设摆件,与梭罗在第一章开篇所建立的由我言他、由他言我从而由我及他的实验目标完全一致:梭罗宣称第一人称"将被保留",因为"我知人如知我,我便不会大谈自我"(1)。但与此同时,梭罗继续道,"还有一些事情我也不得不讲",一些"关于居住在新英格兰的你们"的事情——"你们的状况,尤其是你们在这个世界上、在这座小城中的外在状况或境遇,这状况是什么,是否有必要如此之糟,是否真的是不能改善还是宁愿不改"(2)。正是为了改善这一状况,梭罗宣称:"我"之目标,并不止于"著就一首忧郁颂诗"(57),不止于让自然界之和谐成为"我"内心之和谐,让"我"成为"精神贵族"(75)。"我"之目标,是成为一只"雄鸡","栖于木上,尽情唱晓,只为唤醒我的邻人们"(57),以"榜样"的方式(51)促成"一个模范农庄"(132),一个"贵族化的人之村"(75),而非有贵族生活于其中的普通村庄。贵族化的村庄是醒着的人共处一隅的友谊之村(216)和大学之村:"该是村庄变成大学的时候了,该是村中老者成为大学学伴的时候了。"(74)

与遮掩道德动机、将道德动机从思维和语言中分离的政治体制和科学真理不同,梭罗不仅将道德动机显性化,还将包含在诗性意义之中但并不一定明言的道德动机转化为明确的劝谕。沃尔克将梭罗的著作定义为"劝谕文学"并非毫无道理。沃尔克认为,《瓦尔登湖》通过"自我塑造",书写了美国人的"自我养成"。梭罗把自我养成作为共和国之基础,又用自我养成为市场社会中可能存在的一种生活方式提供了理论诠释。① 的确,梭罗所说的最高道德境界,最终并不是认知和美学自律所构成的道德自律,也不是观自我、观邻人和观自然的视角相交,而是寓于知行言之中的模范性和影响力。但是,梭罗在"结论"中又这样写道,即使是"一只野鹅也比我们更具世界主义性"(213)。这表明,沃尔克将梭罗的公共之心限定在国家的范围之内,显然有违梭罗本意。卡尔·伯得在分析梭罗之所以成为"时尚"的原因时指出,梭罗符合了柏拉图的哲学王模式,即"索居与回归的老套路:领袖人物必须在一段时间内远离尘世,专心思考,然后回归尘世,拯救人民"。② 在具有古典学背景的梭罗笔下,热爱智慧的美德之人,过着简朴、独立、大度和充满希望的想象和沉思生活,确实与柏拉图和亚里士多德所说的哲学家有本质共性。但是,梭罗不是眷恋希腊精神的怀旧者。首先,梭罗的诗人,取代了柏拉图的哲学王。其次,柏拉图的哲学王,亚里士多德的智性政治家,并非人人可为。对于他们而言,所谓正义的要义之一便是个人依天赋与能力不同而各司其职。但是,"天赋、英雄主义、神性等"(147),在梭罗看来,却是人人皆有。"落日反射在救济院的窗几之上,一如它反射在富人宅邸的窗几之上一样;雪花同样在春天的清晨融化在它的门前"(219),每个人的生命之路

---

① Leonard N. Neufeldt: "Thoreau's Enterprise of Self-Culture in a Culture of Enterprise." *American Quarterly* 39.2(2987):231-51. 该文也认为,梭罗用完全另类的成功手册抵抗和批判了当时流行的以成功手册为标志的大众文化。

② Bode,Carl. "Thoreau the Actor." *American Quarterly* 5.3(1953):247,251.

第一章 梭罗的道德观

都有可能、都应该"向前和向上"延伸,①因为人人天性中都拥有最美好的品质。当然,这些品质"就像果实上的花朵一样,只能通过精心呵护才能被保存"(3)。这种呵护并不来自政制和政治。梭罗在前三章中反复表明,在之后的章节中反复验证的事实是,政制乃有缺陷之物,当政制抛弃道德或将自身定义为道德准则时,政治便愈发"浅薄而野蛮",腐败便毫无阻拦地侵入了政治和社会生活,个人和国家随之便会因过量食用机器、体制、谀媚、工具和物质而患上"消化不良"的恶疾,②个人意识随之便会频遭破坏,个人的"道德、智识和人性"也将"在自己的意识上翻船倾覆"。③ 正因为如此,席勒对欧洲革命有了这样的洞悉:既然欧洲政治革命没有为道德可能性留下任何空间,将"真正的自由作为政治联盟之基础"便只能是"痴心妄想"。④ 为此,露丝·雷恩提出,在本就具有缺陷的政治和生活领域中,尤其是在腐败渗入政治和生活领域时,包含着群体性的个人之政治性,也即拥有更高责任及助人爱人之心的自治能力,便至关重要了。⑤ 而当个人的自治能力遭到破坏,当个人深受消化不良之害时,当引起病症的政治和经济常被用来治疗病症时,唯有非政治领袖式

---

① Thoreau, Henry David. *The Essays of Henry David Thoreau*. Ed. Lewis Hyde. New York:North Point Press,2002. 192.

② Thoreau, Henry David. *The Essays of Henry David Thoreau*. Ed. Lewis Hyde. New York:North Point Press,2002. 18,212,214.

③ 梭罗日记。收录于 *Walden and Resistance to Civil Government*, p. 267.

④ Schiller, Friedrich. *On the Aesthetic Education of Man*. Trans. Reginald Snell. NY:Dover,2004. 35.

⑤ Lane, Ruth. "Standing Aloof from the State:Thoreau on Self-Government." *The Review of Politics* 67(2005):283-310.

的模范和规劝行为才能挽救和呵护其他人的美好天性。即便是识见到宗教在现代社会中已无功效的弗洛伊德也相信,在人类的成长阶段,他们的"行为应该以一个睿智的导师为榜样,这个导师不会站在即将到来的新阶段的对立面,而是试图使成长之路舒缓平和,使成长的到来所带来的冲击力轻微温和"。① 抨击现代自我价值观念的泰勒同样相信,当代文化的挽救者,不是缠绕在喋喋不休的争议之中的学者或政治家,而是"投身于一个规劝工作",向他人展示他们所盲视和忽略之事的慈善者。②

但是,对于梭罗而言,这个慈善者并非通常意义上的慈善者。当某些人的生命之路,在恶疾缠绕下,既不向前也不向上延伸时,常识意义上的慈善家只是恶化恶疾而非治病救人之人。这种慈善,只是无思无智的乐善好施或滥施同情,是"枝和叶",其作用无非是在干枯之后被人用作治病的草药,在他人缺衣少食时为人提供果腹之物,因而"用途低下",常成为"庸医"手中的良方(52)。教堂便是"充斥着庸医"的疗伤医院(A Week 63)。作为庸医的牧师,其实充当着"警察"的角色,他们的慈善使人愈发懒惰与昏庸,使人成为"监犯",成为"残障者",甚至使人无法自行卒读《圣经》(A Week 62,63)。这些人都"是在使用最为低下的人之本质对他人表以同情"。③ 这样的慈善,在席勒看来,源于过度强烈的欲望,源于过于刚硬的原则,既"无序"又"冷

---

① Freud, Sigmund. *The Future of Illusion*. Trans. W. D. Robson-Scott. New York: Anchor Books, 1964. 71.
② 查尔斯·泰勒,《本真性伦理》第 87-88 页。
③ Thoreau, Henry David. *Selected Journals of Henry David Thoreau*. Ed. Carl Bode, New York: The New American Library, 1967. 297. 1859 年 10 月 4 日记。

硬",既是感官的利己主义,又是理性的利己主义。① 而当规劝者和导师促人撷取功名利禄时,他们便是"将人的兽性作为了娱乐对象"(179)。常识意义上的慈善和功利性的鼓励,是"被腐坏了的善和良"(50)。爱国主义就更像是"头脑中的蝇蛆"(214)。既然人之存在是感觉与思想,那么,在亚里士多德看来,予人友善和帮助,便是予人以感觉和思想的机会,促人感觉和思想而非替人行动和思想。② 政治或慈善,恰恰是在将个人与个人、个人与社会视为对立的前提下,或在将接受慈善者视为无能无为的前提下,阻碍人之感觉和人之思想,剥夺人之感觉和人之思想的机会。与政治的思路相比,诗人的逻辑则是:"如果所有的人都像我一样简朴地生活着,偷窃和抢劫就不再会发生。"(116)政治和慈善的视野之中只允许权利、力量、当下、自我和人之规定的存在。与政治的短视相比,诗人的视野既高远又宽阔:"我们可以达到的最高目标,不是获得知识,而是与神性产生共情",③一种"不一定比一本小说更加确定"的更高知识,但它却"借着阳光将迷雾点亮"(172)。诗人坚信,此样知识的认知和表达,"有时是回忆性的,有时仅仅是所谓知觉性的,另外一些则是预言性的"(168)。这样的认知,正如伯克所说,只有在"道德冲动"下才可被激发,才可被给予"热情和方向"。④

---

① Schiller, Friedrich. On the Aesthetic Education of Man. Trans. Reginald Snell. NY: Dover, 2004. p. 71. 见注1。

② Aristotle, *Nicomachean Ethics*. Trans. F. H. Peters. New York: Barnes & Noble, 2004. 197, 1169a.

③ Thoreau, Henry David. *The Essays of Henry David Thoreau*. Ed. Lewis Hyde. New York: North Point Press, 2002. 172.

④ Burke, Kenneth. *A Grammar of Motives*. Berkeley: University of California Press, 1969. 164.

既然邻人如梭罗在前三章中所示已然堕落,堕落到出言必污,甚至无法言说人之纯洁了(148),邻人所需便愈发是留有泥土清新和鲜花芳香的榜样和言语所散发出来的"香气"之熏染(51)。而散发香气者,在梭罗看来,唯诗人莫属。梭罗之所以置诗人于哲人之上,是因为诗人的存在一方面"实现于纯粹的爱之中"(178),另一方面也实现于甚于哲人的表达之中。由于表达甚为重要,爱默生写道,"人只是他自己的一半,另一半则是他的表达"。① 梭罗则点明了表达为何使诗人高于哲人的原因:"事实的收集者拥有完善的身体构成,哲学家拥有完善的智识构成,前者是站立着的,后者则是落坐着的","诗人则两者兼为,既施用并归纳出以上两者皆可得之结果,又作出最为宽广的哲学归纳"。② 但是,与更接近于浪漫主义的爱默生不同,梭罗的表达不是对精神秩序的中介,也不仅是对自然的中介,因为梭罗已经表明,精神无需中介便可获得,自然自身具有表意性,必得体验而不是通过中介才可被认知。梭罗的表达是既尊重自然秩序,又展现自我认知的表达,既契合于自然的表意方式,又契合于认知之有限和认知之可能之现实的表达,因此是包含道德意义的表达。基于这样的理解,梭罗"最惧怕之事,是唯恐我的表达不够自由、不够奢华,不能完全游离出日常生活的狭隘围限,不能充分表达我所相信了的真理"(216)。虽然"表达我们信仰和真诚的言词并不具有确定性,但它们却意味深长,香气悠远"

---

① Emerson, Ralph Waldo. *Essays and Poems by Ralph Waldo Emerson*. New York: Barns & Noble, 2004. 214.

② Thoreau, Henry David. *Henry David. Selected Journals of Henry David Thoreau*. Ed. Carl Bode. New York: The New American Library, 1967. 66. 1842年10月7日日记。

(217)。诗人纯粹的爱,并非普遍的、无原则的博爱,而是能够包容各种思维方式、体验方式和表达方式,包容人之潜能和更高法则的心胸开阔、"豁达宽容、优雅精致"(74),是能够在承认局限的前提下发挥潜力的睿智卓识和英勇无畏,是能够"拥抱孩子、乞讨者、疯癫者和学者,款待所有人的思想,并让他们的思想更加宽广、更加优良"的热情好客和博大心智(179)。而豁达宽容、英勇无畏的知、行、言,结出的是"那些被称为英雄、圣人、诗人、哲人和救赎者的稀有果实"。① 果实虽然稀有,但却芬芳怡人、香气四溢——"不是转瞬即逝的一隅之行,而是永不消散的自然溢出"(52)。这便是梭罗的诗人所隐喻的"慈善"之意(52)——"救起溺水者,系上你的鞋带"(53)。慈善是既拯救他人,又给他人留有自救机会。慈善之人"当使风与溪服务于他,为他言说;当将词语钉入它们最为原初的意义之中",在将词语"移到他的稿纸上时,定会让词语的根茎携带着泥土",以便它们在春天来临时"会像蓓蕾一样生发萌芽。尽管它们被图书馆的两页充满霉斑的纸张夹在当中,它们年年都会以其独有的方式,为忠实的读者开花结果,与周围的自然保持一致"。②

如果说梭罗收笔于"春天",那么,他就只是一个道德自律的个人主义者,至多是一个执着于想象的浪漫主义者了,他稿纸上的词语或许也不会生发果实了。但是,"春天"并不是《瓦尔登湖》的结尾。为了结出更多的果实,梭罗折回到社区现实之中,完成了由邻人到邻人的大循环。在"春天"结尾处和"结论"开

---

① Thoreau, Henry David. *The Essays of Henry David Thoreau*. Ed. Lewis Hyde. New York: North Point Press, 2002. 213.

② Thoreau, Henry David. *The Essays of Henry David Thoreau*. Ed. Lewis Hyde. New York: North Point Press, 2002. 167.

首,梭罗的结构安排和语言模式,都表达了以实验为榜样、使芳香四溢的劝谕观以及基于此种观念之上的慈善观。在"春天"接近尾声处,梭罗先是充满诗意地写道:

> 4月29日我在九亩角桥附近的河岸钓鱼……我看到一只非常轻盈、非常优雅的鹰,就像夜鹰一般,一会儿像涟漪般飞翔,一会儿在一两根枝条上翻滚,翼下部分显露出来,像阳光下的缎子蝴蝶结一样反射着亮光,或者像珍珠般的贝壳里层。这个景象让我想起放鹰捕猎,与这项运动相关联的是怎样的高贵与诗意啊。它看上去或许可以被叫做"墨林":但我才不管它叫什么。这是我所见过的最为轻盈优雅的飞翔。它不像一只蝴蝶那般只是鼓动双翼,也不像体积更大的鹰那样翱翔,但它却在空气的田野中,带着自豪的信任嬉戏着;它一边奇妙地咯咯叫着,一遍又一遍地向上攀升,一边又重复着它自由而美丽的下落,像风筝那样一遍又一遍地翻滚,然后又从它高傲的翻滚中回复过来,就好像它从未落脚在大地上一样。它看上去在宇宙中没有伴侣——独自在那儿嬉戏——除了早晨以及它与之嬉戏的天空之外,它不需要任何伴侣。它不孤独,却让它下面的地球孤独。(211)

三段之后便是"春天"一章的结尾。在结尾处,梭罗用两句毫无诗意的陈述,为这一章画上句号,也为他的林中生活实验作了毫无夸张的收尾:"我第一年的林中生活就这样结束了,第二年与第一年相似。我最终在1847年9月6日离开了瓦尔登湖。"(213)在紧接着的"结论"中,梭罗则以这样一句开首:"对于病人,医生睿智地建议换换空气和环境。谢天谢地,这里不是全部的世界。"(213)"春天"的结尾句,对于声称知却并不知的人而言,的确平淡无奇,对于将思与物分离,或将思想寄托于财富的人而言,甚至是贫乏和贫穷的再现。但是,结尾句句式短小、词语普通,恰恰表达了衣食住行可以被简化的程度,表达了外在生活表面上的平淡无华。"鹰"的一段则仿佛是结尾句的内核,是结尾句的里层,是人之头脑和道德内涵。"结论"的第一句既点明了《瓦尔登湖》的劝谕目的,又为"春天"中的最后两句和"鹰"的段落共同构成的戏剧性和诗性劝谕方法作了结论。地理疆界对于诗性描写所展现的豁达头脑而言毫无意义。医生换环境之说,要么是针对皮毛小病,要么是不谙医道的庸医之方,要么便是不怀慈善之心的误人之术。在"春天"的末尾和"结论"的开头,慈善和劝谕实际已经不可分割:既然人人"都需要见证我们自己的极限被超越,见证某种生命在我们从未涉足的地方食草"(212),慈善和劝谕之作用,便是让人人见证超越和超越的可能性。

五

由于读者和邻人总是存在于梭罗诗人英雄主义的视角之中,这种英雄主义便具有了民主主义的目标,但无论是英雄主义还是民主主义的实现都需要以超验的更高法则作为参照和媒介。梭罗相信,既然人一旦"建造了自己的命运",命运便"不再转过身去"(80),既然"人只能达到目标所及","他们便最好拥有高远目标"(18)。英雄的诗人所愿和所能承担的,是"将人的高贵潜能民主化",建成贵族之村的英雄使命。① 这不仅是英雄主义和民主主义的统一,也是自善和共善、批判与道德、超验与现实的统一。正因为这样的统一不仅遵从由个体而至集体的逻辑,而且也唯有经由个体才能实现,梭罗,就像科瑞笔下的苏格拉底一样,只针对个体而言说。苏格拉底不在议会论坛或公共讲坛,而是在集市广场上发表个人言说,在科瑞看来,苏格拉底的选择由于以市民同伴为对象,便具有了积极的政治意义。科瑞认为,苏格拉底式对话(即柏拉图早期写就的苏格拉底式对话)的确包含了阿伦特所说的两种政治意义。苏式对话一方面培养参与者在生成观点时真诚而一致地面对自己,养成其以良心为基础的认知观,另一方面又从不给出确定结论,促使参与者积极思考,养成其在政治语境中正确判断的思维道德习惯。②在这个意义上,《瓦尔登湖》与柏拉图的对话的确颇为相似。但是,阿伦特在讨论哲学与政治的关系时指出,既然哲学家所识见的真理只可奇迹般体验,不可言表,那么,柏拉图的哲学家之所以能够回到洞中,使得哲学服务于政治,是因为柏拉图不得已对哲学作了"变形",使之降格为常识性的见识和观点。③ 由于假设了真理与言表的不可统一,阿伦特虽然相信哲学可以惠及政治,但除了蜻蜓点水般地点明哲学须在承认真理奇迹之源

---

① Walker, Brian. "Thoreau's Alternative Economics: Work, Liberty, and Democratic Cultivation." *The American Political Science Review* 92.4 (1998): 167.

② Corey, David D. "Socratic Citizenship: Delphic Oracle and Divine Sign." *The Review of Politics* 67 (2005): 204, 205.

③ Arendt, Hannah. "Philosophy and Politics." *Social Research* 71 (2004): 451-53.

的同时将人之多元变成其奇迹般真理体验的对象外,在哲学与政治的关系上并未给出令人信服的描述。① 其根本原因,如科瑞所示,应归结于现当代哲学思维和哲学逻辑的彻底世俗化。②

回到自然的梭罗之所以将最高的道德境界落实在榜样示范和诗性言说上,正是因为他充分认识了知、行、言彻底俗世化的局限和误区。梭罗深知,人对自然之真理不可全然知晓,也不可完美言表,但既然自然仍有意可传,人可通过心脑之勤体验、认知或洞见自然所传之意、自然传意之方法,可用言语表达洞见,可用身体践行洞见,那么,当阿伦特认为柏拉图只有两种选择,即要么将哲学彻底隔离在政治、日常之外,要么就只能以言表真理却扭曲哲学的方式影响市井之人时,梭罗却有了第三种选择:既言表真理和践行真理,又不扭曲哲学。梭罗一方面以回到自然却又并不远离村庄的生活实验和写作实践体验、践行和示范生活之真理,另一方面又让语言和形式充满逻辑的断裂、意义的模糊和模式的多元。这些断裂和模糊,并非是对条分缕析出于不服从的简单拒绝,也并非如后现代文本理论所说,是对碎裂现实的再现,是对真理本不可及或本不存在之事实的忠诚。逻辑的断裂和意义的模糊,是一种道德意义和道德境界的寓言:既不扭曲对真理的认知和认知真理的方式,又避免让认知的表达沦为观点或信息式言语;既忠实于哲学或思之生活,又忠实于社会改良之目的;既承认最高法则的神奇性,又尊重最高法则的可知

---

① Arendt, Hannah. "Philosophy and Politics." *Social Research* 71 (2004):453.

② Corey, David D. "Socratic Citizenship: Delphic Oracle and Divine Sign." *The Review of Politics* 67 (2005):209-10.

性。能够包容断裂、模糊和多元的唯有诗性思想、诗性表达和诗性生活。这样的诗性状态,是一种分而不离、断而不裂的状态,贯通了自然与人类,贯通了个人与社会,也贯通了哲学与社会,避免了前者与社会的隔阂和冲突,又抛弃了后者的功利和世俗。

阿伦特所提议的救赎方式是把人之多元作为哲学体验之对象,但是由于阿伦特的多元观没有抛弃功利和世俗,她的救赎方式虽有一定道理却是逻辑同义重复。将阿伦特的多元修改为梭罗的多元,这种救赎方式便具有了更高的道德合理性。诗性状态的包容性和豁达性,犹如断裂和模糊所涵纳的空白或者说空间一样,并非只是对怀特所说的知觉和概念构思、描述和说理、模仿和叙述、诗性意识和纯理论意识的涵纳。① 诗性状态更趋近于梭罗的友谊之村,村民们可以用"从生活中采集来的新鲜的幽香思想"互相"清新和鼓励",可以一起"在思想的田野里采集草莓,用他的洞见和喜悦丰富世界"。② 梭罗所说的友谊,从根本上说,就是诗性状态的隐喻。如果说保障个人财产是现代契约国存在的前提和目的,那么在《瓦尔登湖》开篇便声明自甘贫穷的梭罗,从一开始便将现代契约国建立其上的保护个人财产的目的和基础一铲而尽,契约便也不再存在。取代契约的是友谊,取代契约国家至高性的便是友谊之村的至高性。亚里士多德在《尼各马可伦理学》中把友谊而非合约定义为"将国家凝聚

---

① White, Hayden. *Tropics of Discourse*. Baltimore: The Johns Hopkins University Press, 1978. 14.

② Thoreau, Henry David. *Selected Journals of Henry David Thoreau*. Ed. Carl Bode. New York: The New American Library, 1967. 299. 1859 年 10 月 19 日日记。

在一起的纽带"。① 梭罗同样相信，美好公民之间的关系是友谊式的关系，绝不互施"廉价的礼仪"（*A Week* 218）。亚里士多德的友谊，不是以热爱为基础，而是以美德为基础。作为社群纽带的友谊，是美德者和美德者之间的友谊。美德者所欲、所愿、所行均以善为终，因此，美德者可以成为自身之友人，孤独便是不孤独，美德者也因了友人的善而非为了排解孤独或功利之心而爱友人。这样的友谊既满足自善需要，又与友人共善，②是共居一隅但却友好为邻的友谊。此种友谊绝不将空间全然让给友人，而是包容了孤独的空间；也不全然占有友人的空间，而是让友人自知自身之善、热爱自身之善。既然友谊以善为终，善则以最高法则作为参照，那么，容纳了善的自我和善的友人的友谊，也须为更高法则留有空间。

在《瓦尔登湖》中，梭罗把个人比喻为雕塑者和画家，把个人的血肉和筋骨比喻成雕塑和绘画材料，把人生和内心秩序的濡养比喻为建房："每个人的身体都是一座神庙，他是神庙的建造者。这座神庙为了他所侍奉的上帝而建，其风格纯粹是唯他独有。"(148)由于这座神庙与神性相通，它便可以海纳百川、有容乃大：既容纳建房者，也容纳更高法则。在此，神庙与友谊，便与诗性语言和诗性形式具有了互喻性。对于梭罗而言，建造自己的神庙，同时也是在建造友谊之屋。在友谊之屋中，工作间与客厅、厨房近在咫尺，其"客厅语言"充满象征、暗喻和转义而不是"谈判"，其空间"像鸟巢一样开放与敞亮"，"你无论是从前门还

---

① Aristotle, *Nicomachean Ethics*. Trans. F. H. Peters. New York: Barnes & Noble, 2004. 160, 1155a.

② Aristotle, *Nicomachean Ethics*. Trans. F. H. Peters. New York: Barnes & Noble, 2004. 167, 199-200, 1157b, 1170a.

是后门进出房屋,都可看见屋内之人"。到访的客人,在房内享有绝对的自由,而不是"被关在一个特定的单元里",却又被告知"随意享用"(163)。友谊之屋所需要的不是墙壁,也不是时间上的长相厮守,身体上的相互安抚,情感上的相互依托,而是空间。因为,"离所有事物最近的是构成它们生命的力量,与我们相邻的是不断被履行着的最崇高的法则",还有"那个我们就是他作品的工匠"(90)。友谊之屋不仅需给那些已经成为或还未成为美德者的到访邻人留出空间,也需给与他们相邻为伴的生命力量、崇高法则和神圣工匠留出空间,为"那个作为我们共同居所的自然所拥有的多样性和力量性"留出空间(84)。于是,"热情好客便是与对方保持最大距离的艺术"(163),友人与友人之间便是隐士、哲学家和拓荒者之间的智性友谊,是人与自然的关系,是人与他人、人与自我之间的关系。友人可以"就着一碗稀粥作出许多'全新'的、充满麸皮的生活理论"。这样的生活"将欢宴之益处与哲学所需要的头脑敏锐结合起来"(179),[①]"健康、富有而睿智"(86)。

让友人既欢宴又练脑,便是使其思、行、言,使其将哲学与生活结合于诗性的奢侈状态中。至此,邻人、自然和"我"之间的循环结构,便不仅寓意着从批判到劝谕的认知和道德成长过程,而且还寓意着友谊的空间所应涵纳的内容和关系。这个结构中所涵纳的人与自然、人与邻人、人与自我的关系,由于具有平等性,便避免了工具理性主义、浪漫主义以来的自我中心主义弊端,避

[①] 梭罗原话为:We made many a "bran new" theory of life over a thin dish of gruel。"brand new"在正常发音时,其中的"d"常被省略,成为"bran new"。而 bran 也有麸皮之意,此处便成为谐音双关。

免了道德上的人类中心主义弊端。也正是因为这个结构的存在,梭罗不是一个原始主义者,也不是田园主义者。梭罗对美国政治中的自由、民主、美好生活、个人责任的道德转义,也在此结构中得以实现。与此同时,这个循环结构和四季循环结构的交融,四季循环结构与回忆结构的交融,使得时间逻辑不再,也使得空间的人为秩序不再。那么,邻居之关系或友谊之关系,便同样也隐喻了今人与古人之间的关系、阅读者和伟大作家之间的关系。"在每一间村舍的书架上摆放着书,最古老的,最优秀的,是自然而然、合情合理之事"。对于一个贵族之村而言,经典的作家们"就是天然而成、毋庸置疑的贵族"(70)。如果经典"是对人之思想最崇高的记录","是唯一不会腐烂的神谕,给最现代的质询提供了德尔斐神谕和多多那神谕也不曾给出的答案",那么,"用真正的灵魂阅读真正的书籍便是一项崇高的行为",因为经典可以"成为永远的启示与激励",即绝无谬误的启示。但是,对于一个腐化衰败了的时代而言,"史诗般的书籍"即便是用这个时代的语言印刷出版,也只是死去的语言而已。在这样的时代里,阅读者既须"审慎从容、克制矜持地去读",也"必须艰难而勤勉地寻找每一个词、每一行的意义,尽我们的智慧、勇气和慷慨所能构想出一个远远超出惯常范畴的广大意义"(68),就像他们阅读自然一样。只有如此,阅读者才与探讨了人类所有问题和疑惑的经典书籍的智慧和豁达建立了友谊空间,才与智慧而豁达的查拉图斯特拉、甚至耶稣·基督谦卑而亲密地交谈了(73)。当智慧和豁达上升到这样的友谊层面时,自由和幸福便如期而至了。梭罗在"结论"中描述"奢华"一词时这样写道:

我渴望在某处无所拘谨地言说;就像一个人在醒着的时刻里,对着同样处在醒着的时刻里的人言说一样;因为,为了给一个真正的表达奠定基础,我坚信我无论怎样言过其实都不为过。听到一缕乐声的人,会生怕自己的言说过于奢华吗?就未来或可能性而言,我们的生活都应该是宽松的,我们的前方应该是未被明确界定了的,在那一侧,我们的轮廓是模糊朦胧的;就像我们的影子在朝向太阳时显露出一颗我们毫不知觉的汗珠一样。我们的言语所表达的真理短暂易逝,暴露出那句残余着的陈述的欠缺。这些言词的真理瞬间就被转化了,只有它的文字之碑存留下来。表达我们信念和虔诚的言词并不确定,但是,对于更高级的本性而言,它们却像乳香一样意味深长,芳香宜人。(217)

梭罗的《瓦尔登湖》对于他同时代的读者而言,当然还不是经典。但是,《瓦尔登湖》中的断裂或模糊,对于以友人态度阅读的读者而言,一方面,在功能上与苏格拉底的"质问、诊查和盘诘"无异,①对阅读者提出了心脑之勤的要求,另一方面,作为对自身局限和最高法则的道德体现,也对阅读者提出了豁达包容的要求。但是,既然作者与读者的友谊绝非出于强迫,那么,梭罗强调《瓦尔登湖》不要求读者削足适履,便并非清高使然了,而是具有了苏格拉底的宽容风范。

---

① Plato, Apology, p. 263,29e. 此著作中多次提到苏格拉底的这种劝谕他人以哲思生活的方法。

结　语

在当代语境之下,梭罗削足适履一说或许是出于自扰的无果之话。《瓦尔登湖》的大多数当代阅读者们,并无削足适履之忧,也并无与梭罗交友之心,因为无论是智慧、豁达,还是优雅和勇气,都并非当代主流学术的追求之物。对于主流梭罗研究者而言,梭罗要么是无能为力的被庇护者,要么便是谬误繁多的被批判者。例如,菲力普·阿博特就在将梭罗假定为政治理论家的前提下,让梭罗成为了失败者。在阿博特政治理论的视角之中,梭罗的《瓦尔登湖》用描述自我的方式审视自由社会的源头,最终,他所构想的共同体社会可以建立其上的自然状态,也随着他个人危机感的加深,随着他自我概念的破碎,而失去了存在的可能性。在阿博特看来,由于梭罗痴迷于自我发现,美国的社会和政治问题只能退居其次,梭罗的"道德暴行"也根本无法转化为体制改革的动力。[①]《瓦尔登湖》中的矛盾,同样是沃尔特·本·迈克尔斯的逻辑论述主线。但在迈克尔斯看来,这种矛盾存在于《瓦尔登湖》所识别的种种法则之间。因为这些矛盾的存在,这种种法则便失去了作为法则的充分性和合理性。充分性的缺失与梭罗不断追寻基础时所带有的任意性,使得《瓦尔登湖》演绎了一种"不确定原则"。[②] 与阿博特和迈克尔斯不同,杰克·特纳对梭罗大唱民族主义赞歌,把梭罗的改良对象定义为

[①] Abbott, Philip. "Henry David Thoreau, the State of Nature, and the Redemption of Liberalism." *The Journal of Politics* 47.1(1985):204.

[②] Michaels, Walter Benn, "Walden's False Bottoms." *Glyph* 1(1977):147.

作为政体的美国和作为思想的美国,前一种是精神层面的改良,后一种则是诠释层面的改良。梭罗的改良置个人行为的重要性于法律之上,因为道德和法律是两个并无瓜葛的领域,当法律有误时,道德便可起而行之。但个人的改造,在特纳看来,是个人养成"自反性的民族主义,一种集体思维形式"。① 伊拉·布鲁克则把梭罗描写成一个自负的、近视的,根本无法契合于"虔诚崇拜者模式"的伪生态论者、美国扩张的同谋。②

就像阿博特陷入了现代自我观的圈套之中,迈克尔斯臣服于实证主义逻辑和当代理论,特纳受挟于实用主义和主观主义一样,布鲁克对梭罗著作中的比喻性和象征性采取了完全熟视无睹的态度。布鲁克写道,梭罗让"他和他所处的环境构成了一种奇怪的同侪团体,换言之,[当梭罗]将自己置身于优异的环境之中,优异性便自然而然地传导给了梭罗。这种观点能得到的最好评价似乎也只能是荒谬了。如果人们接受了这种并无充分根据的生态共栖,那么,某个在瓦尔登湖畔同一木屋中居住的人是否就会进入[与梭罗]同样的状态之中?或者说这种荣誉只能留给那些在思想上与梭罗无异的人呢?"布鲁克的指责并未到此为止。他继续道,梭罗建议所有人在心情大好时"采摘草莓"以便过得更好,这显然还是把自然看作"令人生畏的现实存在",实在是"相当可笑"。这种可笑,使得梭罗的道德劝谕成为了"知识

---

① Turner, Jack. "Performing Conscience: Thoreau, Political Action, and the Plea for John Brown." *Political Theory* 33.4 (2005):455.
② Brooker, Ira. "Giving the Game Away: Thoreau's Intellectual Imperialism and the Marketing of Walden Pond." *The Midwest Quarterly* 45 (2004):138,139.

帝国主义"。①

无论布鲁克知识帝国主义的指责是否出于真诚,无论阿博特等人对梭罗的态度是赞扬还是批判,他们的思维框架和写作方式都局限在了既定模式和预设目标中,局限在二元对立和逻辑说服中。如此一来,他们便与豁达、优雅和勇气失去缘分了。在梭罗的逻辑中,豁达、优雅、勇气与智慧互为条件,既然杜绝了豁达、优雅和勇气的机会,布鲁克等人便也无缘于智者之列了。与苏格拉底一样,梭罗相信,智慧者深知人的智慧之局限,因而也是道德者。梭罗也相信,理性思维须有想象为其助力,政治须有道德为其纠偏,认知须有道德为其驱动。那么,当布鲁克等人就像科瑞所描述的那些提出苏格拉底公民观的当代学者一样,将"道德信仰所有可以想见的源泉系统地盘剥一空"时,②通向真正的知识之路和真正的挽救之路的大门便不再向他们敞开。依伯克之见,学者和作家其实都只是"经过训练的意见发表者"。由于占据了获得信息的有利位置,他们的意见即便是信手拈来,也可优于普通人所言。但问题是,"他们做了什么呢?以这种方式,他们有可能做什么呢?我甚至觉得,既然他们变成了'准则',他们的任务便是阻止[自己和他人]做任何事情"。具有强烈改良愿望的人才可洞见阻碍改良的因素,唯有知道欲寻找之

---

① Brooker, Ira. "Giving the Game Away: Thoreau's Intellectual Imperialism and the Marketing of Walden Pond." *The Midwest Quarterly* 45 (2004):139,140,141.

② Corey, David D. "Socratic Citizenship: Delphic Oracle and Divine Sign." *The Review of Politics* 67 (2005):227.

物才可知道需警惕何物。①

当代学者的多元、批判和争辩,由于缺乏了伯克所说的动机和目的,便只能成为由批判到对立,由学者到学者,由术语性的多元到术语性的多元的恶性循环。的确,梭罗早已预见到,"大多数人学习阅读只是为了服务于微不足道的便利性,就像他们学习解码是为了记账,为了不上当受骗一样。他们完全不知道或很少知道,阅读是崇高的思想活动",阅读"不是安抚人的奢侈品,不是让更为高贵的能力稍作休歇的"闲适活动,阅读需要我们"踮起脚尖,献出我们最为敏锐、最为清醒的时光"(70-71)。但是,尽管"成千上百万人只有足够的清醒从事体力劳动,百万分之一的人才有足够的清醒从事智力劳动,而能够过上诗性和神性生活的便不过只是亿万分之一了"(61),梭罗仍然坚信在亿万分之一的诗人的熏染之下,社会将存有成为友谊之村的可能。但是,如果学者和作家也无法成为那亿万分之一了,无法在阅读自然和阅读书籍时让自己的生命"与一个新时代约会"了(73),那么,授人以欲、授人以渔的梭罗便后继无人了,梭罗式的美好公民便也不复存在了。经典便不再有友人,自然便不再有友人,大众也不再有友人了。

---

① Burke, Kenneth. *A Grammar of Motives*. Berkeley: University of California Press, 1969. 163-65.

第二章　通才与专才之争：学院文学批评的平庸化

梭罗对于同时代人的指责或许过于严苛，梭罗的诗性生活或许过于夸张，梭罗的道德目标也或许过于高远。但是，由于梭罗不再有真正的友人，或者说梭罗在知识界不再有友人，他的劝谕虽以经典的形式留驻在文学史中，但劝谕所唤起的心灵回应，劝谕所产生的现实效应却愈来愈稀薄。梭罗所批之事也愈来愈成为行事惯例和行事标准。类似梭罗般的典型美国人，已经难再诞生。但是，梭罗般美国人的消失，应该是美国物质文明和政治文明得以疾速发展的原因之一。但也正是梭罗般美国学者的消失，使得人文学术本身既成为两种文明发展的巨大获益者，也成为两种文明发展的助推者和代言人，使得学术界不再有梭罗所说的哲学家，只有哲学教授了。而这种困境，在19世纪末和20世纪初，已经成为与美国的物质和政治之轮一样不可阻挡的学术趋势了。威廉·詹姆斯在题为"现时哲学的困境"的演讲中这样描述当时美国哲学界的困境：在哲学界，人们只能看到"唯理主义那条毒蛇以及唯理智论留在所有东西之上的踪迹"；即便是有神论者的上帝，在此也已经"是极其贫瘠的法则了"。哲学学术的确展现了"对事实的科学性忠诚，阐释事实的意愿"，展现了"应用与适应的精神"，但却与"老式的对人之价值和由此而生发的自发性信心"绝不互通往来。①

在19世纪和20世纪之交的美国,出现了一批起身抵制文学研究专业化倾向的文学学者。鉴于他们对专业化的抵制态度,这些学者通常被称为通才学者(generalists)。当时的美国通才学者们,以普通读者为对象撰文著书、读经释典,被精专于学术的专才学者(specialists)视为异端与另类。这些学者将面向大众、劝谕大众、提升大众作为文学教育的明确目标,与梭罗的劝谕目标似乎具有不可漠然视之的共性。但是,作为美国社会经济、政治、文化发展的产物,通才学者在从唯理主义的冰冷巢穴中退入现实社会的喧嚣熔炉中时,却并没有能够成为人之价值的坚决捍卫者和阐扬者。通才学者与专才学者在英语文学学界的对弈,一方面折射出关于文学解读方法、文学言说对象等问题不同理念的对峙,反映了学术与商业、学术与大众、学术与人文之间既冲突又同质的本性,另一方面也再现和演绎了作为美国文化代表者和行为者的美国文学批评的主流趋向。

百年后的今天,美国通才学者们闲适随性的文学著述,在以学术为傲的文学学界早已乏善可陈,而其喧嚣一时的文学创作,在以时尚为本的大众文化领域也早已稍纵即逝。但是,通才学者曾致力于推广的大学通识教育仍是存在于高校之内的当代事实,其所推行的消费式经典认读方式,其所促成的时尚化文学阅读意识和普及性文学阅读品位,也仍是当代阅读文化的典型存在模式。如今,只通不专的学者在学术界早已无以生存,但是,所谓的通专之争并未因此而自然消解。当今美国英语文学学界

---

① James, William. *Pramatism and Four Essays from the Meaning of Truth*. New York: Meridian Books, 1960. 26.

第二章 通才与专才之争：学院文学批评的平庸化

的种种困扰既是通专矛盾的当代变体，也是美国批评文化道德视野褪色之必然结果。

20世纪初的美国，科学主义、大众主义、消费主义、工业主义、现世主义、民族主义等种种思潮，不仅推进了社会的变革，也促成了大学的转型。高校之外，职业阶级不断扩大，廉价纸皮书大量涌现，公共图书馆和博物馆蓬勃发展，报纸和杂志高度产业化，传媒急速增长，随之而来的是文化的扩展、教育的普及以及信息的膨胀。种种变迁使个人对文化、信息、形象以及地位产生了愈来愈多的渴望和焦虑，与此同时，个人对文化信息、文化商品的选择也陷入困境。而高校则在由学院升级为学生人数更为庞大、专业课程更为细化、科研权重日益加大的研究型大学的同时，在以上种种思潮所引发的矛盾纷争中，不断发生着两极化变革。一方面，高校教学日趋民主化、大众化、实用化和职业化，另一方面，高校研究日趋专业化、科学化、尖端化和现代化。社会的急速变革和高校的两极发展，使刚从古典文学专制中突围而出的英语文学专业陷入困境和困扰之中。一方面，高校的科研化趋向，要求英语文学专业迅速积累学术资源，构建得以使之立足于高校之内的科学性研究方法和研究体系；另一方面，国家的强势化、社会的实用化和民主化趋向，又要求其具有既满足民族文化工程又满足大众文化和教育需求的政治功能和人文诉求。但是，文学学科的科研化趋向原则上冲突于文学本体的道德、情感、美学等非科学性逻辑，文学学术的精英内涵从根本上悖逆于大众缔造作品、作品依赖大众而存在的文学大众本质，而以科学论证性思维为主导的研究方法又从本质上迥异于主观的评价性批评传统，为此，文学学科的发展史从一开始就是一部矛盾冲突史。

为了协调这种种矛盾,并在此过程中建立学科存在和发展的合理性,坚持学术主张的学者与坚持反学术理念的学者之间产生了尖锐的冲突。基于德国语用学背景之上,视文学为语言或历史事实的语用学研究法和历史学方法,因其研究模式的数据化和研究内容的刚性化,先后成为学术主张的典型代表,不仅为英语文学专业注入了学术元素和科学因子,也确立了英语语言文学学科在高校中的学术地位,确立了其成为高校学科之一的体系和方法基础。在学术化和专业化的大趋势下,通才学者成为较为坚决的反学术派学者。他们维护文学的人文本性,拒绝将文学作为科学真理或理性逻辑加以研究,主张文化民主,认为文学学科的重要任务是通识教育和人文传播而非学理钻研。但是,这两种看似势不两立的学者派系,在思维和道德本质上其实具有一脉相承性。

从表面上看,文学学术的科学化和体制化,悖逆于美学批评和价值评判,无视文学作为美学事实、个体事实、文化事实和道德事实而存在的缺陷,也使文学学术陷入理性极端和狭隘视野的窘境之中。但在根源上,学科的体制化和体系化,恰如乔治·桑塔亚那所说,其实就是"体系性的主观主义","是想象的结果,是人的一段自言自语",是对超验主义滥用的结果。[①] 文学研究的科学化和体制化,正如威廉·詹姆斯探讨美国哲学学术弊病时所说,同样是"一百五十年科学进步"的结果与助推者。詹姆斯认为,这种进步"意味着物质世界的膨大,人之重要性的收缩,

---

[①] Santayana, George. "The Genfeel Tradition in American Philosophy." *The American Intellectual Tradition*, Vol. 2. Eds. David A. Hollinger and Charles Capper. New York: Oxford University Press, 1997. 94-106.

第二章 通才与专才之争：学院文学批评的平庸化

其结果便是所谓的自然主义或实证主义意识的发展"。文学的世界就像詹姆斯所描述的个人具体经验世界一样，是"一个街巷隶属于其中的世界，具有超越想象的浩瀚性，错综复杂，泥泞浑浊，充满痛苦和迷茫。然而，哲学教授向人介绍的世界却是被简化了的、无比清晰的、瑰丽宏伟的世界，真实生活的种种矛盾并不在其中出现，它的建筑是权威而标准的：理性原则定义了其轮廓，逻辑必然性粘牢其材料"，它只不过"是具体世界的替代品、补救品，是一种逃避"。① 而通才学者将人文的意义依附于民主目标之上，选择以俗化、简化或趣化方式言说文学，受制于典型的平庸境界和品味视角，与似乎与其对立的语用学方法和历史学方法一样，都是桑塔亚那所说的"雅士传统"的产物。桑塔亚那对雅士传统的根本芥蒂并非平庸本身。就像伯克在现当代智识文化中所看到的根本缺失是拯救之心一样，桑塔亚那抨击雅士传统时所关注的也是真切的信仰、真切的信念和真切的关心的缺失。将文学学科的生存作为根本目标和出发点的通才和专才，其根本共性便是此样的缺失。

从表面上看，这些亦被称为中产知识分子或文化普及者的通才学者与19世纪中后期的传统文人、通才教授（如詹姆斯·罗素·洛威尔）等一脉相承，②他们像后者一样身兼他职，随感

---

① James, William. *Pramatism and Four Essays from the Meaning of Truth*, New York: Meridian Books, 1960. 24, 27.

② 本章对通才学者的界定主要依据 Rubin, John Shelley. 和 Gerald Graff 的专著。Rubin, John Shelley. *The Making of Middlebrow Culture*. Chapel Hill: The University of Carolina Press, 1992. Graff, Gerald. *Professing Literature: An Institutional History*. Chicago: The University of Chicago Press, 1987.

而发,寓道德说教于文学阐释,寄文字感言于大众报刊。但是,这些通才学者的"通"已非早期通才教授的业余性所致之"通",而是叛逆学术、顺应时代的主动选择。通才学者的文学言说,也超越了传统文人读文体验的纯粹性,沾染了商业化、媒体化和新闻化等非文学化的现代特征,因此,这些通才学者既非20世纪初才出现的全新事物,也非传统文人的全面翻版。他们的文学普及活动,外化了英语文学学术化过程中的矛盾与困境,暴露了文学学术与大众文化逐渐疏离,成为为了学术而学术的事实。而他们最终与媒体和出版业的结合,又促进了中产文化的形成——促进了一种将美国开国先父们所设定的民主共和大国和商业大国两大目标结为一体的文化的诞生。为此,通才学者是将学科推入"混乱与迷惘"局面之中,同时又从反面助推文学学科迅速发展的内部纷争与外部压力的一部分,[1]也是将美国文化引入政治体制和市场体制之中的市场动力和文化资本的一部分。

通才学者所参与的活动涉及面广,影响力大,包括开设通识课程、开辟报刊专栏、撰写文学评论、主持电台节目、举办公共讲座、推荐阅读书目等。

著名的通才学者均以校园名师身份著称于校园之内,以明星学者之称蜚声于校园之外。通才学者所开课程,多受学生好评,耶鲁大学的威廉·菲尔普斯(William Lyon Phelps)开设的现代小说课,因欲选修者数量过多,最终只允许250人入选。[2]

---

[1] Graff, Gerald. *Professing Literature: An Institutional History*. Chicago: The University of Chicago Press, 1987. 105.

[2] Graff, Gerald, and Micheal Warner, eds. *The Origins of Literary Studies in America*. New York: Routledge, 1989. 165.

第二章 通才与专才之争:学院文学批评的平庸化

哈佛大学布里斯·珀瑞(Bilss Perry)的文学概览课,选修学生则多达 600 人。① 通才学者们在社区、文学社团、俱乐部、地方大学等场所举办文学或文化专题的公共讲座,亦广受大众欢迎。菲尔普斯创下一场讲座吸引 2000 余听众的纪录。② 珀瑞则创下一年 50 场讲座的纪录。于 1928 年向哥伦比亚大学告假而专事巡回讲座的约翰·厄斯金(John Erskine),被当时的报纸誉为"令人称奇的厄斯金教授"。③

除讲座外,通才学者也以大众报刊或出版社编辑、撰稿人、专栏作者以及电台主持人等身份言说文学。伊利诺大学的斯图亚特·谢尔曼(Stuart Sherman,1881—1926)为《读书》报主持的文学专栏,耶鲁大学亨利·西德尔·坎比(Henry Seidel Canby)编辑的《星期六文学评论》都曾辉煌一时。20 世纪 30 年代至 40 年代,为 NBC 主持"疾速时光"节目的菲尔普斯,为 CBS 主持"人与书"节目的爱荷华大学和西北大学教授约翰·T·弗瑞德瑞克(John T. Frederick),为 CBS 共同主持"知识之邀"(Invitation to Learning)节目的哥伦比亚教授马克·凡·范多伦(Mark Van Doren)与诗人兼批评家艾伦·塔特(Allen Tate)等,均吸引了众多崇拜者。范多伦的节目听众多达百万,弗瑞德瑞克迷更是自发结合成小组,收听节目。④ 早于电

---

① Graff, Gerald, and Michael Warner, eds. *The Origins of Literary Studies in America*. New York:Routledge,1989. 143.

② Rubin, John Shelley. *The Making of Middlebrow Culture*. Chapel Hill:The University of North Carolina Press,1992. 282.

③ Rubin, John Shelley. *The Making of Middlebrow Culture*. Chapel Hill:The University of North Carolina Press,1992. 181.

④ Rubin, John Shelley. *The Making of Middlebrow Culture*. Chapel Hill:The University of North Carolina Press,1992. 309,305.

台而兴起的商业性读书俱乐部，也吸引了通才学者的积极参与。坎比受邀担任广告人哈里·切曼（Harry Scherman）于1926年发起成立的"每月好书俱乐部"的专家评审团主席一职，为俱乐部遴选推荐书目，为其广告刊物撰写书评，不仅使该俱乐部大获成功，也使他本人名声大噪。

通才学者在高校之内的教学实践，则拓展了其在通识教育和经典传播领域的影响力。① 厄斯金于1917年在哥伦比亚大学为本科低年级学生开设的名为"非专业优等生课程"的西方名著课（并非全是文学名著），成为日后芝加哥、哈佛以及耶鲁等大学制定通识教育课程大纲的重要参照。② 厄斯金还在大众杂志和公共讲坛等处宣传名著理念，并在《世纪》报开设了每月专栏，专门阐述和阐扬其经典理念。③ 曾受教于厄斯金的摩提莫·艾德勒（Mortimer Adler），与芝加哥大学校长合作，于1930年将芝加哥大学低年级课程全部改为名著通识大纲，在通识教育的体制化之路上迈出关键一步。④ 随后的1937年，同为通才学者的斯各特·布凯南（Scott Buchanan）和斯特林费罗·巴尔（Stringfellow Barr）在圣约翰学院全面推行四年制全经典教学大纲，将名著教育推向极致。

---

① 另外，菲尔普斯在耶鲁首开包括哈代、富兰克林、马克·吐温等作家作品在内的"现代小说"课（1895年），珀瑞在哈佛首开爱默生专题课（1908—1909年），成为将近现代文学纳入教学大纲的改革者。

② Rubin, John Shelley. *The Making of Middlebrow Culture*. Chapel Hill: The University of North Carolina Press, 1992. 168.

③ Rubin, John Shelley. *The Making of Middlebrow Culture*. Chapel Hill: The University of North Carolina Press, 1992. 181.

④ 艾德勒虽非文学专业教授，但曾受厄斯金影响，对之后文学经典成为通识教育核心，起到了关键作用。

第二章 通才与专才之争:学院文学批评的平庸化

除投身于以上活动外,通才学者亦著书立说,写诗作文。其著述选题广泛,涉猎驳杂,阐释活泛,语言通俗,颇合大众口味。厄斯金的《智慧之人的道德责任》(1920)、坎比的《母校:美国学院的哥特时代》(1936)、谢尔曼的《我亲爱的康妮莉亚》(1924)等,是众多通才著述中的典型几例。通才学者的小说如厄斯金的《特罗伊海伦的私生活》(1925),珀瑞的《布莱顿之屋》(1890)等无经典之华,却都曾登上畅销书榜。范多伦的《诗集》还获得了1943年的普利策奖。通才学者编写的导读类书籍,如谢尔曼的《马修·阿诺德:如何理解他》(1917),菲尔普斯的《罗伯特·勃朗宁:如何理解他》等,也曾是热销之作。

显而易见,通才学者的文学活动既广且泛。这种广与泛,依琼·雪莉·鲁宾之见,是通才学者"在变化着的历史语境中迎合各种需要"的结果,[1]因而也代表着这些需要的广与泛:大众、学生等文学受众的人文需要,媒体、出版业等商业集团的利益需要,通才学者履行文学教授之责、获得心灵情感自由、实现自我价值的个人需要,等等。如果说文学学术是现代理性的全新产物,那么以迎合学术之外的种种现代性需求、以对抗已成必然之势的学术潮流为其艺术理念和人文立场之立意之本的通才学者,就必然既与时俱变又因循传统,既具有了"美国式意志"明确而强烈的物质性和实用性,又展示出"美国式智性"无可置疑的平庸本质。[2]

---

[1] Rubin, John Shelley. *The Making of Middlebrow Culture*. Chapel Hill: The University of North Carolina Press, 1992. 144.

[2] Santayana, George. "The Genteel Tradition in American Philosophy," *The American Intellectual Tradition*, Vol. 2. Eds. David A. Hollinger and Charles Capper. New York: Oxford University Press, 1997. 94.

通才学者对传统的因循主要体现在其对文学本体的界定、对文学阅读的认识方法之上。对于通才学者而言,文学如谢尔曼所言,处于"明晰可辨的事实疆界之外",属"道德世界",是"可争议之域",为"哲学、宗教""道德和美学"汇聚之地,①因此,文学阅读的功能和目的,既非发现论题也非论证观点,而是修身养性、净化心灵、完善自我、塑造品格、怡情益智、筹备人生,无需理性引领,只需"内心之光"。② 内在于文学学术的阅读训练和规则套用,从根本上抛弃了文学本源、遮蔽了文学真意,不仅多余更是误导。正如"成为缜密科学"的"文学研究"对谢尔曼而言"必将因枯竭贫瘠而衰亡"一样,③"弃直感而择实验,弃释读而重发现,弃整体感悟而从微小细节"的专才学者对坎比而言,也必将在转型为科学家的同时使文学研究转化成"纵横字谜",转化成"一场追逐自我毁灭之力量、毫无生气可言的竞赛"。④ 表面上看,通才学者们对文学功能和文学批评角色的理解,与马修·阿诺德的文学批评论具有较为明显的共性。在《当前时期的批评功能》一文中,阿诺德同样反复强调文学批评疏离于"实用性生活"的必要性和重要性。在他看来,文学批评必须疏离于"实用性生活的喧嚣与仓促",摆脱"实用观",只遵从文学自身的法则,用另一种实用性替代物质和政治实用性,以便起到服务于

---

① Graff, Gerald, and Warner Michael, eds. *The Origins of Literary Studise in America*. New York: Routledge, 1989. 153.

② 转引自 Graff, Gerald, and Warner Michael, eds. *The Origins of Literary Studies in America*. New York: Routledge, 1989. 153.

③ Graff, Gerald, and Warner Michael, eds. *The Origins of Literary Studies in America*. New York: Routledge, 1989. 153.

④ Canby, Henry Seidel. *American Memoir*. Boston: Houghton Mifflin, 1947. 252, 195.

第二章　通才与专才之争:学院文学批评的平庸化

自己及他人头脑和心灵的作用。① 但是,阿诺德在反复突出现代文化中机械化和物质化的庸俗现实时,也反复突出英国缺乏独立思想和虔诚信念的堕落现实。为此,他将头脑和心灵的完善作为文化的实用目标,将美丽和愉悦作为人性完善的两个必然特征,将追求真理作为文学批评的最高目标,将文学批评对思想的认识和传播作为追求真理的手段。阿诺德的理论虽然浅显,但他至少设定了较为高远的道德和精神目标,因为他所针锋相对的,恰恰是"中产阶级的自由主义",一种已经逐渐渗入政治、经济和宗教领域的庸俗主义。②

如果说阿诺德的浅显的确在无意识之中颠覆他所设定了的追求心脑完善、追求至高真理的目标,也使他的文学观成为那个时代文化的典型代表,那么,美国的通才学者,便如鲁宾所说,则是有意识地成为中产文化的制造者。学术对文学的根本威胁,在通才学者看来,是对文学人性本质和美学特性的无视或扭曲。但是,他们并未像阿诺德那样深究这种无视和扭曲的根本原因。虽然通才学者将哲学性和美学性的双重内涵置于文学的界定之中,但其文学实践却并不是对文学美学本质的深入探求,不是对文学哲学内涵的积极探索,而是对文学所具有的道德教益和素质提升作用的阐发。但是,通才学者认为,文学讲授即文学批评,文学批评即道德教诲,而道德教诲则为品位培养。文学学术对于文学人文本性的弱化,即是对文学提升道德或者说品位作用的弱化,对文学学者教师之责的弱化。依此逻辑,文学批评和

---

① Arnold, Matthew. *Culture and Anarchy and Other Writings*. Cambridge:Cambridge University Press,1993.41.37.

② Arnold, Matthew. *Culture and Anarchy and Other Writings*. Cambridge:Cambridge University Press,1993.73.

文学教学的主要对象成为未得品位培养的普通大众,文学批评和文学教育本身也成为坎比所说的"对有意于阅读的美国智者的传道解惑",成为实现民主之道、抵御庸俗之法,[①]成为大学教育平民化的媒介。对文学以及文学学者责任的此种理解,使得文学的思想内涵变得无足轻重,使得通才学者削弱了文学的思想内涵,也降低了文学学者的智识目标和责任目标。这些通才学者的确乐于为师,亦善于为师,但他们以亲和、通俗、激发快感和投入情感的文学讲授模式和文学言说方式,将文学内容置于日常生活主题和日常道德命题的现世背景之中,使其文学教师角色具有了公共领域性和专业离心性,但也将文学和文学教育本身庸俗化了。

对思想的轻视,对文学理性内涵毫无折中的批判和摒弃,使通才学者的人文拯救、传统传承以及文化创建陷入道德相对论和一元品位观的误区之中。通才学者普遍将传统等同于品位,厄斯金认为,"无传统,即无品位","亦无让品位得以施展其上的东西","传统的缺失如若阻滞了艺术,它也会间接造成举止失体,行为不端,因为行为举止实乃艺术"。[②] 将传统简化为品位举止的通才学者们,对不合其品位标准的思潮一律采取排斥态度,他们反对政治激进主义和纯美学主义,鄙薄自然主义、物质主义和现代主义。在他们眼中,自然主义赤裸而野蛮,物质主义低级而庸俗,而现代主义则极端和扭曲。坎比就曾将先锋派文学逻辑描述为"主体欲望"的发泄,将现代美国文学视为"变态、

---

① 转引自 Rubin, John Shelley. *The Making of Middlebrow Culture*. Chapel Hill: The University of North Carolina Press, 1992. 445, 117, 116.

② Erskine, John. *Democracy and Ideas*. New York: George H. Doran Company, 1920. 56, 58.

第二章 通才与专才之争:学院文学批评的平庸化

失衡和失度"等内容的载体。① 即便是率先开设现代文学课的珀瑞和菲尔普斯也坚信,与现代文学相比,古典文学才是真正的习养艺术之道,而谙熟此道也只是少数人才具备的能力。正因为如此,通才学者对名著文化的竭力推崇与积极实践,虽貌似基于大众立场上的文化普及,实为对所谓的文化道德性和品位纯洁性的极端守护。

虽然通才学者在道德与文学视域上偏向保守,但是,他们既不像拒斥文学娱乐作用和快感功能的新人文主义者那样沉醉于古典传统,又不像艾略特等褒扬传统的文学现代派那样憎恶现代文明;既不像美国诗人惠特曼那样对大众充满浪漫与理想,也不像美国哲学家桑塔亚纳那样对大众不屑一顾。从根本上而言,通才学者既现代又传统、既认同于大众又高于大众,高于大众是因为他们与其他沉溺于对社会进行智识性批判的知识分子一样,将其文学普及活动视为精英对社会责任的履行,对全民素质的拯救;而认同于大众,则因为他们将大众置于自己的视域之中,以通俗方式言说文学,以普通大众为言说对象。作为他们满足市场需求和接纳商业逻辑的前提和条件,这种大众视野具有了相当的现代性。

但是,使通才学者趋同于大众、归属于现代的更为典型的特征,是他们对个性张扬、自我表达的竭力追求。通才学者如鲁宾所言,多为渴望表达情感、企盼宣泄自我、向往个性自由的率性至情之人,教学、创作与著述对通才学者而言,是情之所钟,是一种愉快体验,是心灵需要和情感需求的满足,是个人情感、个人

---

① Rubin, John Shelley. *The Making of Middlebrow Culture*. Chapel Hill: The University of North Carolina Press, 1993. 49, 55, 118, 119.

思想以及个人体验的行为化再创造,因此他们反叛学术的初衷之中也包含着坚守个性和维护自由的动机。① 但是,这种看似高尚的个人诉求,恰恰是对他们所反对的主观主义的复制,也是对他们所反对的工具主义的强化。他们之所以复制了被批判者的逻辑,正如查尔斯·泰勒所说,是因为"一种完全的、彻底的、持续不断的主观主义,会倾向于发展为空泛:在一个实际上没有什么比自我实现更为重要的世界里,也便没有什么可以算作实现",其结果便是程序主义和治疗文化及其背后的工具理性。② 通才学者职业与公共行为中的个性动机,使他们具有传统内涵的文学行为成为美国文化由品格文化向个性文化转型的现代表征与现代产物。

从程序性的视角来看,通常发生在通才学者们事业后期的商业转型,是对其之前的个性诉求的一种背离。事实上,通才学者毫不掩饰,也毫无深度的自我诉求,与其之后的商业转型,与他们将文学教育视为民主工程一部分的举动,只是内与外的关系。通才学者在走入市场、满足学术以外的种种需求时,其前期文学理念的道德纯粹性和文学纯粹性,一种并不倡扬道德认知,并不接受超越个人中心的道德观,自然轻易地就被其后期文学活动的商业性、新闻性与广告性所淹没,其前期的美学选择和道德判断也轻易地转化为了明显的商业动机。这种以并不真正关心道德生活的元伦理学为基础的商业动机,在后期的谢尔曼对文学评论的一番表述中可见一斑。谢尔曼写道,文学评论已经

---

① 见 Rubin, John Shelley. *The Making of Middlebrow Culture*. Chapel Hill: The University of North Carolina Press, 1992. 56, 159.

② Taylor, Charles. *Sources of the Self*. Cambridge University Press, 1989. 507.

第二章 通才与专才之争:学院文学批评的平庸化

不再是简单的印象式感言,而是要省略括弧,去掉从句,减少从属表述……减少典故,抹去暗喻,语句不得缓和,记住你是在做广告——你是"布告牌",而不是"蚀刻画"。①

可以认为,通才学者的人文实践无纵深拓展、其文化传播无理论诉求、其民主追求无超越视野等种种缺陷,赋予了其大众性和现代性以较强的商业可塑性和市场易感性,这一缺陷会同逐渐垄断非学术文化领域的市场体制、逐渐弱化公共职能的学术文化一起,决定了通才学者必然与媒体、出版业和报刊业形成同构共生的利益关系。对于通才学者而言,市场成为学界之外实现自我、实践理念最为有效、最为广大的空间与平台,而对于必须依赖大众而获得利益回报的媒体、报刊业和出版业而言,通才学者的公众性、亲和力就是开发大众市场的象征性资本,通才学者的身份及权威就是吸引顾客的象征性广告。因此,通才学者介入市场,既是商业对其的主动选择,也是其自身对市场半推半就的迎合。的确,通才学者介入市场的结果,一方面是其将人文气息引入市场,使文化商品具有了人文内涵,使公共领域拥有了人文传输渠道,另一方面是其自身在趋同于市场逻辑的同时沦为商业集团的利益工具,而其文学言说在一定程度上变异为新闻传播与商品广告。在语言和思想上展现出市场潜力的谢尔曼从被《纽约先驱论坛报》副刊《读书》聘为位于首版的文学专栏的主持者开始,就起到了这种双重作用。该报将谢尔曼之名置于报纸名下,并配以"最为权威、享誉国内外的文学诠释者"等文字

---

① Rubin, John Shelley. *The Making of Middlebrow Culture*. Chapel Hill: The University of North Carolina Press, 1993. 66.

说明,借宣传谢尔曼而推销了自身。① "每月好书俱乐部"同样也将坎比的成就和影像印入俱乐部的宣传册中,将他的推荐性书评和推荐书目定期登载在俱乐部新闻刊物之上,在为坎比提供言说空间的同时,也将坎比转化成资本符号和利益工具。在市场逻辑的影响下,无论是谢尔曼的专栏还是坎比为"每月好书俱乐部"撰写的书评,都在一定程度上脱离了文学批评的本源性质,衍生出情节介绍、书目推介、新闻简述或信息陈列等具有广告信息内涵的形式与内容,成为较为典型的商业性书评。正因为意识到商品形式所具有的文化功能,通才学者的商业介入逐渐由他者主导转为主体主导,其对文化的商业运作方式也逐渐由认可趋于认同。坎比在承认自己的工具作用的同时,就坚信其与"读书俱乐部"的商业化合作是教育对新时代作出的正确反应。② 厄斯金也撰文指出,电台如要兼顾大众教育,自应以广告方式吸引听众,而媒体的广告方式应为教育界所借鉴。③

厄斯金对广告的了解与推崇,在一定程度上证明了鲁宾关于厄斯金名著课程操作方法实乃典型的广告运作法之观点的正确性。鲁宾认为,厄斯金有效利用明星教授身份,巧妙创造亲善使者形象,自觉弱化识读、辨析、批判能力的培养,刻意突出经典作品的可及性、可读性和可对话性,并以名著榜单和名著概要替

---

① Rubin, John Shelley. *The Making of Middlebrow Culture*. Chapel Hill: The University of North Carolina Press, 1993. 67.

② Rubin, John Shelley. *The Making of Middlebrow Culture*. Chapel Hill: The University of North Carolina Press, 1992. 121.

③ Erskine, John. "The Future of Radio as a Cultural Medium." *Annals of the American Academy of Political and Social Science* 177 (Jan. 1935): 214-19.

第二章 通才与专才之争:学院文学批评的平庸化

代文学和文化整体,其名著课程虽无商业介入,却演绎了商业运作的高妙之处。① 的确,厄斯金的课程本身,以及厄斯金的名著书目迟至1927年才由美国图书馆学会出版这一事实,都使其教学行为显得与商业毫无瓜葛,但是,其名著课程开设于经典出版所引发的经典热潮之中,此事实表明,商业在其经典传播过程中起到了有效作用。1910年,科利尔父子出版公司就以"哈佛经典系列"之名出版了哈佛校长查尔斯·艾略特的"五尺书架"经典书目,将艾略特之语和哈佛之名作为营销热点,在成功营造了经典文化焦虑和教育焦虑的同时,也成功制造了一场经典消费热潮。"人人图书馆"(1906)、"现代图书馆"(1925)等经典系列的出版,都是这一时期经典热潮的典型表现。厄斯金的名著课程既充分得益于已被出版业调动起来的文化焦虑,也充分利用了出版业赋予经典书目的商业张力。这样的焦虑与张力,在圣约翰学院因采用本科全程经典教学大纲而一举摆脱入学率低以及经费不足等困境这一事实中可见一斑。② 1952年,艾德勒的经典书目,在称艾德勒为"美国头号促销员"的参议员威廉·班吨的提议下,③在以厄斯金、范多伦、巴尔、布凯南等通才学者为成员的顾问委员会的参与下,以《西方世界的经典名著》之名由大英百科全书出版社推出,该系列最为独到之处并非入选的经典著作本身,而是艾德勒编辑的包含有100个思想主旨的两卷

---

① 参见 Rubin, Johns Shelley. *The Making of Middlebrow Culture*. Chapel Hill: The University of North Carolina Press, 1993. 174-75.

② Rubin, John Shelley. *The Making of Middlebrow Culture*. Chapel Hill: The University of North Carolina Press, 1992. 189.

③ Rubin, John Shelley. *The Making of Middlebrow Culture*. Chapel Hill: The University of North Carolina Press, 1992. 195.

本《思想主题工具书》。经典书目的制订、经典思想的圈定,既体现了通才学者的经典传播在商业化过程中所习养的以信息代文学、以标准代思想、以规则代文化、以简述代评论的反文学特征和反文学手段,体现了精英文化平民化转接通道的简约化程度和商品化性质,也无可否认地体现了通才学者在向美国大众打开西方经典大门过程中的积极作用,使美国大众在文化层面有了凝合点,展示了通才学者在大众层面强化西方文化自信、培养西方文化自觉、深化西方民族精神等方面所起到的积极作用。

通才学者既满足了大众需要,也满足了政治需要。但是,正如托克维尔所说,美国人"偏好较易弄懂、较易阅读的书,偏好那些并不需要多少才学便可读懂的书,他们寻求的美是自给自足和容易欣赏的美",能够给他们单调的实用性生活一些刺激,因此,文学的"品味"与"商贸阶级"结合了,"贸易精神进入了文学",作家学者们于是成为了"思想贩子"。① 通才学者在一定程度上被信息化、广告化了的文学言说表明,他们应是名副其实的思想贩子。与此同时,他们的文学言说,也如鲁宾所说,在协助媒体与出版社不断将大众的文化焦虑转化成对文化商品消费的焦虑,将对知识的焦虑转化成对文化信息的焦虑的同时,也协助媒体和出版社以商品形式不断解除和再制造焦虑,将文学转化为消费品,将文学阅读与文化习养转化为消费行为、时尚追随和信息获取。

如果说主观主义和工具主义的共同结果是个人体验中自主性的丧失,是个人在公共领域内与群体的关系的稀薄化和浅薄

---

① Tocqueville, Alexis de. *Democracy in America*. New York: Bantam Dell, 2000. 573, 575.

第二章 通才与专才之争：学院文学批评的平庸化

化,那么,通才学者的商业行为,既有效示例了这一现实,也有效注解了在这一现实中多数人所进入的群体关系的本质,多数人为自我实现必须依赖外来的"治疗"手段的真相。[①] 当然,必须承认的是,通才学者的商业化行为,使大众阅读意识在对阅读时尚的追随中逐渐形成,使商品形式在一定程度上协助解决了快速发展的社会中普遍存在的文化盲和素质劣问题,填补了学术无以也无意填补的文化空白,使阅读得以变成实现民主和代言民主的重要渠道,成为民主意义的象征性载体。但是,通才学者们将民主和商业意义结合在文学教育中的事实,见证了梭罗所追求的自由、崇高、豁达和幸福等目标的彻底消失。

尽管信息性、标准性、体系性使通才学者的经典传播与专才学者的学术行为一样包含了现代思维特有的工具理性成分和技术性体系化逻辑因素,但从表面上看,通才学者对貌似对立的矛盾体如精英与大众、传统与商业、教益与娱乐、精神与物质、知识与消费、知识与信息、文化与个性、理想与现实、公共与个人等的涵纳与折中,使其行为既相异于代表精英的学术文化,又区别于代表通俗的大众文化,被归于约翰·吉勒瑞所说的"高雅文化的大众化形式"这一中产文化的畛域之中,[②] 成为鲁宾中产文化起源研究的主要对象之一。中产文化尽管非此非彼,但正如吉勒瑞所说,至今仍是解决"美国(即低俗或大众文化)与西方高雅文化关系"的一种途径,而且极有可能是目前唯一的解决方式,因为"西方传统名著今天没有也从没有以超越中产文化形式的方

[①] Taylor, Charles. *Sources of the Self*. Cambridge: Cambridge University Press, 1989. 508.

[②] Guillory, John. "The Order of Middlebrow Culture." *Transition* 67 (1995): 87.

式被融合进大学校园之外的美国文化生活之中"。① 的确,中产文化或许并非阿多诺和霍克海姆所说的具有蒙蔽民众之实的文化启蒙,但是,相较于专才知识分子宣称的,以高度理性和高端智识改造社会的责任定位,通才学者的中产文化活动,显然具有对大众浅层阅读要求过分纵容、对大众阅读过度助读的偏差。这一偏差使通才学者的文学言说欠缺调动大众理性反思能力和批判意识的动机,欠缺在大众阅读与社会改良的社会构想之间进行沟通的作用,欠缺探索叙事空间、历史氛围或政治因素的意图,较少以传统经典视角展开对现实的深刻反思,因而也较少使传统文学与现代文学的评论进入相互关照与反视的境界,更少对传统的地位与意义作出全新的阐释,对个人和群体进行自我剖析和自我理解。

在视智识能力为论辩、反思、分析、批评、评价以及建构思想和置疑思想之能力的学术界看来,或者说无论是在早些时候的保守专才还是当今的激进学派看来,通才学者带有明显缺憾的中产视界对美学精神的构建既无理论贡献也无行为参与,对社会思想意识现状既无颠覆作用也无建设意义。即便是同被格拉夫界定为通才学者、对语用学亦持坚决批判态度的欧文·白璧德也贬称其他通才学者为"不务正业者",斥其为"自然主义运动的女性化表征",专注于"日常主题"、"巧言妙谈"、"取悦逗乐"。② 在专才学者眼中,通才学者执着于非学者本质之责的文学教学,参与毫无精神内涵可言的商业活动,轻慢"出科研成果"

---

① Guillory, John. "The Order of Middlebrow Culture." *Transition* 67 (1995):84.

② Graff, Gerald, and Michael Warner, eds. *The Origins of Literary Studies in America*. New York:Routledge,1989. 115,116,119.

第二章 通才与专才之争：学院文学批评的平庸化

这一"学术"正业，①既无专业精神又无探索品格，不过是"文字商人"或教书匠而已。② 为此，谢尔曼感言，"要在学术领域获得升迁就不能在学生身上浪费时间，而是要出版"，菲尔普斯也叹道，"受学生欢迎已成（升职之）障碍"。③

菲尔普斯所言确是通才学者的普遍遭遇。其本人因沉醉于教学、因开设现代文学课而备受同行非议。谢尔曼在有意调入哥伦比亚大学时，虽已身为伊利诺大学英语系主任、明星教授，并获厄斯金竭力推荐，仍被哥大英语系主任索恩·戴克以其从事纯属旁门异趣的文学创作为由拒之门外。④ 厄斯金因开设名著课程而收到辱骂信件。⑤ 支持艾德勒的芝加哥大学校长罗伯特·M.哈钦斯也被斥为"美国教育界最危险的人物"，"如其行为不被制止，极有可能成为美国生活中最为危险的人物之一"。⑥ 伍德贝瑞在哥伦比亚新任校长尼古拉斯·墨瑞·巴特勒的公开排挤下，于1904年提出辞职。谢尔曼于1924年辞去伊利诺大学教职。厄斯金则于1928年离开文学教职，成为朱丽叶音乐学校校长。

早在20世纪初，如白璧德所说，美国"全国较为重要的古典

---

① Graff, Gerald, and Michael Warner, eds. *The Origins of Literary Studies in America*. New York: Routledge, 1989. 149.

② Krupnick, Mark. "Middlebrowism in the American Academy." *American Quarterly* 40: 2(1988): 237.

③ Graff, Gerald, and Michael Warner, eds. *The Origins of Literary Studies in America*. New York: Routledge, 1989. 149, 164.

④ Graff, Gerald. *Professing Literature: An Institutional History*. Chicago: The University of Chicago Press, 1987. 88-89.

⑤ Vanderbilt, Kermif. *American Literature and the Academy*. Philadelphia: University of Pennsylvania, 1986. 9.

⑥ Drake, Charles A. "Must We Read the 'Hundred Great Books'?" *The Journal of Higher Education* 11: 5(May 1940): 258.

和现代文学系主任职位已大多为受过科学训练、具有科学成就的人所占据",①在此无以逆转的学术大潮下,著作等身、声名卓著的通才学者与学术的对抗终以无可挽回的败势而告终。通才学者作为一个并无组织性和凝聚力的群体在 20 世纪 30 年代也逐渐解体,年长的通才学者接连逝去或退休,新生代通才学者要么成为文学新闻从业者,要么被新批评所同化,要么完全放弃了通才道德观与社会观,皈依于专才学术理念。尽管通才学者中的谢尔曼、厄斯金参与了首版《剑桥美国文学史》(1921)的策划、编辑兼撰稿工作,坎比是著名的《美利坚文学史》(1946)的五位策划者和编辑者之一,但是,其名其语以及其参编的文学史如今几乎不再见诸文学学术引证、文学批评史论或美国高等教育史、通识教育史的事实,是通才学者出局于学术界的最好注脚。

通才学者从学术领域的最终退却,似乎意味着学术对中产文化的疏离,意味着学术对中产思维方式的拒绝,意味着学术对政治和商业的抵制。但是,如果这种退却,意味着学术思维和科学逻辑对高等文学教育的全面同化,意味着学术体制与趋从于大众的思维习惯、助益于大众阅读的人文功能,活动于公共领域的文人行为的逐渐疏离,那么,它同时也反现了学院体制拟通过这种疏离状态,将文化的精英性、学术的精英地位以及文学的学科合理性持存在学术同质性之中的内在动机,反现了"超然理性"控制学术专才,从而使文学学术逐渐以排斥和"选择性否定"、以不再以关注良善的方式讨论良善的元道德学逻辑、以程

---

① Graff, Gerald, and Michael Warner, eds. *The Origins of Literary Studies in America*. New York: Routledge, 1989. 116.

第二章 通才与专才之争：学院文学批评的平庸化

序性方式的文学讨论作为自身定位特征的学术现实。① 但是，通才学者在学术领域的边缘化，并不等于其所代表的文学理念已经消亡，也并不说明文学研究以大众为存在根基与存在前提这一特性的消亡。格拉夫认为，通才学者反抗学术的积极意义，在于这一行为促使文学学术界加强了危机意识，生成了反思自身的能力，迅速建构了学术体系，从结果上推进而非阻滞了文学学术的发展。② 但是，依照泰勒解析超然理性和浪漫表现主义的思路来看，同样作为一种典型的现代现象，通才现象与专才现象，在本质上和效果上并没有根本的区别。

这恐怕也是通才现象并未随着第一批通才学者的逝去而消亡的原因。在20世纪的美国，通才学者所代表的文学理念仍然以各种方式和形式存在于美国的高校内外。在高校之内，内在于通才理念的人文思想被诸如新保守派之类的文学学者如沃尔特·巴特、E.D.赫施、哈罗德·布鲁姆等部分传承下来，③这些学者尽管不再以通为业，但仍像当年的通才学者一样制定经典书单，疾呼文化普及，呼唤文学回归人文，以其登上畅销书榜单甚至榜首的人文著述广为中产人士所知晓。与此同时，不少大学仍以名著为通识教育内容，圣约翰学院和托马斯·阿奎那斯学院仍采用名著大纲为本科教学大纲。而高校之外，"名著基金

---

① 对这三个问题的讨论，可见 Charles Taylor 的 *Sources of the Self* 最后一章。(Cambridge:Cambridge University Press,1989.)

② Graff, Gerald. *Professing Literature: An Institutional History*. Chicago:the University of Chicago Press,1987.97.

③ 巴特(Walter Jackson Bate)为哈佛文学教授，他的文章"The Crisis in English Studies."[*Harvard Magazine* 84(1982):46-53]是新保守派思想的代表作。赫施(E. D. Hirsch, Jr)，弗吉尼亚大学文学教授，著有《文化知识》(1987)一书。哈罗德·布鲁姆著有《西方正典》。

会"一直致力于推动经典传播和阅读,在全美各地组织形式各异的名著讨论。经典出版在基金会等组织与政府的支持下仍是出版界热衷之事。1990年,《西方世界的经典名著》就在艾德勒的修订与扩展下重出新版。而与此同时,系列导读书至今畅销不衰,导读网页更是异军突起。各种读书俱乐部不仅活跃于校园之内,也开始在校园之外,尤其是在媒体上,构建着一个个具有治疗意义的群体。奥普拉的读书俱乐部与奥普拉脱口秀的结合,就是典型一例。

与此同时,曾被通才学者所外化了的学界内部分歧和外部矛盾并未因文学学术的发展而有所消减、变质或转移。通识教育与专业教育、教学与科研、价值观教育与职业化教育、媒体批评与学院批评、学生大众与学者精英、学者师德与专业发展、文化传统与现代大学等的矛盾,由于资本主义社会市场化、民主化态势与学术化、专业化态势的并存,由于美国学术精英主义和大众反智主义的对抗,①而无从消弭。文学的美学、情感、道德等逻辑与先行假设再行论证的科学思维之间的矛盾,因文学学术日趋理性、规范与数据化,更是无从消解。人文学界内部的理论争议,有一部分便是围绕着这些矛盾而展开的,学界内部的理论探讨,也多数是以趋同于矛盾一方的视角而进行的。尽管这种理论探讨不断从以职业为主导的争鸣转化为以思想为主导的争鸣,但这种争鸣,即便是通才和专才之争,更多的仍是纯粹以学术发展或自身发展为目的的争鸣,就像泰勒所批评的,常常承认

---

① 关于美国大众的反智主义问题,可见 Curtis, Merle. "Intellectuals and Other People." *The American Historical Review* 60:2(Jan. 1955):259-82. 也可见 Hofstadter, Richard. *Anti-Intellectualism in American Life*. New York: Vintage Books, 1989.

第二章 通才与专才之争:学院文学批评的平庸化

绝对理性之害但又坚持用绝对理性的方式解决问题的理性拥护者们一样。通才和专才之争所反映出来的学术本质,正是学术的这种脱离现实的趋向。

德怀特·麦克唐纳等学者将中产文化视为穿着儒雅外衣却无以吸纳儒雅文化智识思维、创新性思想的大众文化,视为生产文化商品的产业文化,视为相较于大众文化对精英文化更具侵害性的文化模式。拉塞尔·雅各比等学者,则将具有公众意识美德的知识分子的消亡,归咎于学术对包括文学创作、文学批评在内的智识文化行为的垄断,归咎于学术智识文化对公众文化服务功能的丧失。① 新保守派更是将人文教育的颓败以及由此所导致的文化愚昧现象归因于文学研究的极端学术化、理论化和意识形态化思维现状。左派人文学者的意识形态化文学批评,将把经典价值与传统道德作为核心的人文思想解读为霸权意识,而其对社会现实的批判与审视,对民主目标的诠释与追求,则是在展示优越于大众化思维的精英智识能力的行为中标榜对大众的拯救。但问题是,一方面,这些学者都未能如伯克和泰勒那样,继续追索更深层次的人性或道德原因,另一方面,他们自身也带有被他们所贬斥或批评了的现象的本质特征。

因此,通才现象的更高层次意义,在于其应该引发人文学者在思考矛盾冲突现象的同时,关注生成于同一语境的学术与学术外文化在貌似绝对的矛盾状态下的趋同化现象。如果说专才的学术理念与通才的文学理念之间的矛盾,因既反映了学术界对理性思维的崇信,又体现了其对道德信念、师德师责等的摒

---

① 见 MacDonald, Dwight "Masscult and Midcult Ⅱ." *Partisan Review* 27:4(1960):589-631.

弃,而同时具有了得与失的话,那么美国当代学术界的理性优势也在学术运作与学术存在模式普遍重复通才学者商品化、广告化和新闻化弊端,摒弃通才学者长处这一双重行为中逐渐失落。如今,关注学界研究动向与新闻要事,是美国学者个人职业行为的重要组成部分,个人研究的成功往往取决于其是否迎合研究潮流,对研究潮流是否有创新性视角的贡献。而学术探求又常常潜行于批评著述所构成的不断更新的庞大知识体系与信息体系之中,而非文学作品本身,即便是文学作品本身所构成的典律,对于文学学术而言也仅仅是数据与信息。学术话语与著述方式,因是信息累积、命题寻找、规则套用以及命题论证,使得学者对文学意义的探索成为对规律与规则的发现。与此同时,学术成果不仅依赖圈内的广告式运作,也成为换得生存权利与声名地位的商品。学术成果的量化使数量成为学术个人和学术整体发展与进步的标志,从而使学术在某种程度上唯"量"是图,唯"用"是图,进而唯利是图。

  文学学术的信息化、商业化、市场化和产业化,不仅造就了沙姆威和坎贝尔等人所说的学院明星制与追星族现象,[1]也在一定程度上使学术道德建立在职业利益基础之上,使学科之内的竞争和危机意识在很大程度上肇始于政治、资金等原因,产生于以利益为指针的大企业竞争模式之中,而不是改良社会的思想与思辨语境之中,不是教益学生、授业立德的需要之中。尽管文学学术无可否认地在这一模式中通过理性探索和理性思辨保

---

[1] 见 Campbell, Colin, "The Tyranny of the Yale Critics." *New York Times Magazine* 9 Feb. 1986: p. 48 以及 Shumway, David R. "The Star System in Literary Studies." *PMLA* 112:1(1997):85-100.

第二章 通才与专才之争:学院文学批评的平庸化

持着思想活跃、挑战现状、纠正偏见、洞见真相、不断出新的进取状态,但文学学术的道德立场却无可否认地陷入了忧患。

也许正是对这种兼具排斥性的同质现象的普遍回避,美国英语文学学界内部相互批判、相互制约的良性作用才无以减缓人文派与职业派、新保守派与左派、学术文化与中产文化的尖锐对立。21世纪的美国大学,如果确如詹姆斯·杜德斯达在《二十一世纪的大学》一书中所说,正在演变成富于竞争、被市场完全同化的企业化产业和社会服务业,[①]那么,由通才学者的出现以及通才理念的存在所引发的思考,就应该超越其失败或边缘化的事实本身,超越对专才和通才进行高下之分的学术视域,进入学术文化与中产文化既对立又同质、既互斥又互补的矛盾关系之中,关注如何使两者取长补短、互惠互益,关注如何使两者的同质性超越物质范畴进入良性精神层面,关注如何使知识分子和作家既有平民立场但又具有超越常民的独特性、个体性和精神追求,关注如何使文化知识的传输与理性批判意识的培养衔接而行,使学术研究与施教弘德并行而进,使美学逻辑与理性逻辑互相兼容。

[①] 詹姆斯·杜德斯达,《21世纪的大学》,刘彤等译,北京:北京大学出版社,2005.

第三章　从劳伦斯看美国文学批评：
学院文学批评的工具化

英国小说家 D. H. 劳伦斯的《美国经典文学研究》（下称《研究》），曾被美国不少院校列为美国 19 世纪经典文学批评的必读佳作，①但是，美国文学批评正史又常将它拒之门外。多数美国文学学者恐怕都会认同尤金·古德哈特对劳伦斯的赞誉：《研究》是"欧洲人演变为美国人"这一"最伟大戏剧性历史篇章的再演绎"，是美国文学的"寓言"。② 与此同时，多数美国文学史学者又都会像克米特·范德比尔特一样，以劳伦斯"被较早的美国学者视为局外人"为由，免去对其的赘述之累。③ 的确，作为批评家，劳伦斯没有理论归属，也非学术圈内人，因而无法进入雷纳·韦勒克的《近代文学批评史》，也无法进入杰拉德·格拉夫

---

① Lawrence, D. H. *Studies in Classic American Literature*, 1923, Reprinted Ed, New York: Penguin, 1977. 本章出自同一著作的引文，将随文标明出处页码，简写为(L. x)，不再另行作注。

② Goodheart, Eugene. "Lawrence and American Fiction." Jeffrey Meyers, ed. *The Legacy of D. H. Lawrence: New Essays*. New York: Macmillan, 1987. 136.

③ Vanderbilt, Kermit. *American Literature and the Academy*. Philadelphia: University of Pennsylvania Press, 1986. 576.

第三章　从劳伦斯看美国文学批评：学院文学批评的工具化

的美国文学体制史。① 而作为一个欧洲人，劳伦斯一方面高度关注和认可被欧洲文学界嗤之以鼻的美国文学，另一方面又以居高临下者的姿态和语气对其加以评判。作为一个评论者，劳伦斯既将19世纪的美国文学与俄国文学相提并论，又只认定自己才是那个拂去蒙在前者面上的灰尘、让其展现真容的伯乐。为此，劳伦斯既让美国文学学者感到自豪，又让他们颇为尴尬。大卫·沙姆威和古德哈特就曾不约而同地自嘲道，"一个英国人竟然对美国文学传统的缔造贡献如此巨大着实具有讽刺性"，②"美国人似乎必须要有一个充满天赋的欧洲人才可感知自我命运"。③

正是由于这种既自豪又蒙羞的矛盾心理作祟，美国批评家在论及《研究》时，总给人躲闪之感。例如，古德哈特一方面明确指出，《研究》"与美国作家之间有一种姻亲（或拒姻亲）关系，而非影响与被影响的关系"④，另一方面却只通过主题检索对这种关系进行列表式描述。而沙姆威尽管反省说，"劳伦斯在美国这一被诠释对象发展过程中的重要性被低估了"⑤，却也仅通过寻

---

① Graff, Gerald. *Professing Literature: An Institutional History*. Chicago: The University of Chicago Press, 1987.

② Shumway, David. *Creating American Civilization*. Minneapolis: University of Minnesota Press, 1994. 321.

③ Goodheart, Eugene. "Lawrence and American Fiction." *The Legacy of D. H. Lawrence: New Essays*. Ed. Jeffrey Meyers. New York: Macmillan, 1987. 136.

④ Goodheart, Eugene. "Lawrence and American Fiction." *The Legacy of D. H. Lawrence: New Essays*. Ed. Jeffrey Meyers. New York: Macmillan, 1987. 139.

⑤ Shumway, David R. *Creating American Civilization*. Minneapolis: University of Minnesota Press, 1994. 321-22.

章摘句,对这种作用进行蜻蜓点水式的注解。但是,不得不承认的是,古德哈特对劳伦斯的概括性评价的确客观而透辟。古德哈特说,《研究》不仅"最为深刻地分析"了美国经典文学,也准确地表述了"美国意识",高度概括了"美国这一概念中的所有意义元素",所有这些使得《研究》成为美国批评家的一个"取之不竭的生存资源"。① 鉴于此,《研究》与表述和实践美国意识和美国概念的美国文学批评之间,就不仅是影响与被影响的关系,而且是概述与被概述的关系。《研究》所表述的美国本质,正是19世纪初至20世纪中期美国文学批评的本质。《研究》的自我表达和自命不凡,又正是运行在美国文学批评体制深处的潜在意识。美国文学批评对劳伦斯的审视,便无异于审视自我,其在面对劳伦斯时既自豪又自嘲、既赞颂又躲闪的矛盾态度便在所难免。但是,这种态度恰恰表明,若要深刻认识以民族动因和学科动因为核心驱动力的美国文学批评的本质,或如萨克凡·伯克维奇所说,若要揭去美国文学批评的"伪装",劳伦斯这一"局外人"的"宏观认识"不啻是最佳视角之一。②

一、劳伦斯的美国文学批评

从当代学术视角来看,《研究》更类似于个人感言。《研究》出版前,劳伦斯就已经处在经济窘迫、身体羸弱、精神颓丧的困

---

① Goodheart, Eugene. "Lawrence and American Fiction." *The Legacy of D. H. Lawrence: New Essays*. Ed. Jeffrey Meyers. New York: Macmillan, 1987. 137.

② 萨克凡·伯克维奇:《惯于赞同》,钱满素等译,上海:上海译文出版社2006年版,第8页。

第三章 从劳伦斯看美国文学批评:学院文学批评的工具化

境之中,与人合办的杂志《签名》仅在 3 期之后便寿终正寝;《虹》手稿先遭退稿,付梓问世后又被指淫秽而遭查禁;《恋爱中的女人》手稿被出版商退回,劳伦斯本人的英国背景和弗丽达的德国背景,还将两人抛入英国和德国的双重怀疑之中。劳伦斯将所有这一切,归因于"不伦不类的英国"那"错综复杂和正在崩溃的生活"。① 对英国的"精神和肉体厌恶",② 使劳伦斯将自己的乌托邦幻想,寄托于他并不了解的异国他乡,尤其是美国。1922 年,劳伦斯开始了他向往已久的美国之旅,但是,劳伦斯发表于 1917 年至 1918 年、后被收录于《研究》的所有文章表明,他的美国精神之旅在发表这些文章之前就已经启程。确实,劳伦斯除在《虹》中曾提及《白鲸》外,还发表过《阿美利加,倾听你自己吧》(1920)这样的文章。在这篇文章中,劳伦斯写道:欧洲"除了回望丁托列托,已经别无所剩","没有传统,缺乏文化纪念碑的那个国家快乐了",他向美国发出了爱默生般的呼唤:"倾听你自己的声音吧",去"超越陈旧欧洲的生命体","脱离陈旧欧洲的道德观","脱离情感和感悟的陈旧范畴吧"。③ 他以美国为最后一站的世界之旅,与其说是要寻找和证明拯救西方文明之路,④ 不如说是要寻找他浪漫主义的精神寄托之所,寻找精神自由之地。然而,现实的美国与劳伦斯想象中的美国相距甚远,现代而物质

---

① 基思·萨嘉:《被禁止的作家——D. H. 劳伦斯传》,王增澄译,沈阳:辽宁教育出版社 1998 年版,第 107、114、113 页。

② 基思·萨嘉:《被禁止的作家——D. H. 劳伦斯传》,王增澄译,沈阳:辽宁教育出版社 1998 年版,第 114 页。

③ Lawrence, D. H. "America, Listen to Your Own." http://209.212.93.14/doc.mhtml? i=classic&s=lawrence121520

④ Stanton, Phyllis Deery. "Processing the Native American Through Western Consciousness." *Wicazo Sa Review* 12.2(1997):60.

的美国已经"腐烂"(L.117),令他嫌恶,他写道:"当你站在大西洋的彼岸,通过望远镜不正确的一端审视美国时……比你亲临其境,或许更容易激情满腔地爱上它,当你一旦置身于美国,美国就令人伤痛,因为它对白色的心灵施展着一种巨大的瓦解性的影响。"(L.56)

　　加拿大学者阿明·阿诺德的研究显示,《研究》出版前,劳伦斯对其中的文章至少进行了两次较大的修改,第一次在西西里,第二次在美国。① 阿诺德指出,未经修改的文章显然更为"客观"、"科学"、"逻辑,睿智"、"评述合理",语气"中庸,诠释性强",因为当时的美国对于劳伦斯而言就是"避风港,天堂"。② 但是,重写于美国的第三版文章,则随着劳伦斯乌托邦幻想的部分破灭,而充满了"歇斯底里的情感释放","夸张而尖啸的风格"。③ 阿诺德的发现,从文本之外的角度证明,充满感性和诗性的《研究》,的确如基思·萨嘉所说,包含着"他成年时罗曼蒂克的渴望",④它没有雄辩,没有辛辣的批评,也不是纯粹的美学审读,而是劳伦斯对美国独特性的人性体认和由衷而发,是其个人情

---

① Arnold, Armin. "Transcendental Element in American Literature: A Study of Some Unpublished D. H. Lawrence Manuscripts." *Modern Philology* 60.1(1962):43-44.

② Arnold, Armin. "Transcendental Element in American Literature: A Study of Some Unpublished D. H. Lawrence Manuscripts." *Modern Philology* 60.1 (1962):45.

③ Arnold, Armin. "Transcendental Element in American Literature: A Study of Some Unpublished D. H. Lawrence Manuscripts." *Modern Philology* 60.1 (1962):45.

④ 基思·萨嘉:《被禁止的作家——D. H. 劳伦斯传》,王增澄译,沈阳:辽宁教育出版社,1998年,第184页。

第三章 从劳伦斯看美国文学批评:学院文学批评的工具化

感和思想的载体,其"写作主旨并不在于真的美国,而在于一个虚构的美国"。①《研究》与其说是文学批评,不如说是一本特殊的文学作品。对于劳伦斯而言,无论是美国还是美国文学,都同时具有特殊意义和普遍意义,是超越了国家和艺术实体范畴的符号概念。这样一种体认,使得《研究》始终为两个假设命题所主导,其一,"艺术经由谎言方式而编织真理"(L.8),具有表里不一的特征;其二,美国虽迥异于欧洲,却有明显的欧洲沉淀,因此,美国的独特之处就在于它有一种两面性,而美国文学之所以为艺术,一种具有地域独特性的艺术,是因为它诞生于并表征了这种两面性。这两个命题,有效地将看似散漫,甚至有史实谬误②的所有文章,串连成以美国为主题的逻辑整体和有的放矢的真相揭示过程。但是,劳伦斯所揭示的真相,与其说是美国的本质,不如说是他内心浪漫主义思想的几近幻灭;与其说是浪漫主义的幻灭,又不如说是现代主义的艺术至上论;与其说是艺术至上论,又不如说是只有在文学中才能找寻得到的民主——灵魂主导下的灵魂相交。当他呼唤美国人成为美国人时,他呼唤的是他内心一个理想而自由的自我的诞生。当《研究》呼唤"新世纪的小矮人时"(L.3),他呼唤的也是能够将"襁褓中真理的婴儿"高高托起的、与美国文学灵魂相交的自己(L.4)。

在《研究》的前言,劳伦斯向欧洲人疾呼:"听一听美国自己的断言吧:'时候到了! 美国的人要成为美国人'了。U.S.A. 在

---

① 基思·萨嘉:《被禁止的作家——D. H. 劳伦斯传》,王增澄译,沈阳:辽宁教育出版社,1998年,第184页。
② Colacurcio, Michael J. "Symbolic and the Symptomatic: D. H. Lawrence in Recent American Criticism." *American Quarterly* 27.4(1975): 487.

艺术上已经成长起来了。现在是我们不再吊在欧洲的裙裾上的时候了,是我们不再像刚刚松开欧洲老师之手的小学生那样举止行为的时候了。"(L.3)在紧接着的"地之灵"一章中,劳伦斯继续写道,已经开始崛起的美国文学不再是欧洲人眼中的"儿童的文学",它是"属于美洲大陆"的"新经历"、"新情感"和"新声音"(L.7,8)。但是,美国的"新",是在与"旧"的碰撞过程中产生的,在劳伦斯看来,无"旧"则"新"不存,不破"旧"则"新"不立。同理,美国人所追求的"自由",是在"凌迟"他者和对他者喝训"你不可以"的过程中获得勃兴的(L.9,11)。尚未完全破去"旧"意识的美国,只能是一种"负面的民主理想"(L.14)。诞生于这种两面性的美国文学,就是具有分裂性的美国艺术和艺术思维,是"瓦解和蜕去旧意识"、同时"建立新意识"的过程(L.70)。艺术的两面性和美国的两面性在此汇聚相交。

对于劳伦斯而言,专注于瓦解"旧事物"和"旧的白人自我"的爱伦·坡,在探入认知、意志和情感极限的同时疏于"创造"(L.70),最终在劫难逃。但他将对"爱"永不满足的追求这种"疾病"表述得"看上去正当且吸引人",恰恰代表了"艺术尤其是美国艺术"的"表里不一"(L.88)。而渴望做"绅士"也渴望做纳蒂·班波的詹姆斯·F.库柏,其视野中总有"两个魔兽在耸动",心中总有"两根弦在振动"(L.53,70):欲望和纯真、欧洲的文明与印第安人的原始等。没有蜕去欧洲旧意识的他,作为白人,既自感优越又负疚于此,他明知已被美国白人的"民主平等之针"(L.49)"刺穿"身体,却仍将此针"推入美洲大陆的心脏正中"(L.52),他只能在皮袜子故事系列里想象一个从老到新的美国神话,求得"愿望实现"。"信仰圣父""又违犯于他"的霍桑(L.109),用他"魔力般的寓言性洞察力"(L.107),在《红字》中暴露

第三章 从劳伦斯看美国文学批评:学院文学批评的工具化

了自我和美国的两面性真相:表面上践行"心智意识"、"普世之爱和知会知行","暗地里却对此毫不理会"(L.93)。向往野蛮又留恋文明的梅尔维尔,在身处野蛮部落时,却无法摆脱厌恶之感和逃离的冲动;回到文明后,又把自己放逐于大海,被缚于"文明、民主、理想世界"等枷锁之中的他(L.150),只是作为美国的"符号"、伟大的艺术家活着,他的"'人的'自我"几乎死去(L.153,154)。但"掩藏于白人内心最深处的血性生命"并未真正死去(L.157),仍在顽强地涌动着,为此,"美国灵魂之船""皮廓德"与象征着这种血性生命的白鲸之间的搏战,注定以前者的灭亡而告终。对"旧道德心感不安"的霍桑、坡和梅尔维尔,除去对旧道德出手"抨击"和"破坏"之外,别无挣脱之法,唯有屈从于它,因此,他们的两面性就是美国和美国艺术的"致命谬误"(L.180)。在劳伦斯看来,唯有惠特曼超越了谬误的两面性。在他的诗中,实现"民主"之时和认同"同一身份"之时,就是"死亡"和"崩溃"之时(L.175,178,179)。虽然他的触及民主的"同情"仍是居高临下的"拯救"(L.183),是"同情(feel for)",而非"同感(feel with)"(L.183),但却写下了真正的"英雄预言",开拓了"灵魂与灵魂相见的开阔道路"(L.186),自由灵魂之路,也即民主之路:

> 这便是美国的英雄式预言。灵魂不会在自己周围高筑防护。她不会向内退却,在神秘的狂喜中寻找天空。她不会向着外面的神灵呼唤拯救。她将行走在开阔的大路上。当大路向着未知伸展开来的时候,她与那些被灵魂牵引着靠向她的人成为伴侣。在这条漫长的走向未知的生命之旅上,除了旅行之外,除了旅途上偶然出现的事物外,别无他

顾。灵魂,在她精细而微妙的同感中、在旅途中实现自我。(L. 182)

爱心,融合,把惠特曼带到了死亡的边缘!死亡!死亡!

但是,他的预言却仍令人欢欣鼓舞。荡涤尽了融合,荡涤尽了自我,这令人欢欣鼓舞的关于美国民主的预言,关于开阔道路上的灵魂预言。当一个灵魂遇见另一个更伟大的灵魂时,这条路上便充满着认出灵魂时的快乐,随时而动的激情,崇敬时的喜悦。

这唯一的财富,这伟大的灵魂。(L. 186-187)

作为《研究》的收尾,惠特曼显然就是劳伦斯的希望所在。劳伦斯的美国想象,的确是对美国民主未来的想象,是对人类未来的想象。但是,劳伦斯的美国想象,最终是关于自由灵魂的想象——不再受物质、理性、上帝和传统束缚的灵魂,似乎跟自然也没有了关系。如果惠特曼是一个"伟大的道德家"(L.180),那么,劳伦斯的道德便是自由灵魂的道德,也便是自我定义自我的道德——"朝向无目标"、"没有已知方向"的道德(181)。处处以评判者自居的劳伦斯,自愿成为"尚未出生的小矮人(homunculus,此处意为"美国文学")的助产士"(L. 4)。通过《研究》,劳伦斯的确出色地完成了这一项自赋的使命。但是,即便令劳伦斯本人也始料不及的是,《研究》更为出色地完成了担当美国文学批评之助产士、美国特殊论之助产士的任务。劳伦斯独具慧眼地肯定了美国地域的特殊性对构建一种独立的美国文学所起的作用,高度概括了美国的特殊性和由其所决定了的美国文学的文学性,并在此基础上用欧洲美学语言阐释与这种独特性互为表里的美国艺术形式,从而赋予了美国文学以普遍性的美学特点。这样一种构思,令短小的《研究》在19世纪初至20世纪中期的美国文学批评中几乎起到了承上启下的作用。19世纪和20世纪初美国文学批评无法兼顾美学和民族性的难题,在《研究》中迎刃而解;20世纪中期美国文学批评满足民族诉求和学科诉求的根本思路,早已被《研究》以并非民族主义的方式、并非学术的方式所演绎,美国文学批评的两面性本质,也早已被《研究》一语中的。而《研究》的自我性,更是将美国文学批评的自我性暴露无遗。

二、19世纪的美国文学批评

虽然《研究》所承载的并非民族主义情感,但劳伦斯对美国独特性的执着体认,使《研究》与19世纪的美国文学批评之间具有了共性。19世纪初,文学的贫弱、欧洲的鄙视迅速推动了美国文学批评的兴起和发展。[①] 诞生之初的美国文学批评,既无典可读也无史可谈,但却有独立革命和国家主体意识催生而来的民族文学热情和民族文学自觉意识。弘扬民族文学以强国治民的意愿与文学贫弱的现实,一方面决定了18世纪末至19世纪末美国大多数重要思想家和文人必然围绕美国主题来探讨文学,[②]另

---

① 1815年《北美评论》(*North American Review*)杂志的发行,1829年首本美国文学史 *Lectures on American Literature* (Samuel L. Knapp)的出版,都标志着美国文学批评的正式诞生。

② 当时的许多经典文论都曾以美国民族文学作为主题,多数文论都可见于 Hutner, Gordon, ed, *American Literature*, *American Culture*, New York: Oxford University Press, 1999.

一方面也使文学美国论者、文学欧洲论者和文学普世论者(如Knickerbocker派)之间的分歧和冲突,统一在了将文学主体意识构建等同于民族主体意识构建的共识中。这一共识使得两派的分歧保持在对话的状态之下,亦使保守与激进之间的界限趋于模糊。曾被归入保守阵营的爱伦·坡,在坚称民族性"实乃政治而非文学"时,就承认说,"毫无疑问",民族性可以"护卫我们的文学,支持我们的文人,维护我们的尊严,依托我们自己的资源"。① 同为具有文学普世主义思想的保守派人物J.拉塞尔·洛威尔,虽将"民族主义"等同于"狭隘的地域主义",斥其为"被提升到较高境界的小丑式粗俗行为和不良举止",却又自相矛盾地呼吁,美国文学应该像美国"政治机制赖以存在的思想"一样,以"人道与尚勇精神"来创建"自己的戏剧与史诗"。② 保守与非保守的相互包容,使19世纪上半叶"提倡文学民族性和反对文学民族性的运动",如本杰明·斯宾塞所说,"以令人愉快的相互妥协结局",达成了通过美国文学的民族性来定义和获得美国文学的普遍美学价值的共识。③ 19世纪下半叶以惠特曼《民主憧憬》一文为开端的关于民族文学的新一轮对话,也在流行于世纪终结时的文学史叙写行为和对美国物质主义的全面批判中,进入了视美国民主为普适性价值的帝国意识形态的共识性尾声。

在这种共识的作用下,近一个世纪的美国文学批评,形成了

---

① Poe, Edgar Allen. "Marginalia." Gordon Hutner, ed. *American Literature, American Culture*, New York: Oxford UP, 1999. 25.

② Lowell, James Russell. "Nationality in Literature." Philip Rahv, ed. *Literature in America*. Cleveland: The World Publishing, 1962. 81, 82, 78.

③ Spencer, Benjamin T. "A National Literature, 1837—1855." *American Literature* 8.2(May 1936):156.

第三章　从劳伦斯看美国文学批评：学院文学批评的工具化

自身鲜明的话语体系特征和文学运动史特征，如雄辩和思辨、对话和批判、未来意识和危机意识、与时俱进和锐意创新、个人行为与团体性等，文学批评也因此而成为其一直试图建构和厘清的美国思想的表征者和实践者。但是，以民族构想主导自我构想和文学构想的美国文学批评，由于忽略了文学评价体系和作品解读模式的构想，忽略了美学的构想，从而产出了大量的高谈阔论之作、普遍主义的感想式作品解析、堆砌信息的百科全书式文学史和基于狭隘和平庸的道德判断的作品判读，这种批评把语言、道德、自然资源以及独立精神等现实性元素，视为美国文学的民族性和文学性之所在，虽然具有了帝国意识形态共识，却仍旧未能从美国文学作品中析出具有广泛适用性的美国式特点，未能厘清美国性范畴中那些具有普遍美学意义的文学特征，也未能完全消除文化和文学劣势心态。文学批评的自我建构也尚未完成。

三、与劳伦斯《研究》同时代的美国文学批评

相较于19世纪的美国文学批评，劳伦斯的《研究》之所以略胜一筹，并不在于其短小的篇幅、新颖的创意弥补了其内部的无序性和笼统性，而在于劳伦斯偶然而巧妙地避开了美国文学是否具有文学性这一焦点问题，直接深入作品，将美国性和文学性置于互动的关系之中。其实，劳伦斯的巧妙规避本身并非全新之举。范德比尔特指出，享有美国文学学科"之父"、美国文学史之"荷马"等美称的摩西斯·泰勒，在其第一部学术性美国文学

史、同时也是美国思想史开山之作的《美国文学史:1607—1765》中①,就用美国文学是否已经具有值得考据、值得撰写的文学史这一全新议题,取代并绕过了文学性是否存在于美国文学这一非有效性问题,继而通过作家传记和文本判读相结合的文学史撰写法,整合了19世纪用文学表达美国精神的民族主义传统和用文学追求普遍真理的理想主义传统。但是,泰勒至今极少被美国文学界引用的事实表明,他几乎无法与劳伦斯相提并论,但他在学术批评史中所受到的重视和劳伦斯所受到的排斥这一反差又表明,②体制化和民族化动因是20世纪美国文学批评的主导。

泰勒的确是较早把美国文学作为专业研究方向的学者之一,毫无疑问,他是文学批评开始向大学全面转移的产物和标志,而其专著中被范德比尔特重构了的重心转移、方法转变和传统整合,也的确是20世纪初美国文学批评的典型行为特征。这些特征是由19世纪末20世纪初美国的文化、政治和物质语境所决定的。当时的美国,物质文明发展迅猛,逐渐趋近于汉密尔顿和麦迪逊等在《联邦党人文集》中所设定的商业大国目标。但是,移民大潮的涌现,十月革命的胜利,使得《联邦党人文集》中所设定的另一个宏伟目标——共和国以及帝国目标受到前所未

---

① Tyler, Moses Coit. *A History of American Literature*, 1607—1765, 2 Vols. New York: G. p. Putnam's Sons, 1879. 对摩西斯·泰勒的评价,另可参见 Higham, John. "The Rise of American Intellectual History." *The American Historical Review* 56. 3 (1951): 456; Kermit Vanderbilt. 81, 93; David Shumway. 66.

② Howard Mumford Jones 早在1933年就出版了一部泰勒传记 *The Life of Moses Coit Tyler*.

第三章 从劳伦斯看美国文学批评:学院文学批评的工具化

有的内外威胁,使得传扬国家意识和国族身份意识的紧迫性日益凸显。同样对这一目标的实现构成威胁的,还有智识生活的贫瘠和道德生活的衰落,因为后两者明显不利于文化同一性的建构和文化帝国身份的建构,而这两者的建构成为经济发展之外、实体边疆消失后走向帝国目标的必要和必然的手段与途径。如梭罗所见,美国的建国先父们由于视理性基础上的人之体制和人之原则为解决社会问题的至高途径和至高思路,视民主为实现普遍平等的政治权利和致富机会的手段,视监督政府行为或维护公共稳定所需要的公民道德为至高个人道德,国族同一的需要和文化同一的需要,才将大学教育推上了既科研化和专业化,又职业化和平民化之路。

逐渐走入大学的美国文学批评,不仅面临着刚刚在大学争得名分的文学学科的共同问题,即如何解决诗性与科学性、人文价值与实用功能、美学批评方法和史学批评方法、不可考量的人文因素与实证科学的设问和求证模式之间的矛盾,从而立足于科研型大学之内的问题,还面临着自身的特殊问题,即如何与排斥和贬黜自身的古典文学和欧洲文学研究界抗衡,如何排除抵制科学化建构的内部异己,从而立足于文学学科之内的问题。由于美国作为一个理念,是具有不同背景的个人得以统一的纽带和美国作为国家得以存在的基础,这种被豪沃德·蒙姆福德·琼斯称为导致"学院革命和政治革命"的双重逆境,[①]不仅未使刚经历了学院转型的美国文学批评与之前的美国文学批评分崩离析,相反,却将19世纪美国文学批评的民族意识和争权

---

① Jones, Howard Mumford. *The Theory of American Literature*. Ithaca:Cornell University Press,1965.171.

本性，延伸到了批评的学科化工程之中，创造了学院革命和政治革命相互依托的必然性和可能性。两种革命的结合，使得文化身份构建、科学身份构建和帝国构建行为在美国文学批评中得到统一。

刚刚走上学院化之路的美国文学批评，纷争和冲突在所难免，欧文·白璧德等新人文主义者对文学批评的科学化和政治化倾向竭力诟病，① 激进派和保守派对美国文化的现状和未来走向各执己见，语用学派和历史学派在孰为科学的争议中各霸一方。但是，极少有学者和文人对民族主义的热潮漠然处之。促成文化崛起直至文化帝国的建成，几乎是各派共有之所求，构建传统和叙写历史，也成为近乎各派文人学者的共为之事。对文学的学科化持批判态度的激进派美国文学批评家 V. W. 布鲁克斯，在其文章《论创建一个有用的过去》中指出，传统构建对于文化构建和帝国构建至关重要，"一种有生命的批评"，就应该"发现，创造一个有用的过去"，过去"只产生我们期待寻找的东西"。② 如果布鲁克斯仅仅突出了传统构建行为中的虚构本质和想象本质，那么，具有新人文主义背景的傅诺曼则在其《美国文学史诸因素》一文中，同时强调了历史构建的想象本质和科学本质。他指出，构建文学历史，不仅需要体现"自由和新鲜的思想"，体现"科学思想"，也必须同时发挥"观察能力，理性思维能

---

① 如 Irving Babbitt 的《文学与美国的大学》(1908)。
② Brooks, Van Wyck. "Creating a Usable Past." *The Dial* 64(11 April 1918):339,338.

第三章 从劳伦斯看美国文学批评:学院文学批评的工具化

力和想象力"。① 虽然布鲁克斯和傅诺曼并不同宗同派,但前者在这里所说的通过构建传统寻找美国的"方向",②与后者所说的通过构建历史定义"美国精神"的象征意义,③几乎不谋而合。诚如两者所示,历史和传统构建中具有同时满足学科的体系诉求和国家的意义诉求的双重潜质,也是同时实现民族构想和学科构想的双赢思路。

这种双赢意识,使得美国文学史、文学选集和美国文学综述,成为这一时期的主流批评成果,首版《剑桥美国文学史》(1917-1921)就是典型一例。但是,多数以文学史具名的论著,仍然是有史实却缺乏思想深度,有生平叙述却缺乏文学审美,没有衡量作家的统一标准,除美国公民身份外,也没有勾连不同作家或不同作品的纽带。而综述类著作,较之纯粹的文学史论,在深度上和思想性上更胜一筹,但也多将对美国文学的论述寓于思想史、文化史、政治史、宗教史、哲学史乃至经济史的框架中,与其说是文学论著,不如说是文化批评或思想论述。正因为如此,弗农·帕林顿的《美国思想的主流》(1927)获得了1927年历史类普利策奖,布里斯·佩里的《文学中的美国精神》(1918)通常被认为是美国文化发展史研究的里程碑式著作,布鲁克斯的《新英格兰的成熟》(1936)获得的也是当年的历史类普利策奖。

---

① Foerster, Norman. "Factors in American Literary History." Norman Foerster, ed. *The Reinterpretation of American Literature*. New York: Harcourt, Brace and Company, 1928. 24.

② Brooks, Van Wyck. "Creating a Usable Past." *The Dial* 64 (11 April 1918): 341.

③ Foerster, Norman. "Factors in American Literary History." *The Reinterpretation of American Literature*. Ed. Norman Foerster. New York: Harcourt, Brace and Company, 1928. 24.

美国学院文学批评再反思:从梭罗到萨义德

　　文学史叙述尽管并未能与作家作品的批评相辅相成,却逐渐形成了既契合民族性也契合学科性的作品作家选择标准与认读模式。20世纪初,梅尔维尔在遭批评界冷落多年之后,被重新推上美国文学之巅。究其原因,一如保罗·劳特所说,正是因为他的晦涩文体、独立品性、海外经历,既可以使文学研究这一学科保持在精英层次之上,能够不断地生产出错综复杂的文本意义,又可以在意识形态的层面缔造帝国制所需要的个人英雄形象;虽然《白鲸》在不少19世纪的批评家眼中具有令人无法接受的瑕疵,但仍旧是它,而不是在道德意义和题材风格上更为大众化的《泰皮》或《欧穆》,进入了美国经典行列。① 劳特指出,帝国主义意识和学科精英主义意识的双重作用,使美国文学学者将叛逆传统美学和道德价值观的作家(如梅尔维尔)套上个人英雄主义的光环,并将他们组构成光荣的美国"文学传统"。② 同梅尔维尔一样,马克·吐温和梭罗的命运也在同一时期得到彻底改变。前者因为"最少继承任何书卷传统"而被耶鲁(1901)和牛津(1907)相继授予荣誉学位,③后者则因为在美国语境下对人类普遍真理进行不懈探索而广受批评家关注。

　　学科与民族目标与利益的相通,加快了美国文学批评的体制化进程,而这个进程也可以说是将构建传统和叙写历史的任务体制化和战略化的过程。事实上,傅诺曼在MLA学会美国

---

① Lauter, Paul. "Melville Climbs the Canon." *American Literature* 66.1(1994):1-24.

② Lauter, Paul. "Melville Climbs the Canon." *American Literature* 66.1(1994):9.

③ Doren, Carl Van. *The American Novel* 1789-1939, Revised Edition. New York:The Macmillan Company,1940. 137,162.

第三章 从劳伦斯看美国文学批评:学院文学批评的工具化

文学组(简称 ALG)1925 年的研讨会上,就宣读了完全相仿于《美国文学诸因素》的一篇论文——《美国文学诸观点》,并引起反响。在 1926 年的研讨会上,ALG 通过了将美国文学研究方向划分为清教传统、浪漫主义、边陲精神的提议,①制定并颁布了"对美国文学博士教育之若干建议"的报告。报告认为,博士教育应以美国文学的独特性、美国文学与欧洲文学的异同、美国社会和思想对美国文学的影响等三方面为重点研究方向。② 而《美国文学诸因素》就是该研讨会约定之作《美国文学重解》(1928)中的核心论文。③ 该研讨及其约定之作,都标志着美国文学批评的民族诉求和学科诉求已经正式以体制化和战略化的方式合而为一。

以上论述表明,这一时期的文学学者利用了文学标尺的人为性,在科学理性取向和社会价值取向之间建立了相互依存的关系,学科的民族意识形态意义,因为被科学化和理论化而逐渐具有了合理性和普遍性,学科的科学意义则因为服务于意识形态意义而展示了其实用价值,美国文学批评的文化资产价值、象征性资产价值,在学科科学意义和民族意义的相互纠结中得到提升。但是,民族性与科学性的紧密结合,也加深了美国文学批

---

① http://library.duke.edu/digitalcollections/rbmscl/modern/inv/#bioghist

② Vanderbilt, Kermit. *American Literature and the Academy: The Roots, Growth, and Maturity of a Profession*. Philadelphia: University of Pennsylvania Press, 1986. 263.

③ Foerster, Norman ed. *The Reinterpretation of American Literature*. New York: Harcourt, Brace and Company, 1928. 该书首篇文章就提到并赞扬了劳伦斯。MLA 协会成立于 1883 年。1921 年,该协会组建了美国文学组。1929 年 MLA 美国文学组主办的《美国文学》杂志诞生。

评的美学困惑,加深了批评家对与其精神与精英追求相互冲突的物质文化的困惑。既要诠释美国现实又要说明美国理想,既要体现美国文学的美学意义又要兼顾批评的科学性、文学的语境意义,这样的一种批评体系显然还需要一定时日才可能诞生。

四、20世纪中期的美国文学研究

20世纪40年代初,F.O.马西森的《美国文艺复兴》(1941,下称《复兴》),通过将以往处于断裂之中的"历史叙述与批评"有机结合的方法,①有效解决了以上困惑,成为美国文学批评步入成熟期的重要标志。② 马西森用"美国"这个"唯一通用的标尺",把"对民主可能性的执著探索"作为通用主题,把"为民主而作的文学"作为预设定义(M. ix, xv),将梭罗协调言与物、言与行关系的"有机体裁"和爱默生承载所有实体意义的"代表人物"和"骨干人物"解析为正主题,将《红字》中在受难中体验崇高的精神之旅与《白鲸》中介于怀疑与信念之间的民主悲剧诠释为"反主题",将惠特曼的"旷野之人"解释为两个主题的"综合"(M. 179)。他的批评和阐释不仅赋予了美国作品以民族性象征意义,也决定和说明了其美学缺陷的合理性和正当性。在他看来,爱默生"充满冲突的表述"和"极端的自相矛盾",就是"个人

---

① Matthiessen, F. O. *American Renaissance*, New York: Oxford University Press,1941. ix. 后文出自同一著作的引文,将随文标明出处页码,简写为(M. x),不再另行作注。

② Vanderbilt, Kermit. *American Literature and the Academy: The Roots, Growth, and Maturity of a Profession*. Philadelphia: University of Pennsylvania Press,1986. 521.

第三章 从劳伦斯看美国文学批评:学院文学批评的工具化

主义所能制造的最完美个案"(M.3,64);梭罗"创造力的匮乏",真实再现了美国典型经历中最为普通的"技艺性工作必然具有的特质"(M.173);霍桑的"悲剧性困境",客观反映了"物质和精神"(M.257)、"现实与理想之间的模糊关系"(M.258);而梅尔维尔的"怀疑论"则成为他对"美国民主理论和实践"的深刻反思和反应(M.376)。马西森将美国作家视为"普通人神话"的缔造者,并将他们置于他对欧洲文学家、批评家和普遍性美学符号的不断指涉和运用之中,将美国文学置于文学大体系之中,运用新批评文本意义自主性理论,构建了预设的、符合美国文学即民主文学的文本意义,而文本意义和历史现实的论据化,亦使先行的假设转化成为科学性的结论。最终,在马西森的笔下,文学内容、文学形式和文学作家共同举隅了美国,美国举隅了普世,美国作品的人物形象则举隅了人类。

《复兴》不作引文注释,也无文献目录,追索《复兴》与《研究》的关系实属徒劳。但是,即便没有马西森的直接话语为证,《复兴》与《研究》的相似性,在美国文学界看来也早已是不争的事实。范德比尔特就直截了当地指出,马西森"大量借用了劳伦斯的观点"。[①] 基于两者的这种相关关系,《复兴》所掀起的一场美国文学批评的复兴,[②]从根本上说,就应该被追溯到劳伦斯的美国文学思想与批评思路中去。的确,细读出版于20世纪30年

---

① Vanderbilt, Kermit. *American Literature and the Academy: The Roots, Growth, and Maturity of a Profession*. Philadelphia: University of Pennsylvania Press, 1986. 576.

② Jehlen, Myra. Introduction, *Ideology and Classic American Literature*. Sacvan Bercovitch and Myra Jehlen, eds. Cambridge: Cambridge University Press, 1987. 3.

代末年至60年代末之间的美国文学研究核心文献就会发现,[1]衍生于《研究》的美国文学母题被反复重构和扩展,这些母题包括处女地、西部边陲、个人与社会、城市与乡村、纯真与成熟、欧洲与美国、梦想与现实等,[2]《研究》所涉及的美国文学形式如寓言、象征、神话等被标准化,《研究》亦虚亦实的叙述模式中所包涵的情感性和想象性,被美国民族愿望和民族想象所对应,但同时又被社会科学理论和历史研究等理性话语所遮蔽,《研究》所圈点的美国文学与欧洲文学的关系被反复厘清,并被延伸为美国思想体系和欧洲思想体系、美国思想和人类思想的关系。

例如,在查尔斯·费德尔森的《象征主义与美国文学》中,象征主义,一方面是隶属于现代思想体系的、超越了自我主义和二元论之假设前提的诗性和哲学认知方法,另一方面又是美国文学的思想运动和思想体系,也是美国传统。美国文学用现代的自我实现式的象征主义语言,解决了延伸至美国本土的欧洲浪漫主义问题,也即如何"维护创造性思想"的问题,既是"现代思想状态之缩影",[3]又是独立于其外的思想体系。而象征主义,在莱斯利·A.费德勒以心理分析话语为特色的《美国小说中的爱与死》中,也同样是勾连欧洲文学和美国文学的纽带。费德勒认为,借助象征主义,美国作家得以变欧洲感伤主义小说、哥特式小说、历史传奇的文学传统为己所用,赋予了这些非悲剧性体

---

[1] 见 Graff, Gerald. *Professing Literature*. Chicago: The University of Chicago Press, 1987. 216.

[2] Jay, Gregory. *American Literature and Culture Wars*. Ithaca: Cornell University Press, 1997. 205.

[3] Feidelson, Charles, Jr. *Symbolism and American Literature*. Chicago: The University of Chicago Press, 1953. 105.

第三章 从劳伦斯看美国文学批评:学院文学批评的工具化

裁以悲剧效果,创造了独特的可以投射心理、社会和形而上矛盾的美国式哥特小说。这种被变异同时又被重新创造了的体裁,不仅包容了远离欧洲以求得纯净之境界的梦想,包容了由奴隶制、印第安人大屠杀、弑父的独立革命所带来的负罪感,也包容了男性作家对已经被异质化为女权主义和反智主义的美国感伤主义小说的利用和对抗。被这种种矛盾所纠缠的美国男性作家,避开"异性成人之爱",用严肃和"逗趣的伪装"相结合等两面性方式,处理"死亡、乱伦和无辜的同性恋"等题材,让"人本善之理念和人的原罪之事实"并存于小说中。[1] 库柏的"男孩主题"就改变了历史传奇中善打败恶的老生常谈。[2] 霍桑的小说则"重访伊甸园",表现了"新世界"在自由选择的诱惑面前所经历的二次堕落,表现了作家"自身的良心危机",成为"对爱之死的挽歌式叙事"。[3] 在梅尔维尔所刻画的男性同性恋关系中,有象征毁灭的费代拉,也有象征拯救的魁魁格,象征"心"的伊希梅尔见证了象征"脑"的阿哈的疯狂自我毁灭,最终"被荡涤、被拯救",但是,就像魁魁格的黑皮肤总是令人"怀疑他是否具有天使般力量"一样,模糊性在梅尔维尔的小说中无所不在。[4]

费德勒所说的模糊性,其实就是《研究》所说的美国两面性作用于美国作家而产生的结果。就像费德勒把美国民族心理和

---

[1] Fiedler, Leslie A. *Love and Death in the American Novel*. Revised Edition. New York: Stein and Day, 1966. 12, 27.

[2] Fiedler, Leslie A. *Love and Death in the American Novel*. Revised Edition. New York: Stein and Day, 1966. 182.

[3] Fiedler, Leslie A. *Love and Death in the American Novel*. Revised Edition. New York: Stein and Day, 1966. 232, 237.

[4] Fiedler, Leslie A. *Love and Death in the American Novel*. Revised Edition. New York: Stein and Day, 1966. 370, 386, 370.

美国社会现实中的矛盾性作为这种模糊性的源头一样,丹尼尔·霍夫曼通过民俗学方法将这种模糊性追溯至包含神话的美国民俗传统中。霍夫曼认为,美国的神话就是因循伊甸园和地狱、堕落状态中的人和非堕落状态中的自然等对立性思维而延展开来的传统脉络。以此为基础的美国世界观,作用于美国作家,使得其笔下产生了众多具有相似性的处于困境之中的人物形象。这个形象可能像霍桑传奇中的诸多人物一样,无法摆脱伊甸园和地狱的共同纠缠,也可能像踏上猎鲸之旅的伊希梅尔一样,从出猎走向探索走向启蒙。[①] 同样,R. W. B. 刘易斯也是透过旧与新、悲剧与喜剧、堕落与纯洁、自由和束缚等对立视角,把基督教文化中的亚当形象作了美国化的移植,使之成为美国文学中的"亚当"原型。美国文学就是围绕这一原型所展开的对话,而这种对话构成了典型的美国思想史。据此,刘易斯把 19 世纪美国作家划分为希望派、怀旧派和反讽派。在刘易斯看来,以亚当为原型形象的美国文学,其形式和主题就是一个人类问题,其所构建的则是一个有别于希腊罗马神话的美国神话。[②]

无论是美国二元现实和二元论传统,还是美国文学与欧洲文学这种既类属又独立的关系,在利奥·马科斯的笔下都被统摄于"机器与花园"的象征之中。在马科斯的论述中,文明与自然的冲突是普世性主题,不仅为古希腊诗人忒奥克里托斯和古罗马诗人维吉尔所关注,也是莎士比亚在《暴风雨》中所探索的

[①] Hoffman, Daniel. *Form and Fable in American Fiction*. First Edition, 1961. New York: Oxford University Press, 1965. 171, 228.

[②] Lewis, R. W. B. *The American Adam*. Chicago: The University of Chicago Press, 1955.

第三章　从劳伦斯看美国文学批评:学院文学批评的工具化

问题。美国,作为这一主题"特殊而真实的个案",①早在伊丽莎白时代就被英国人或描绘成理想的田园,或视为暗黑的地狱,这种只取其一的视角无助于揭示美国真谛,反而将它遮蔽。马科斯认为,《暴风雨》则不然,其故事结局表明,无论是文明还是自然都无法解决上述冲突,它所暗喻的唯一出路就是本身即为自然之产物的艺术。而唯有这样的视野才可以用来揭示美国的"神秘性":"美国看似承诺了人一直以来梦想得到的一切,但它也可能消灭他们已经获得的一切。"②据此,马科斯指出,《暴风雨》的构想就是"经典美国寓言之构想"的"序曲"。③ 像《暴风雨》一样,无论是爱默生和惠特曼工业化了的田园理想,还是梅尔维尔包容对立面的田园理想,都没有中庸的结局。④ 理查德·蔡斯在《美国小说与传统》中所得到的结论与马科斯的这一结论完全相通。在蔡斯看来,生存于美国二元论传统和二元现实语境中并被其激活了的美国作家,作为"探索者"和"发现者",必然对"异化、矛盾和无序等激进形式的美学可能性"进行尝试和探索,使得发源于英国小说传统的美国小说,与作为"皇权事业",在内容、形式、视角上"取中间之路的英国小说"分道扬镳,转而从遥远的中世纪传奇中汲取灵感,变成美国传奇。这种体裁,使得美国作家能够更为自由地利用语言,利用"神话、寓言和

---

① Marx, Leo. *The Machine in the Garden*. New York: Oxford University Press, 1964. 35.

② Marx, Leo. *The Machine in the Garden*. New York: Oxford University Press, 1964. 45.

③ Marx, Leo. *The Machine in the Garden*. New York: Oxford University Press, 1964. 69.

④ Marx, Leo. *The Machine in the Garden*. New York: Oxford University Press, 1964. 222, 318.

象征形式",①重塑和探索矛盾现实,而不是美化现实。

刘易斯指出,他著写《美国亚当》,旨在从美国文学中"理出""新兴的美国神话",这个美国神话不同于罗马神话,因为它"不是由某一个天才之人最终单独塑造而成的,它一直是、现在还是一个集体之事",而发掘由集体性的对话所构成的美国思想史,即发掘由美国作品所构成的可以"洞悉人类境遇"的美学体系和思想体系,则是他的最终目标。② 但是,以上论述表明,这个早已被 ALG1926 年研讨会作了战略性表述的目标,并不是刘易斯个人之事,它的实现是同时期诸多论著集体合作和行动的结果。但参与该行动的论著,远不限于上述著作,还包括出版于同一时期但因篇幅有限而未被本章论及的其他多部著作,如亨利·纳什·史密斯的《处女地》(1950),A. N. 考尔的《美国视域》(1964),伊哈布·哈桑论述当代美国文学的《过激的纯真》(1961),等等;也包括被迈克·考拉克丘直接溯源至劳伦斯《研究》的几部论著,其中有昆丁·安德森出版于 1971 年的《帝国自我》。③ 这些与劳伦斯的《研究》一脉相承的论著,构成了 20 世纪中期美国文学批评的绝对主流,因为在罗素·雷星看来,它们不仅定义了美国的独特性,构建了美国传统,也形成了"美国文学理论"。④ 这些理论所构成的,与其说是美国思想体系和知识体

---

① Chase, Richard. *The American Novel and Its Tradition*. New York: Doubleday Anchor Books, 1957. 5, 2, 4, 2, 13, 12.

② Lewis, R. W. B. *The American Adam*. Chicago: The University of Chicago Press, 1955. 4.

③ Colacurcio, Michael J. "The Symbolic and the Symptomatic: D. H. Lawrence in Recent American Criticism." *American Quarterly* 27. 4(1975): 486-501.

④ Reising, Russell J. *The Unusable Past*. New York: Methuem, 1986. 2.

第三章 从劳伦斯看美国文学批评:学院文学批评的工具化

系,不如说是美国特殊论的思想和知识体系。学科化对批评提出的对话性和互文性要求,可以说是民族诉求作用于文学批评的最终结果,至此,文学批评也有效地服务于民族诉求,成为在某种程度上相仿于造神运动的集体意识形态工程。

结　语

事实上,劳伦斯所说的两面性也被早期或同时期的思想家如托克维尔和乔治·桑塔亚那所关注。在桑塔亚那的《美国哲学的文雅传统》一文中,美国是"新瓶陈酒"、"陈旧意识的新兴国家",是美国意志和美国智识的结合,具有"两种意识":"一种是国父们的信仰和标准的残存,另一种则是新生代本能、实践和发现的表达"。两种意识的结合所产生或强化了的关于宇宙的知识体系,具有一种"体系性的主观主义",因为这一体系对知识的探究,或者说其所构想的知识本身,都出自自我以及自我视角,知识乃至整个宇宙是以自我为中心的。由这种自我逻辑所建构起来的"超验神话"以及自然进化与历史演进方法,虽然是一种"赝品般的自然体系",却"既迎合了新生代的个人主义和革命思想",又"为他们提供了可以安置被他们所传承了的宗教观念"。在桑塔亚那看来,将自我嫁接到自然之上,其实是"自我"的浪漫主义式"逃避",而这种逃避正是"超验和自然主义思想得以结合的纽带"。[①] 将民族动因和学科动因融为一体的美国文学批评,

---

[①] Santayana, George. "The Genteel Tradition in American Philosophy." *The American Intellectual Tradition*. Vol. 2. Eds. David A. Hollinger and Charles Capper. New York: Oxford University Press, 1997. 94, 97, 100.

正是这种超验主义和自然主义思想的结合。而这两者在美国文学批评中得以结合的纽带,便是《研究》体现出来的自我本质。

《研究》本身,正如本章前文所述,与其说是对美国的言说,不如说是对自我的言说,或者说是对渴望自由的自我理念的言说。劳伦斯之所以深深失望于美国,是因为美国并未如他所久已期盼的那样,摆脱欧洲传统、工具理性、物质利益和宗教道德,走上追求和创造自由之路。在劳伦斯看来,并不存在永恒的真理,"真理也是一天天度过的"(L.8),因而真理就是自我。但是,美国人到新大陆并不是寻求真理而是"逃避","逃避他们自己,逃避一切"(L.9),故此,美国人的自由才会是"'你不可'的自由","你不可擅自成为统治者"的自由(L.11)。此时的美国只是颠覆旧主人——欧洲的工具,一旦欧洲被毁灭,"美国民主便将烟消云散了,美国才会诞生"(L.14)。关于自由,劳伦斯写道:

> 人只有居住在家园时才是自由的,而不是在流离失所或逃离放弃时。人只有在服从宗教式信仰的某种深沉的、内心的声音时才是自由的……人只有在对自由最无意识时才是自由的……人在做自己想做之事时是不自由的。在你可以做你想做之事的那一刻,就不再有你在意去做的事情了。人只有在做最深处的自我欲做之事时才是自由的……美国的自由只是摆脱了所有控制的自由。真正的自由只有当美国人发现它时,当美国人以可能的方式实现它时,才会开始。自由是人最深处的整个自我,是整体的自我,而不是理想化了的被截为了一半的自由。(L.12-13)

劳伦斯在《研究》结尾时所歌颂的灵魂,便是自由的自我灵

第三章 从劳伦斯看美国文学批评:学院文学批评的工具化

魂,换言之,是"不朝向任何目标"的灵魂,是"没有已知方向"的灵魂,是自给自足的灵魂——"只有在行走时的灵魂才对自己真实"(L.181)。劳伦斯的思想难以定义,但他对灵魂自由的歌颂和追求,对工具主义和机械主义的坚决排斥,对情感作为道德基础的明确渲染,对个性毫无妥协的拥抱,对政治救世主义的厌恶,具有典型的浪漫主义特征。而劳伦斯认为艺术才是真理之载体,才可提供"情感经历",才可在此基础上成为"一座实用真理之矿藏"的理念(L.8),又具有明显的现代主义色彩。劳伦斯在像现实主义者一样相信美国文学揭示了美国现实的同时,又像现代主义者一样相信,揭开展现美国现实的美国文学的真相需要通过自己的艺术表达来实现。劳伦斯的这些思想倾向看似矛盾,但其实,正如泰勒所言,现代主义虽然声称反对浪漫主义,但其对工具理性的极端蔑视,认为艺术本身自成目的、艺术家是思想先锋的理念,却是对浪漫主义的一种延伸,将浪漫主义的自我表达变成了艺术家的主体中心、自我吸收和自我肯定。在泰勒看来,当代文化同样有浪漫主义或者说主观主义的踪影。泰勒解释道,卢梭的主观主义将18世纪的自然神论思想推向了这样的境界:我拥有的感悟不仅"与我通过其他方式视见到的普遍的良善相一致,我真正感悟的内在声音还定义什么是良善,因为我内心的自然活力就是良善,在发现良善时需要请教的,正是这种活力","我们现在可以从内心,可以从我们生命的本能冲动来认知自然所标示的重要之物是什么了。我们终极的幸福便是用与这声音相一致的方式活着,即我们须是完全的自己"。泰勒解释道,康德将启蒙时期的人文主义修正到了以下高度:"如果说决定以道德的方式来行为便是决定以与我的行为符合普遍法则的终极目的相一致的方式来行为,那么这就相当于决定按照我作为一个理性人的真正本质来行为。而按照我的本质需要来行为，即我的理性需要来行为，便是自由。"在泰勒看来，此时，自我行为便不再是被任何给定所决定了的行为，它要么被"人作为理性法则构想者时的主动性"所决定，要么被人内心所决定。至此，人所表达的秩序，便不再是毫无中介的秩序，而必定是经由人所中介了的秩序。①

但是，泰勒认为，并不服务于任何功利目的的主观主义绝不等于恶之源。无论是浪漫主义作家的自我表达，还是现代主义的艺术至高论，都试图将人的精神秩序从工具理性所搭建的秩序中摆脱出来，都具有良性意图。然而，当主观主义的自我实现必须成为"一个'包裹'的一部分"时，困境才会出现。19世纪，资产阶级与放荡不羁的文化人之间的确存有互通之处，但这种互通是在保留各自完整性的前提下进行的。而在当代，当"自由的自我表达和多形态的任性，为广告用语提供内容，助益商业之轮的运转"时，"腐败便渗入进来"。当自我中心观与工具理性互通有无时，寻找出路便成为选择性的否定，道德观便成为用抛弃良善的方式讨论道德的"元道德学"，对正当性和正确性的构想成为程序的一部分。②

如果说通才学者的商业化，是前一种现象的体现和代表，那么美国文学批评则是后一种现象最为典型的行为者。美国文学批评从《研究》中所传承来的意识或是无意识基础，正是《研究》中的自我中心观。《研究》中具有强烈精神意义的自我颂扬，在

---

① Taylor, Charles. *Sources of the Self*. Cambridge: Harvard University Press, 1989. 362, 363, 364, 427. 下画线处在原文中是用斜体印刷的。

② Taylor, Charles. *Sources of the Self*. Cambridge: Harvard University Press, 1989. 511, 425, 503.

第三章 从劳伦斯看美国文学批评:学院文学批评的工具化

美国文学批评转承《研究》的过程中,失落于其所构建的民族自我和学科自我中,美国文学批评作为学科于是愈来愈成为自说自话、自产自销的封闭体系。从19世纪初诞生以来一以贯之的民族诉求以及20世纪中期美国文学学科的全面理论化、科学化和体系化,不仅没有形成有利于纠正或暴露美国文学批评漠视复杂性、多元性和破碎性现实这一问题的契机和视角,反而变成强化一元化民族认同和帝国主义想象的理性和合法性依据。此时的美国文学批评,如西西里亚·提奇所说,是"冷战批评,意识形态构建",①同时,它"对过去的重新设计",除满足政治动机外,还如菲利普·费舍所说,"适应了智识上的需求,适应了新出现的以过去为对象的职业化研究的节奏"。② 的确,20世纪中期的美国文学批评,一方面,正是运用劳伦斯的手法,获得了被劳伦斯所批判了的美国式自由,一种建立在批判和排斥基础上的自由;另一方面,变成了被劳伦斯最为不屑的商品产业和摒弃了灵性生命以满足职业目的的智识追求。费德尔森明确指出,艺术作品"的意义是没有边缘的,它的边缘就是整个宇宙",③在这一前提之上进行著述的20世纪中期的美国文学批评家,表面上看,似乎履行了劳伦斯所说的批评家职责,即拯救艺术于艺术家职责,但本质上,它却已经有了疏离艺术、疏离道德、疏离大众却

---

① Tichi, Cecelia. "American Literary Lawrence to the Civil War." Stephen Greenblatt and Giles Gunn, eds. *Redrawing the Boundaries*. New York:MLA,1992. 218.

② Fisher, Philip. "American Literary and Cultural Lawrence since the Civil War."Greenblatt and Gunn,eds. *Redrawing the Boundaries*. New York: MLA,1992. 235.

③ Feidelson,Charles,Jr. *Symbolism and American Literature*. Chicago: The University of Chicago Press,1953. 146.

又复制大众文化体系的明显倾向。梭罗对美国政治中的自由、民主等理念进行了道德转义,而美国文学批评则对同样的理念进行了定义自我和自我价值化的学科转义。

詹姆斯·伍德莱斯在颇为畅销的美国文学批评导读著作《八位美国作家》(1971年修订版)的前言中指出,从1955年至1969年,美国文学研究成果成倍递增,它所辑录和引述的由美国境外的学者所发表的美国文学研究成果也成倍递增,"显而易见,关注我们的文学的国家不再限于法国和德国","意大利、斯堪的纳维亚、东欧、以色列、印度、日本,甚至全世界,都开始深入研究我们的作家"。① 这或许是美国文学批评在经过了一个半世纪的努力之后所获得的最令其欣慰的丰硕成果。但是,自愿承担美国文学的助产士角色,无意间又担当了美国文学批评的助产士角色的劳伦斯,对此一定会有别样感言。

---

① James, Woodress. Foreword. J. Woodress, ed. *Eight American Authors*, Revised Edision. New York: W. W. Norton & Company, 1971. xi, xii.

第四章 萨义德的民主批评：梭罗的回归？

20世纪中期以后的美国文学批评延续着20世纪中期美国文学批评的思路，无论是政治热潮还是理论热潮的兴起，其根本动因都可以归结为国家和学科两个动因。文学研究一方面愈发受困于寻找方法、理论和主题的艰难，另一方面又不断让自身成为"元"自我。在这些热潮当中异军突起的萨义德，在一定程度上成功冲破了这种困境，并能以既置身于政治漩涡之中又超越于文学研究条框的姿态和视野，用并不一定谈论文学研究本身的方式，审视文学批评，审视自我，使文学研究最终成为一个学者认识学科自我、研究者自我、个人自我、人类自我的媒介，而不仅仅是解读文本意义的工具。为此，萨义德批评行为和批评论著的最大价值，或许并不在于他开创了一个新的理论、新的研究领域，而在于他把真情关切、自我认识即把道德视野重新纳入文学批评。

成为学界翘楚的萨义德，自身也成为众多学科的研究主题和被追随者之一。但是，就像《瓦尔登湖》构成了对《瓦尔登湖》研究者的反讽一样，萨义德超越常规的方法也构成了对其研究者和追随者的反讽。的确，萨义德的研究者面临着极大的挑战。

而挑战之一,恰如阿尔都热合曼·侯赛因所说,就是方法论问题。① 虽然萨义德早已被冠以后殖民主义研究奠基者的称号,但不少学者在面对他的批评方法时,仍然不知所措、心怀疑虑。于是,萨义德的方法论和批评观便被认为是"游移不定"的,《东方学》则被认为是以提供"灵感"的方式开辟了包括后殖民主义研究在内的诸多新研究的先河。② 萨义德既左又右、既似文学批评又非文学批评的批评方法,在斯塔忒司·古尔古里司看来,让传统主义者和多元文化论者都颇感棘手。③ 为避开方法论困境,瓦莱丽·肯尼迪将萨义德的论著归纳为殖民主义和帝国主义、巴勒斯坦和以色列、批评的功能等三个议题以及早、中、晚期等三个发展阶段,这种简约化和概要化做法,成为萨义德研究的标准路径。标准化了的萨义德研究,在遇到无法被归入以上三个议题的理念和主题时,要么便如肯尼迪一样,以"萨义德同时还写作了大量的乐评,但这一课题不在本书的讨论范围之内"为由④对其略而不谈,要么便简而化之地将其差异性解释为晚期著作对早期著作总体观和犀利性的修正或消除。

对萨义德成就的广泛认可,对萨义德方法的避而不谈,不仅构成了一个典型悖论,而且意味着对以下观点的默认:《东方学》的成就要么是与方法毫无关联的思想收获,要么便是超越了方

---

① Hussein, Abdirahman A. *Edward Said: Criticism and Society.* London: Verso, 2002.

② 瓦莱丽·肯尼迪:《萨义德》,李自修译,凤凰出版传媒集团2006年版,第31、1页。

③ Gourgouris, Stathis. "The Late Style of Edward Said." *Alif: Journal of Comparative Poetic* (2005): 37-45.

④ 瓦莱丽·肯尼迪:《萨义德》,李自修译,凤凰出版传媒集团2006年版,第133页。

第四章 萨义德的民主批评:梭罗的回归?

法弊端的灵感迸发。建立在这种默认基础上的萨义德研究,将方法的意义限定在制约和条规层面,不仅在事实上否定了批评方法的知性本质和知性作用,有意或无意地回避了这样一个关键性问题:一个文学学者缘何以一本并非纯文学研究的《东方学》影响了人们对东西方关系的普遍认识,而且不可能把萨义德作为启发而非公式产出可媲美于乃至超越《东方学》的批评论著。近年来,一些学者的确以积极态度,尝试纠正这种悖论性和盲视性认识。例如,侯赛因将萨义德的方法定义为"搅扰之技巧"和"辩证颠覆法",①乔纳森·阿莱克将其置于反抗法和对位法之间,②乔恩·尼克森则将其解读为"希望的阐释学"和"理解的艺术"。③ 但是,这些学者在一定程度上都受困于身份、种族、文化等约定俗成之概念,都将萨义德的批评视野圈定在身份、种族和文化的框架之中,将他的批评方法视为对身份、种族和文化批评方法的延续与发展,不仅无法彰明甚至完全遮盖了萨义德批评方法本身的深刻意蕴。

在《起始》和《世界、文本与批评家》的绪论中,萨义德一方面将自己的写作定位为当代批评,另一方面又坦率直言道,他的批评旨在通过模糊和颠覆文学理论、文本解读、文学评论和文学史之间界线的方式对当代批评有所裨补。萨义德的定位和意图,并非程序式的政治对抗,也并不仅仅是为了满足学科的原创性

---

① Hussein, Abdirahman A. *Edward Said: Criticism and Society*. 4.

② Arac, Jonathan. "Criticism between Opposition and Counterpoint." Paul A. Bové ed. *Edward Said and the Work of the Critic*. Durham: Duke University Press, 2000. 66-77.

③ Nixon, Jon. "Toward a Hermeneutics of Hope: The Legacy of Edward W. Said." *Discourse* 27.3(Sept. 2006): 348.

需求而作出的选择。萨义德试图通过主题设定、理论依托、阐述方式即方法运用上的非此非彼或亦此亦彼,对肯尼迪式的简约化、摘要化、公式化、概念化的学术行为或者说当代批评之根本问题,同时构成批判与解决。萨义德看似散漫的各种主题和论著,其实都统一在既批判也解决的方法之中。如果说《东方学》是对东方学的解构与批判,那么,《东方学》的批评方法便构成了对东方学谬误的纠偏与裨补。如果说《起始》是对批评之困境的揭示,是对在困境中起始之必要性、途径的探讨,那么,《起始》的批评方法,便是隐喻和突破此困境的现实化过程。如果说《音乐之阐发》和《论晚期风格》就是借音乐主题对批评问题的象征式探讨、对一生挚爱的批评式追索,那么,两本论著的批评方法就是对批评的认识学意义、语文学内涵、美学价值和道德责任的贯通性承载。萨义德的论著,一方面如萨义德在《人文主义与民主批评》中所说,都是探索自身"在做些什么"、"承担着何种责任"的绝非"单纯的人文主义"的批评实践,[①]另一方面也如萨义德在描述《东方学》时所说,都是对起始"艰难"而"有意识的实践性经历"。[②] 由于萨义德将学术道德自觉寓于方法之中,萨义德的批评方法就不仅是问题之揭示与问题之解决的统一,也是批判意图、理性内涵和美学形式的统一,是学术探索与自我探索、为学与为人的统一。

[①] 爱德华·W.萨义德:《人文主义与民主批评》,朱生坚译,新星出版社2006年版,第7、2页。

[②] Said, Edward W. *Orientalism*. New York: Vintage Books, 1994. 16. 后文出自同一著作的引文,将随文表明出处页码,不再另行作注。

第四章 萨义德的民主批评:梭罗的回归?

一、东方学与《东方学》的反东方学批评实践

对于批评界的褒贬不一,萨义德的应对方式始终如一。面对《东方学》所引发的后殖民研究热潮,萨义德在《东方学》1994年版的后记中自嘲道,他对《东方学》能如此启迪学术界多少有点出乎意料。① 萨义德写道,后殖民主义研究确实有益,但也着实"有趣",因为探讨地域或具体问题的研究者,总是要在观点上置入"诸如解放、对历史和文化的修正态度"等思想模板,在方法上"广泛运用反复出现的理论模式和风格",在研究内容上应合"批判欧洲中心主义和父权制"的中心主旨。② 而针对诸如"人文主义残余"、"理论上的前后矛盾"、"在能动性问题上认识不足乃至情感用事"等质疑和不解,萨义德欣然回应道:"我真高兴这本书确实如此!"希望它是"一本偏颇之书",而不是"一架理论机器"。③

的确,在正统的西方学者眼中,《东方学》在批评方法上的确是一本偏颇之书。对于质疑《东方学》之目的或挑战《东方学》之理论的学者而言,方法似乎都是《东方学》的软肋之所在。英国学者马修·司各特就指出,《东方学》虽自始至终强调"人经由体制书写历史的能动性",却纠结于"德里达的语言怀疑主义、弗洛

---

① Said, Edward W. Afterword. *Orientalism*. New York: Vintage Books, 1994.330.

② Said, Edward W. Afterword. *Orientalism*. New York: Vintage Books, 1994.350.

③ Said, Edward W. Afterword. *Orientalism*. New York: Vintage Books, 1994.339.

伊德的心理分析学、马克思主义和福柯的新历史主义"等,即便不是自相矛盾,也有折中主义之嫌。① 出于同样的原因,罗伯特·扬也认为,萨义德不仅未能解决东方学的问题,反而使《东方学》也成为总体主义的祭献物。② 扬虽未像罗伯特·厄文那样将《东方学》斥为"一部充满恶意的伪学术著作",③但仍不容质疑地批评道:《东方学》根本无意正视"反人文主义的东方学也是人文主义文化产物之复杂性"的事实。④ 扬的质疑建立在一个假设性前提之上,即只存在着一种亘古不变的、无从辩驳的人文主义概念,因此,他不可能识别、承认或直面以下事实:萨义德在绪论中将《东方学》定位为人文主义课题时,虽未对人文主义作出直接阐释,却以批判的方式澄清了《东方学》的人文主义绝不拘泥于教条和教义的前提。在萨义德看来,传统人文主义"共识"将人文知识等同于"超越政治之客观"(10),"社会性诠释"在文本分析上落后于传统批评,因而也忽视了语言之人性(13)。换言之,人文主义既具有政治性也具有文化性、俗世人性,既不能用传统共识也不能用激进政治一言蔽之,因此,《东方学》既不欲是纯粹的传统人文主义,也不欲是纯粹的社会性诠释。当《东方学》的研究者对萨义德的综合人文主义观视而不见,将研究的出发点和终结点都设置在给定的概念框架中时,《东方学》研究而非《东方学》才必然产出真正的偏颇之书。

---

① Scott, Matthew. "Edward Said's *Orientalism.*" *Essays in Criticism* 58.1(2008):65.

② Young, Robert. *White Mythologie*. London:Routledge,2004.

③ Irwin, Robert. *Dangerous Knowledge*. New York:Overlook Press, 2006.4.

④ Young, Robert. *White Mythologies*. London:Routledge,2004.171.

第四章 萨义德的民主批评:梭罗的回归?

在既未创造噱头概念也未沿用诸如后人文主义、新人文主义等时髦术语的《人文主义与民主批评》中,萨义德对人文主义的阐述,吸纳了维柯关于人之活动和人之认识创造人类历史、人类心智中总有"不可靠性"的俗世批评观。在萨义德看来,人文主义具有两个本质特征:人文主义"不是体系","也不是非人格化的力量",而是既以人为主体也以人为客体的知识活动;人文主义必然存在内在缺陷,但是,又"有可能在人文主义的名义下对人文主义保持批判性",即人文主义有可能产生人文主义的对立面,也可以通过永无止境的"质问、颠覆和重新塑形"也即自我审查和自我批评获得自我解放和自我进步。① 萨义德的人文主义,不仅与扬所指之人文主义有所出入,还对扬人文主义定义中的教条和缺失有所指点。就此,扬的质疑便无可避免地堕入了概念转换和循环论证的逻辑错误之中,击中了自身而非萨义德的要害之处。

《东方学》的精妙之处,就在于它预见性地将类似于扬这样的批评家对《东方学》的教条性解读置于了自己的批判视野之内。为了表达拒绝概念化和教条化、拒绝被概念化和被教条化的坚定立场,萨义德指出,《东方学》不是要"建构一个有关知识与政治之关系的定规"(15),而是要让宏大的"上层建筑"与影响文学与学术写作的"日常生活细节"(11-12),与"文本和历史研究中的基础层面"相互触碰(13),从而探索政治与知识之关系的本质,一方面关照文化、政治、国家以及"与统治相关的具体现实",另一方面把"东方学的文化、历史现象"作为"施展意志的人

---

① 爱德华·W.萨义德:《人文主义与民主批评》,朱生坚译,北京:新星出版社,2006年,第14、18、12、33页。

之行为"来研究(15)。以人之行为为核心的《东方学》对东方学的阐述,就既是对人文主义在政治和知识层面内的缺陷的无情揭示,又是在人文主义的名义下对其所进行的尝试性解决。

正因为将《东方学》的宗旨定位在了以人之行为为核心的人文主义范畴之内,萨义德选择东方学而非东方学文学或东方学历史学等任何一个分支作为研究对象,便具有了必然性和合理性。《东方学》因而可以既广泛又具体,既散漫又统一,既有史的框架和视野又有文本分析的详尽和细密,既是人文理论也是人文实践。《东方学》对东方学文本、视野、方法以及东方学学科的起始、发展、繁荣和退化过程的勾勒,即对东方学方法论、知识体系和学术体制不断精致化、专业化、工具化和去人化过程的勾勒,就是对东方学或者说是以东方学为代表的西方人文主义研究将人文主义非人格化、无视人文主义俗世双重性之事实的揭示。恰如萨义德的人文主义与扬的人文主义分道扬镳于起始地和终结点的人文关怀一样,《东方学》与东方学的根本差异也在于是否立足于"人之根基"(110)。为此,《东方学》对东方学问题的超越性阐述,就必须既揭示其对人之根基的逐渐移除,又将人之根基重植于自身的方法中,重植于对东方学方法本质的识读之中。

题为"东方学的范围"的第一章,虽然重复过多,印象色彩过于浓厚,对自古希腊至前现代的早期东方学的勾勒过于粗糙和任意,但却确立了"头脑的运作"在东方学知识和帝国行为中的核心作用。这种头脑的运作,一方面表现为"想象性视野",另一方面表现为分类、概括和对立等所谓的"科学技巧"和科学思维(60)。换言之,第一章将东方学一方面置于浪漫主义以来的主观主义思想传统中,另一方面置于启蒙主义以来的理性主义思

第四章 萨义德的民主批评:梭罗的回归?

想传统中。第二章"东方学之结构与再结构"对理性主义和浪漫主义东方学的阐释,始终将"头脑的运作"贯穿在东方学的矛盾性之中:一方面,18 和 19 世纪的东方学瓦解了"《圣经》构架",将非欧洲民族包容在自己的历史学视野之内,弱化了自我的"冥顽性",使人之分类趋于多样化,代表了进步的"俗世化态势"(120);另一方面,东方学者又将基督教的超自然主义"自然化、现代化和还俗化"(122),构建了一个超越个人的"共同的话语、惯例、文库、一整套标准化思想"等"连续性俗世传统",形成了行业"修士会",使得东方学的去宗教化过程成为对宗教模式,或者说对一种典型的、集主观主义和理性主义为一体的自说自话模式的"再结构、再生长、再传播"(121)。

  为避免沦为对这种东方学思维模式的再结构和再传播,《东方学》没有将去宗教化过程与宗教化过程在东方学中并行不悖的现象,置于由话语理论、意识形态理论等所预设了的框架之中进行解读,而是既将讨论重心置于东方学者个人的知识行为和文本行为及其认识论和方法论之上,又将不同的东方学者置于以时间为顺序的思想谱系之中。萨义德先是对现代东方学的奠基者萨西作了详尽解读。萨西将知识视为"对材料的彰显"(127),将自然视为连续、和谐、一致且"从本质上可以被理解的"现实存在(145),将科学家的研究视为自然地视见、科学地知晓万事万物的全知全能手段。因此,萨西把理性作为上帝和全知全觉之能力的替代物,把为职业而职业作为学术的最高目标和最高责任,把"训教"、"修正"和做摘要作为唯一合理的教学方式(126),把编写教科书和编撰文集作为主要的学术活动。本着对极端理性思维方式的绝对遵从,萨西创建了"一套文本体系、教学惯例、学术传统"、"方法原则",在"东方学术与公共政策"之间建立了相互支持的紧密关系(124)。理性主义开始在将学术推上貌似超然的所谓"客观"层面的同时,又将其变成了工具之工具,确认了人之政策作为拯救者的唯一性和合理性。而勒南则将萨西的方法和体系进一步推上了体制化之路。在勒南的研究中,实验室、图书馆和博物馆俨然代替了上帝对历史的干预,人文研究材料俨然变成了实验对象和实验样本,对"科学之力量"的认知基本取代了对"社会责任"的履行(147,148),研究本身也愈发赋予学科和学者"世俗化了的神职者"或"圣经宣教者"的神性权威(124)。从萨西到勒南,东方学走上了脱离人之主题和人之根基的退化之路。

虽然萨义德并未能将东方学的问题推进到更深的哲学层面,未能像泰勒那样,将人之主题和人之根基的退化视为道德视野的丧失、精神性的消亡,视为个人与集体的过于自我化,但是,萨义德从文学和文化的角度所揭示的东方学真相,由于被赋予了思想史内涵,便与泰勒所指有了较多的不谋而合之处。与泰勒一样,萨义德在理性工具主义和浪漫主义的面纱下看到了膨胀的自我:正如萨西和勒南让自身对教学和科研的奉献精神蒙上了自我神化的宗教色彩一样,具有浪漫主义倾向或同情性想象的东方学作者如列恩、伯顿以及在涉及亚洲问题时的马克思等,在自身对他者的认同心中也渗入了不可磨灭的自我情结。萨义德并未如泰勒那样执意于从哲学上对理性主义和浪漫主义汇聚在自我之中的现象探本穷源,而是将现象学和心理分析学中的"他者"概念挪到文化语境中借以透视东方学的自我。在萨义德看来,这些作者既着迷于"他者",又具有强烈的民族"使命"感(224);既"自知自觉",对东方报以"本能认同"和人道主义的"包容精神"(224,73),又"犹疑不定地移情于意识中半隐半现的部分"(73),难掩自身在东方想象上的力不从心。萨义德认为,这样的矛盾,是浪漫主义者既服膺于自身的浪漫主义自我至上观,又服膺于总体性概括、简约性分类、模式化抽象、"共时性本质主义"等思维模式和方法模式,即服膺于体现权力意志、强化权力意志的认识论工具和方法论路径的必然结果(240)。权力意志与认识论和方法论模式的一体性,不仅使东方学成为对研究材料的东方性的确证,也成为对东方学者个人、东方学知识体系、东方学学术体制乃至西方帝国的自我扩张和自我确证,赋予了东方学"定义体系"本身以"格斗性"(254)。

19世纪东方学的认识论和方法论模式以及以此为根基的知识体系和学术体制,在20世纪的东方学中得到了进一步的细化和僵化。20世纪的东方学也因此而进一步失落了检审自我和解放自我的能力与条件,由学术蜕变为工具:东方学的核心由"无甚大害的语文学"蜕变为社会学的帝国启示录(254),东方学者的个体角色由学术著者蜕变为当代东方的伪"历史制造者"(238),东方学的"个人纪录"、百科全书与文集编撰等学术活动也由个人转移到专家委员会手中,转移到服务基层的宗旨之上,转移到具有轰动效应的"领域"之中(284)。

在萨义德看来,20世纪的东方学无非是对19世纪东方学的"累加"(232),对其"具实性"的精致化再生产(210)。这个蜕变过程所完成了的是"地理、知识、权力"的最终融合(214),是人之思想和情感的高度工具化,也是自我的极端膨胀,而不是意义和思想的增容。

显然,萨义德将东方学谱系和人之根基并举,并不是要草率而笼统地将东方学斥为对"东方本质的歪曲"(273),斥为"谎言或神话结构"(6),或简单而粗略地将其等同于无所不在、无所不包的意识形态,等同于被文化、学术和体制反映出来的政治主题。萨义德在讨论马西农时强调,他对学者个体种族偏见的揭示,也并不是为了将之贬损为毫无人性的"庸俗决定论的臣服者"(274)。萨义德所要言明的,是个体之人因不满足于其在时空中的"凡俗存在"而欲获得一种具有"体制或超人特点"的文化能力和生产能力的意志(274),是该意志行为中消除了人性和俗世性的"薄如蝉翼的思想机能"(322)。东方学便是在人之能力在逐渐沦为思维模式、方法模式和权力意志工具的过程中而生发出来的人之产物,是"历史经由其主题'东方'所揭示出来的体现了认识论问题和作为认识论问题之结果的方法问题、语言问题和形式问题"(110)。

在萨义德看来,人之思想的权力意志化、工具化、模式化和饥荒化,意味着语言与形式的权力意志化、工具化、模式化和饥荒化。原本便是悖论的自我意志和工具化倾向在东方学中的完美结合,最终仍不可避免地在东方学者的著作中以悖论或困境方式重现出来。无论是对知识体系竭尽嘲讽之事的福楼拜,还是在语文学上建树颇丰的勒南等,都不同程度地落入文本困境的怪圈之中。勒南的东方学著作,把东方语言模化为实验对象,把历史叙述变成了鲜有描述和个性、多为评价和说明的冷漠的科学解说和实验描摹。萨西的著作只能停留在编辑和摘要的层面。以东方为主题的游记或文学作品,无论是否有意对东方进行浪漫主义或拯救性重构,都沦为对有关东方之知识的再述和再构、对个人困境的表达或自我意志的声明。列恩的叙述俨然就是对叙述的抵制,是丧失了个性和自我的概括性观察,百科全书式的陈列,"凌乱不堪的细节"和"科学权威"的展示(163,175)。同福柯在《知识考古学》中强调描述在解构性知识行为中

第四章　萨义德的民主批评:梭罗的回归?

的积极作用一样,萨义德也明确指出,"人类生活的复杂动态"就是"作为叙述的历史"(247),"叙述就是历史书写用来反击得以持恒的虚幻视角的特殊形式",叙述意味着"不稳定",意味着"包含在人出生、成长到死亡过程中的力量"以及"体制与现状变化的趋势"(240),而细节则确证了"人的历史在场"。① 由于描述、叙述和细节具有与体制化、同质化和简约化本质相抵牾的人性本质,两者在东方学著作中的沦落,无异于语言之人性力量和思想之人性本质的失落。萨义德把这种失落称为"简约化类目"的"综合性虚幻视角""对叙述的挫败"(239)。

为了对同样也是认识论问题、方法问题、形式问题和语言问题的东方学政治问题构成"思想性处理方法"(110),《东方学》,正如萨义德眼中阿多诺批判工具理性的哲学短文、马克思揭示波拿巴谎言的《路易·波拿巴的雾月十八日》一样,②也让被揭示或被批判之物、之人的问题在作为揭示者或批判者的自身的方法、形式和语言中获得一定程度的揭示、批判和解决。换言之,要超越或解决所批判之物,萨义德就必须一方面突破工具即方法、形式和语言的非人性规约,还其人之本性和俗世本性,另一方面又要在三者中植入审视自我、批判自我、超越自我和认识自我的空间和条件。借方法、形式和语言表达意义,并不同于现代主义的美学至上观,相反,却展现了方法、形式和语言必有人之痕迹的事实,展现了自身的方法、形式和语言也必然有人之痕

---

① Said, Edward W. *Beginnings: Intention and Method*. New York: Basic Books, 1975. 368.

② 爱德华·W. 萨义德:《论晚期风格》,阎嘉译,三联书店,2009年,第16页; Said, Edward, W. *The World, The Text and The Critic*. New York: Vintage Books, 1991. 121-25.

迹的事实。这种以认识自我和超越自我为目的的展现，对方法、形式和语言的使用构成了一种人文关照。

《东方学》对东方学的批判和解决，首先体现在随笔形式的运用中。阿多诺在《文学笔记》中指出，随笔形式"既不源自第一原理，也不膨胀为终极原理"，因而非但不是"无足轻重的"，反而具备了"促成思想自由"的能力。① 其原因，正如萨义德在《世界、文本与批评家》中所说，在于随笔可借渺小形式反讽自身所涉主题之大，或反之亦然。一方面，随笔的存在前提是随笔著者在对待自我和他者时接受和尊重人之局限与人之能动的俗世态度，②另一方面，随笔的文体空间是使著者成为莱昂内尔·特里林所说的"既书写又实践着自身识见"之知识分子的平台。③ 随笔形式将《东方学》对东方学的解读，从平顺无暇的线性逻辑和刻板刚硬的论述中解放出来，使其既从容不迫，细节丰富，史料翔实，又包容"我"之感受、"我"之困惑与"我"之挣扎。因此，与伯克所说的诗性语言具有共性的随笔形式，不仅使《东方学》得以突破简约化、综合化和类目化思维和视角，也通过象征和隐喻的方式，展现萨义德在人之局限和体制之限制的情境之中进行思想和写作的艰辛过程，展现其在书写过程中进行自我审视和自我探索的自省过程。

---

① Adorno, Theodor W. "The Essay as Form." *Notes to Literature*, Vol. 1. Trans. Shirley Weber Nicholsen. Shanghai: Shanghai Foreign Language Education Press: 2009.4,3.

② Said, Edward, W. *The World, The Text and the Critic*. New York: Vintage Books, 1991. 50-51.

③ Trilling, Lionel. "George Orwell and the Politics of Truth." *The Opposing Self*. New York: Harcourt Brace Jovanovich, 1979. 136.

以此方式进行批判和解决问题的随笔形式,与萨义德违反学术成规的"另类"方法相辅相成(4)。作为对东方学权力意志式、父传子承式方法问题的尝试性解决,《东方学》采用了就现有概念、现有理论和现有方法而言,既入乎其内又出乎其外的批评方法,即在脱离历史体系、模化理论、学术派系控制的前提下,对历史主义的材料进行全新重组的一种"理论的、理想化的、具有自由意志的"的方法模式,①从而使《东方学》没有成为"百科全书式的历史叙述"(16),没有成为以比对"真实东方"的方式来评价东方学的实证主义论述,也没有成为对东方学"表述的正确性"或是东方学表述"对某种伟大原初思想的忠实程度"的虚假论证(21)。萨义德将既包含了文学,也包含了历史、哲学、美学、社会学和人类学,却又并不纯属于其中任何一门学科的东方学作为研究主题,从而得以将学术著作、文学作品、政治短论以及新闻、游记、宗教和哲学专论等同时置于"混合"视角之下进行并置解读(23)。对于"东方学"一语的选择,与第一章将"人的头脑"作为起始之点的选择,具有相当的共性。正如伯克在解释《动机语法》(*A Grammar of Motives*)的方法时所说,既然作为人为概念的模糊性根本无法消除,那么,在进行哲学解析时,将模糊性之事实暴露在光天化日之下,便不是唯一或根本的目的。哲学分析的根本目的是寻找、澄清、研究模糊的源头,其直接原因便是哲学研究还要"处理各种转化,而转化恰恰发生在模糊之地"。既然各种"已经变为硬壳的差异性",产生于"一个熔合在一起的溶液状态"并从此处浮现至表面,那么,研究者所要做的

---

① Edward, W. Said. "Orientalism Reconsidered." *Cultural Critique* 1 (1985):103.

便是将所有的表象差异重新扔进这个溶液状态的源头之中,让它们经历重组和再造,然后再让它们以新的面貌重新浮现出来。这种方法被伯克描述为统一、分离、超越的辩证和创新原则。[1] 无论是"东方学"还是"人之头脑",都是萨义德将现成的处于分离状态的语义、方法、理念和原则等重新并入源头状态后所得到的概念。为了在这个源头状态或混合视角中对这些语义、方法、理念和原则进行重新组合,《东方学》运用文本细读和语文学描述方法将关注宏观的"战略形构"和关注个体的"战略定位"统一起来。通过文本细读和语文学描述,萨义德一方面揭示个体文本的"文体、修辞、背景/场景、叙述技巧、历史和社会背景"(20,21),揭示意象、臆想和意图对个体文本的影响,另一方面勾勒"文本群、文本类型、文本体裁等先是在内部后又在大文化中获得质之积累、量之密度及指向性力量的方法"与不同文本个体之间的密切关系(20)。

对于从设定的视角关注萨义德的学者而言,萨义德细密的语文学分析与对自我困惑的真诚袒露,并非重新组合过程中所采取的必要手段和所经历的必然感受,而是如 J. H. 普拉姆所说,是"自我作态的絮絮叨叨"。[2] 而萨义德既入乎其内又出乎其外的方法,在司各特看来,体现了萨义德在方法上不能从一而终、从俗就简的事实,体现了萨义德既无法达至完全摆脱体制约束又不能彻底批判意识形态的事实。实际上,萨义德在《再看东

---

[1] Burke, Kenneth. *A Grammar of Motives*. Berkeley: University of California Press, 1969. xix.

[2] Plumb, J. H. "Looking East In Error." *New York Times Book Review* 18 Feb. 1979, http://www.nytimes.com/books/99/10/03/specials/said-orientalism.html?_r=2, 2011/10/2.

方学》一文中已经针对这样的偏误指责作出了回应。萨义德指出,批判和解决东方学之问题的有效途径,不是用依托本土主义情绪和本土意识形态的血腥方式进行你死我活的殊死搏斗或全面彻底的整肃清查,也不是用理论套路进行比对式的筛选剔除。无论是对他者、先在知识、现有体系或固有体制自我虚无式的神化和崇拜,还是自我中心式的格斗和诛杀,都是使方法和形式丧失智性内涵和社会批判功能的反人文主义行为。换言之,批判和解决东方学,既不是做选择性否定,也不是做程序性批判,更不是做以持存自我为目的的格杀勿论。学术界所认定的原初性原创,从根本上说,无非是上述三者之一。在《起始》中,萨义德指出,面对知识体系和学术体制,所谓的原初性原创既不可能也不现实。创造性或起始性的批评,就是以非一脉相承,即包容和民主的方式重组已有方法、意义和知识,并通过重组导引出新的认识方式和新的意义的批评,也即伯克所说的超越。为此,当萨义德在《人文主义与民主批评》中把人文主义实践定义为民主批评时,民主含义便绝不仅仅是政治意义上的民主了。萨义德将民主批评的含义概括为以下两个:以个人努力和个人创造为核心的知识和文本活动,"人类意志和作用在形式上的成就"。① 换言之,民主批评的实现依赖于两个相辅相成的民主条件:知识和文本实践者个人"超越俗谛的思想模式",即超越单一的理论教条和方法预设的思想模式;实践者个人的"语文学的英雄主义"。② 如果说梭罗将政治民主转义为认知和道德意义上的民

---

① 爱德华·W.萨义德:《人文主义与民主批评》,朱生坚译,北京:新星出版社,2006年,第18页。

② 爱德华·W.萨义德:《人文主义与民主批评》,朱生坚译,北京:新星出版社,2006年,第97、68页。

主,那么萨义德则将政治民主转义为了思想方式和表达方式的民主。

"超越俗谛"和"英雄主义",不仅反讽了以驯服方法和模化形式探索和表述批判之意旨和解放之内容的批评行为的悖论本质,也廓清了个体知识行为和个体文本行为与自身、与先在知识和先在文本、与现有体系和现有体制之间的复杂关系。因此,从表面上看,东方学的问题是政治问题;而从实质上看,东方学的问题是思维模式和语言模式的问题。东方学的知识困境和文本困境,东方学的"心智缺席"和语言僵化(32),东方学的自我虚无和自我中心,都是以上两种反人文主义行为或反民主行为的不同表现。萨义德对不同理论和不同方法的有效汲取、融会贯通,对体制和体系入乎其内、出乎其外的反讽态度,对各种、各时期东方学文本的合而视之、分而治之,就不仅仅是在一定程度上颠覆了只见树木不见森林的细节化和微分化文本分析与只见森林不见树木的整体历史书写或粗糙的、概括性论述之间的界限,修正了传统批评漠视政治之不足,裨补了令结构或话语先行于本体与意识的结构主义和后结构主义偏颇,也在一定程度上映射了《东方学》与东方学之间并非新体系置换旧体系、既不彻底对立也不一脉相传的关联关系,传达了《东方学》在东方学与自由人文主义、东方学与当代批评之间建立起来的部分代整体、借体喻本体的关联关系,也体现了《东方学》在此关系基础上建立起来的萨义德与西方自由人文主义之间的关联关系。

在《东方学》的末章中,萨义德指出,东方学作为语用学的分支,之所以能够不断地被转化为政治能力,其原因便是其思维模式和语言模式中的谬误。萨义德明确无误地将现代东方学视为自称为"博雅文化"的自由人文主义的一部分。这种博雅文化

第四章 萨义德的民主批评：梭罗的回归？

"大肆夸耀宽容性、多元性和开放性"，却在方法和形式层面继而在知识层面，"阻碍了意义的增容和被增容了的意义"(254)。因而，东方学的思想危机，就是"后资产阶级人文主义精神危机"的一个方面(262)。将东方学置于自由人文主义的范畴之内，就意味着《东方学》得以用东方学之问题暗代了同样被《人文主义和民主批评》归入自由人文主义范畴的当代批评之问题，即该书所指斥的"锋芒尽失、软弱无力"、"冗长夸张的文字"、"堕落为细枝末节的、类似于守旧落后的小题大做"等问题。① 就此，《东方学》得以通过对东方学的描述和解构，完成了对西方自由人文主义问题的批判和解决，完成了对当代批评之问题的解构和解决。而对这两者的批判和解决，正是萨义德在《东方学》开篇赋予自己的目标和责任。在明示该目标的绪论中，在重复强调该目标的末章中，萨义德都着意突出了自己作为受益于西方人文主义教育的东方裔人文学者和东方裔批评家的另类角色。经由对东方学问题的审视和解决，萨义德就不仅审视和解决了西方自由人文主义及当代批评之问题，也审视和解放了自我。

《东方学》的结尾突出了这样的事实：东方学的政治误区，就是方法论误区、语言误区和形式误区，而方法误区就是自我误区，所有这些误区，归根结底，是"人的失误和思想的失误"(328)。东方学者的人之失误，就在于东方学者不仅将东方、东方人和东方的思想和语言异化为东方学的实验对象、幻想对象和比照对象，而且在思想和语言层面既神化自身又异化自身：既让自身成为东方学思维方式和研究方法的工具，又剥夺了自身

---

① 爱德华·W.萨义德：《人文主义与民主批评》，朱生坚译，北京：新星出版社，2006年，第17、16页。

的俗世人性本质。由于这种神化归根结底也是异化,作为主体的西方将东方人从东方学中解放出来的根本,便绝非在思想上臣服于平等、自由和民主等政治理念那样简单,在表述上呼喊政治口号那样明确。解放东方人于东方学者,东方学者必先自我检审、自我认知和自我解放。而《东方学》正是通过在方法和形式上既僭越又重组性地运用先在知识及现存体系和体制的方式,将导出新知识和新意义的过程作为自我检审、自我认识和自我解放之过程。

葛兰西在《狱中札记》中指出,纠正社会文化之精致化生产的批判性精致化生产,其起始点在于知识分子"意识到自己身为何物,'知晓自身'不过是时至此刻的历史过程之产物,而该历史过程已经在自己身上沉淀了无数印记,却未留下任何账目清单"。① 根据葛兰西的理念,萨义德把《东方学》描述为"盘点[历史文化]留在我身上的印记的一种尝试"(25)。萨义德指出,"人的自由和知识"是知识分子的基本准则,而不断的自我反思即"在方法和学术行为上不断地自我检审"(327),则是自由和知识的保障。为此,萨义德在后记中否定了学界对《东方学》的普遍定义:《东方学》不是对"贱民身份的见证",不是对苦难的痛诉,也不是对"个人失落"或"民族瓦解"的陈述,不是要指认东方学的"罪恶或草率",更不是要攻击西方文明,他本人也并不代表曾在西方话语中"被压抑和被扭曲了"的意识的觉醒。②《东方学》

---

① Gramsci, Antonio. *Selections from the Prison Notebooks of Antonio Gramsci*. Eds. Quintin Hoare and Geoffrey Nowell Smith. New York: Intellectual Publishers, 1971. 324.

② Said, Edward W. Afterword. *Orientalism*. New York: Vintage Books, 1994. 341, 335-37.

的矛头所指,是将个人知识和文本行为禁闭在领域界限和既定方法之中的"教条性休眠状态"(327),是以"文本而非人自身"为宗旨的蜕变了的人文主义(305)。东方学成为权力体制以及权力体制之工具的原因之一,就在于东方学者未能同时成为"学者、批评家、知识分子和人"(328)。

二、起始与《起始》对起始的追索

当梭罗看到沉迷于功利或只劳不思的邻人其实都身患深眠疾患时,梭罗带着唤醒自己也唤醒邻人的责任走向了自然。当萨义德看到人文主义者同样身患休眠疾患时,萨义德带着让自己走出休眠的责任写就了《起始》。如果说《东方学》以解构和再结构东方学的方式阐扬和实践了被扬指责为仿佛是"道德标准"的批评价值观,①那么《起始》就是对这种价值观的起始性理论阐发和批评实践。同在《东方学》中一样,萨义德在《起始》中也将批评者知识和文本行为的社会批判性视为对人即对思想和语言的责任担当,对方法的责任担当。与《东方学》将人文主义之问题寓于东方学的主题中一样,《起始》也将批评者为学与为人相统一的方法论意义寓于"起始"这一主题之中。起始,如《起始》副标题"意图与方法"所示,是作为体制和体系一员的萨义德对入乎其内、出乎其外的批评意图和批评方法的描述,也是对该方法的本质和意义的概括,是《起始》的理论阐述对象,也是其实践对象和实践方式。由于起始之主题既为《起始》融会贯通不同领域的材料、不同派别的理论提供了合理平台,又为萨义德将学

---

① Young, Robert. *White Mythologies*. London: Routledge, 2004. 172.

术探索和自我探索合而为一创造了宽广空间,《起始》就是以"重组和激活"已有知识和文本的方式,打开探究知识和意义的可能性,激发"自身及每个人智识潜能的慷慨性"的"一项任务,一种探索"。① 但是,正因为直面这种艰难并坚持和追索这种慷慨,《起始》,如保罗·伊莱所说,必然使那些对自己的方法论和方法论背后的理论前提感到无比"心安理得"的学者"经历某种程度的不安"。②

的确,在这些学者眼中,《起始》要么是传统主义余威作祟的结果,③要么是使"政治变得虚无缥缈、变得毫无意义可言"的人文研究,④要么则是准自由意志论和无政府主义思想的产物。⑤ 坚信"意图必须通过体系得以表达"的结构主义者乔纳森·卡勒,更是毫不掩饰地指责《起始》是对现存方法和理论的"移位、重构、逆转",对已有知识和思想家"任性、放纵"的"并置组合",不仅在对理论的理解上错误频出,在观点的论述上焦点不清,而且表现出"智识上的假模假式","文体上的个性化冗赘"。⑥

---

① Said, Edward W. *Beginnings: Intention and Method*. New York: Vintage Books, 1994. 3-4, 380. 后文出自同一著作的引文,将随文标明出处页码,不再另行作注。

② Ilie, Paul. "Review on *Beginnings: Intention and Method* by Edward W. Said." *Eighteenth-Century Studies* 10.2(1976—1977):282.

③ Lentricchia, Frank. *After the New Criticism*. London: Methuen, 1983. 138.

④ Gallagher, Catherine. "Politics, the Profession, and the Critics." *Diacritics* 15(1985):38.

⑤ Leitch, Vincent B. *American Literary Criticism: From the 30s to the 80s*. New York: Columbia University Press, 1988.

⑥ Culler, Jonathan. "Review on *The Beginnings*." *The Modern Language Review* 73.3(1978):585, 584.

第四章 萨义德的民主批评:梭罗的回归?

断然拒绝将萨义德引为同道的卡勒,其与《起始》出版于同一年即 1975 年的成名作《结构主义诗学》,在意图和方法上自然也与《起始》大相径庭。① 《结构主义诗学》,如保尔·鲍威所说,在(后)结构主义影响与日俱增、传统批评日渐衰落之时,全然以结构主义理论"导引者"自居,斩获当年 MLA 洛威尔奖。② 卡勒对《起始》的评价,是《结构主义诗学》把结构主义规模性地转化为"具有全球意义的文学方法论"之意图的重申和延续。③ 卡勒所代表的这种将理论转化为公式化方法论的意图,无论其主观故意如何,在效果上,如鲍威所说,都起到了"将严肃批评商品化、将其否定性力量消弭殆尽"的作用。④ 这一意图在体制领域中的频频得逞,不仅直接体现了将反体制性理论体制化了的当代批评与反体制性的理论之间的悖论,⑤也间接体现了(后)结

---

① Culler, Jonathan. *Structuralist Poetics*. Ithaca: Cornell University Press,1975.

② Bové,Paul A. *Mastering Discourse*. Durham:Duke University Press, 1992,70-72. 鲍威认为,该书的获奖,同《新文学史》(*New Literary History*) (1969)、《辨析批评家》(*Diacritics*)(1971)、《批评探索》(*Critical Inquiry*) (1974)等期刊的相继问世,以及批评理论学院在加州大学尔湾分校的成立一样,都并不完全是美国批评界"门户洞开"的标志,而是体制权力有效运作的表现,是所谓的'高端'批评通过体制机制将批评之危机转化为学术出版物、课程设置和各类奖项的结果。(71)

③ Lentricchia, Frank. *After the New Criticism*. London: Methuen, 1983.104.

④ Bové,Paul A. *Mastering Discourse*. Durham:Duke University Press, 1992.71.

⑤ 加利福尼亚大学尔湾分校"批评理论学院"建院功臣莫瑞·克里格数年之后也坦承了这样的悖论。见 Krieger,Murray:*The Institution of Theory*. Baltimore:The Johns Hopkins University Krieger,Murray Press,1994. 22. 学界对于《东方学》的解读也存在同样的悖论。

构主义本身的思想能动与其在理论上对个人能动的缄默之间的悖论,(后)结构主义对文本性或话语性的强调与其在理论上对个性形式的轻慢之间的悖论。鲍威认为,(后)结构主义理论本身的先验主义误区,是美国批评体制既可以"无视"(后)结构主义理论,耗损并解除其力量,又可以"借其大获利益"的原因之一。①

无论《结构主义诗学》是否有意识地通过利用、强化或忽略(后)结构主义理论之软肋的方式,使该理论服务于将批评体制化和商品化之目的,《起始》都在识见到了已转化为体制性方法论的(后)结构主义软肋的基础之上、在裨补该软肋的意图之下,以迥异于《结构主义诗学》的研究和写作方式,前瞻性地将《结构主义诗学》、卡勒对《起始》的批评、把理论体制化了的批评与反体制性理论之间的悖论等问题,都纳入到了自己的批评视野和解决方案之中。因此,当代批评或者说当代批评之问题,并非《起始》直陈或指斥之对象,也并非一个等待行为者按其规约行为表征其意义的场景,而是萨义德反思和探索自身学术之路的动机与契机。的确,20世纪中期的美国文学批评之所以可以在劳伦斯的《美国经典文学研究》中找到起始,是因为当时作为美国文学批评的先有知识还尚不丰富,当时的体制规约也尚不是极端的权威。但在20世纪最后30年中,控制美国文学批评的所有歧义便不仅是严苛的规约性体制,不仅是远至古希腊的文学批评理论体系,还有庞大的当代学者的批评论著。如果说"起始"作为一个表述行为的概念,是指在已有的语境中再造语境,

---

① Bové, Paul A. *Mastering Discourse*. Durham: Duke University Press, 1992. 75.

或者说再造一种为行动而作准备的具有动机特征的"思想状态"的话,[1]那么,由于先有知识体系所构成的语境之广、之深、之固,怎样起始、为何起始、起始是什么等问题,便必然是一个具有超越性、道德性动机的学者无法回避的问题,因为恰如伯克所说,"起始,我们观察到,应该'隐性地包含'了它的结果——一个结果应该是从起始流淌出的所有东西的显性顶点"。[2] 为此,《起始》的第一章以"起始理念"为题,萨义德在"理念"一词之前用了动词"begin"的"ing"形式,这个修饰词既可以是动名词,也可以是现在分词。换言之,两词既可以表示"关于起始的理念",也可以表示"开始构成理念",因而包含了动机、场景、行为、行为方式。在题为"对起始的深思"的第二章中,萨义德又自问道:"当一个知识领域由被非人格的规则所掌控了的'事件'组构而成,当由英雄、创建者、连续的时间叙述和神性条文所例示了的原生概念无法被用来理性地理解该领域时",该领域留给研究者"个人的自由和力量"到底是什么?(52)。《起始》的做法是越过由思想家的追随者们构建起来的层层预设,直接接触和探入里程碑式的思想经典和小说,直接将文本分析方法运用于这些著作和小说。这些文本不仅是萨义德的分析对象,也是萨义德在方法上起始的场景和动机。通过对小说和思想论著、对被区隔于不同学派或不同体系内的理论论著的交融解读,萨义德构建了一个既可描述起始行为变化的时间脉络,又可探索以下问题的空间结构:何为起始,为何起始,如何起始,何种认知者和写作

---

[1] Burke, Kenneth. *A Grammar of Motives*. Berkeley: University of California Press. 20.

[2] Burke, Kenneth. *A Grammar of Motives*. Berkeley: University of California Press. 338.

者可由起始而始继而超越起始所处之语境。萨义德用这两个结构勾勒了一个远及维柯近至福柯并包含了马克思、卢卡奇、乔姆斯基等在内的"对抗性认识论思潮"(378)。对个人自由、行动力量和道德动机,或者说起始之道的持守,不仅存在于《起始》的理论与实践之中,也存在于构成该对抗性认识论思潮的思想论著之中。

时间脉络的运用的确再现了由于体系的不断庞大、束缚的不断严紧从而使起始愈发艰难的事实。但萨义德所勾勒的对抗性认识论思潮并非时空或理论意义上的"优先序"(343)。对抗之意义并不在于思想家个体对政治运动的亲历亲为,或对行为暴力和语言暴力的热衷诉诸。对抗性思想家的交集,也不在于理论上的重叠或雷同。在萨义德看来,无论是被视为人之科学奠基者的维柯,[①]还是马克思或弗洛伊德,都如巴尔特在评价福柯时所说的那样,以其知识和文本行为,构成了对人们"智力习惯的第一次撼动"。[②] 这种"第一次撼动",既是对抗——对智力习惯和体制约束的对抗或者说与之离异,更是起始——新知识和新意义的起始。萨义德认为,对抗和起始之时,便是思想者个人的知识和写作行为模式从"朝代式连续",即从父传子承式的继承模式、既定规则和习惯思维转向"本质性断裂",继而"转入那种既不远离起始之思想也不远离起始之实际行动"之际

---

① 可见 Zagorin, Perez. "Vico's Theory of Knowledge: A Critique." *The Philosophical Quarterly* 34.134(1984):15. 维柯也称自己的《新科学》为"否定方式的《新科学》"。见朱光潜:"缘起(中译者挹要说明)",载维柯:《新科学》,朱光潜译,人民文学出版社1986年版,第610页。

② 罗兰·巴尔特:《罗兰·巴尔特文集》,怀宇译,中国人民大学出版社2010年版,第198页。

第四章 萨义德的民主批评:梭罗的回归?

(370),便是个人自由和力量产生之际。

萨义德最常提及并引述的思想家维科,将对抗和起始作为其《新科学》的立意之本。维柯指出,《新科学》与同时代持"虚骄讹见"并"认为他们所知道的一切就和世界一样古老"的学者们分道扬镳,①与盛极一时的二元对立的历史主义和理性至上主义分道扬镳。萨义德把维柯建立在这一分离基础上的理论成就归结为两个实为一体的思想核心:"人类历史即人类现实即人类活动即人类知识","头脑永不停歇的活动释放着语言,同时又被语言释放、在语言中被释放"。② 在将《新科学》的原则分为思想原则和语言原则两大类的维柯看来,人之意识既可认识和创造,又只能囿于认识被自己再创造了的现象世界。因此,一方面,历史是不同于且无法企及神性或原初的人之意志和智力的持恒,既是"历时模式或时间上的变异或序列连续",又是"人之活动的内在形式",即共时结构或相邻、互补、平行关系中的分散性细节(361);知识是可知与不可知、有知与无知、盲视与洞见的辩证统一;文本是写作者的"权威"与权威所受到的"干扰"之间的辩证统一,是意义的得与失、在场与不在场的辩证统一;语言则是与"表述、具象、摹仿、指征、表达等"相关联的在场,和与"象征、内涵、潜在的未被觉察到的统一性、内在构造等"相关联的不在场之间的辩证统一。③ 另一方面,人对世界的理解就是对自身的

---

① 维柯:《新科学》,朱光潜译,人民文学出版社 1986 年版,第 84 页。
② Said, Edward W. *The World, the Text and the Critic*. New York: 112; Said, Edward W. *Beginnings: Intention and Method*. New York: Basic Books, 1975. 369.
③ Said, Edward W. *The World, the Text and the Critic*. New York: Vintage Books, 1991. 129.

理解,人从意志到意识再到智识即普遍法则的获取的整个过程,就是一个循环的"自主学习过程"即自修自习或自我指导过程(366)。当人类经历着从"孩童"到"哲学家",从"模糊的出生"到"成熟了的、体制化了的状态"的演进时,即当人的心智变得"愈发明晰、准确、科学化"时(347),人的心智也变得"愈发脱离身体,愈加抽象,愈难以直接领会本质的自我,难以在起始处起始,难以定义自身"(347-348)。当高度理性化的人疏离于存在的情感基础,当"其文学创造的诗性内容被荡涤一空,当其神话不再成为信仰之基础"时,人之尊严,如帕特里克·哈顿在解析维柯时所说,就并不来自于"为了进步本身而获得的进步",而是来自于人自身将文明重归原始、使有知重为无知的起始过程,或者说"在每一个历史时期重塑世界的创造过程",因为文明解体的必然性不在于物质环境而在于人,无法被文明延展的神话气质可以被再造的可能性也在于人。①

在萨义德看来,维柯的文明循环之理念,维柯的人性观、历史观、知识观和语言观的重要意义,就在于其所蕴含的"主要的方法论含义",②以及其所蕴含的人之研究的意图原则和方法原则。事实上,作为人之研究的《新科学》,正是对这种意图原则和方法原则的有效实践。《新科学》将研究意图确立为既欲避免人之愚钝又欲防止人之傲慢,将探索之本末设定在人性而非神性或被赋予了神性的人之模式上。《新科学》视研究方法为暂时和

---

① Hutton, Patrick H. "The New Science of Giambattista Vico: Historicism in Its Relation to Poetics." *The Journal of Aesthetics and Art Criticism* 30.3(1972):366.

② 爱德华·W. 萨义德:《人文主义与民主批评》,朱生坚译,北京:新星出版社,2006年,第108页。

第四章 萨义德的民主批评:梭罗的回归?

波动的而非稳定和坚固的。《新科学》在研究态度上则坚持以"精确"方式对具体现实情境承担责任,坚持拥有和发挥同情性想象,这种同情性想象既有利于认识和发挥人之能动性,又有利于承认和遏制人之局限。换言之,《新科学》的研究态度包含了以"自修自习"方式进行创造的意志,时刻认识到自身是"知晓和体验"在开端处无法被知晓之事物的唯一途径的敏感意识(349)。所有这些都立足于维科以人为核心的人性观、知识观和认识论。《新科学》对分别以求实和求真为目的的语文学和哲学方法的有效融合,《新科学》全新的主题、广博的范围、奇异的文才、迂回的论述、丰硕的细节,遏制或发挥了人性、知识、语言之局限或潜力,隐喻了人性、知识和语言之本质,促进了"从身体中分离而出的人之头脑的被教育或自我教育的持恒"(370),成为了自修自习之过程和自修自习之结果,最终隐喻了文明循环之过程、之结果。

维柯的方法,正如海登·怀特所说,"将矛盾本身变成了方法论原则和至高无上的智识价值",寓意了个人在局限和限制中进行创造的过程之中必然遭遇到的一种"根本的困惑",一种"自我怀疑"。怀特指出,维柯将"古典辩术中的惯用手法、修辞格和转义用作组织和表达思想之策略",他"不仅谈论寓言和修辞,自己也以寓言的方式进行写作",因此得以超越科学和宗教、决定论和唯意志论的二元冲突,得以摆脱目的论和总体论的思维圈套。[①] 维柯的方法,由于充分运用了头脑的理性和感性能力、语言的字面和修辞能力,不仅与其理论本身具有了同等重要的对

---

① White, Hayden. "Review on Vico: A Study of the 'New Science' by Leon Pompa." *History and Theory* 15.2(1976):187,190,191.

抗意义和起始意义,也如萨义德所说,"预言性地提出了一个讨论完全属于现代范畴之论争的方式"(373)。

这种完全不循规蹈矩的讨论方式,在萨义德看来,就是成就弗洛伊德和福柯之理论的关键原因之一。因此,在阐述弗洛伊德和福柯时,萨义德的着眼点并非弗洛伊德"百科全书"式的梦之理论(162),也并非福柯犀利而凄凉的解构主义理论,而是两者具有独立意义的研究方法和书写方式。对于萨义德而言,《梦的解析》是一部契合于梦之主题的"对多层面经历的叙述性阐释"(163)。弗洛伊德的革命性方法,例如,运用自我经历、多样化证据的方法使先在经典和全新的假设居于平等地位的分析逻辑等,弗洛伊德对小说和科学论文的"诸如谱系、等级和连续性的文本传统"的摒弃(162),弗洛伊德论著中与梦之本质相一致的"共处"、"断裂"、"移位"、"错置"(163),"时间和空间的同时性",由"意象群"肢解而来的"思想片断"等(161),都使《梦之解析》的诠释在时间和空间上形成了独立于、平行于其所诠释的梦之事件和梦之经历的意义存在,而非梦之替代物。萨义德认为,弗洛伊德的诠释与东方学者对东方的诠释相比,是"科学与'传统'智慧的融合"(163),是"真正的诠释"(172)。

同样,在萨义德看来,福柯的主题,模糊了"评论、编年史或主题探究"等研究模式之间的界线(357)。福柯的方法将方法模糊化和暂时化,将"毗邻、互补、平行、相关"与谱系目的相结合(352),将"词源学式的语文学结构或序列性推理"与"几何学式结构或哲学推理"相结合(363),也将差异性或共时性细节与人类总体发展模式以及心理语言相结合。福柯的"疏减"性词语和句法,既契合于其所阐述的"疏减"理论,又表明他为自己的"陈述"和"话语"所建构的"范畴和种类"同样具有疏减性(289)。福柯的阐述,在涉及个别作家或思想家时言辞详尽,在涉及"革命性方向"和"认识论层面的激进主义"时却言简意赅,体现了他对人及人之社会"暗淡"且"不带感情色彩"的个人识见(287)。萨义德并不否认,福柯关于人是结构、人已消解了的理念,福柯关于原初和起始都失落在了话语中的理念,与结构主义思想一样,"凄凉而不带丝毫情感"(287)。但是,萨义德指出,结构主义在建设性地强调人之努力具有暂时性本质的同时,却将文化等同于"其在理性层面所显现出来的东西"(323),对记忆、历史以及结构为何会成其为结构等问题均忽略不计,将自身圈定在约定俗成的体系化、简约化、技术化方法之中,仅让自身的个人表达担负了"一种象征性的责任"(338)。而福柯在提出思想"在本质上是与偶然、断裂和物质性相混合"的理念的同时(314),也让这种理念反映在将"禁欲性的冷漠"、"不带个人色彩的谦逊"、明显的个性声音相结合的研究方法、文本形式和语言结构之中(294)。

  无论维柯、福柯和弗洛伊德的理论如何,其知识行为和文本行为,都将责任意志、理性分析、科学认识以及语言和形式的审美判断精妙地结合在"自修自习"的方法之中,并因此而成就了智识上的"第一次撼动"。维柯作为在现代时期较早实现"第一次撼动"的思想家,其思想理念与萨义德笔下的小说构成了解决与被解决、起始之实现与起始之困境的关联关系。换言之,萨义德通过对小说的分析,展现了写作者受困于语境,意欲起始却无以起始的窘境。在萨义德的分析中,传统小说意欲通过写作创造世界、修改或扩容现实世界的意图,在一定程度上具有起始之本质。但是,传统小说在率先"将对起始独特的社会、历史和心理洞察形式化了"的同时,也促使起始"在艺术、生活和知识层面具有了一种授权式的、体制性的、专业性的角色"(17-18)。正因为有了这样狭窄化了的起始动机,传统小说的起始便只能是"有限的"、"保守的"和"束缚性的"(83)。萨义德对小说的深度剖析,带有浓厚的心理分析话语特色。但心理分析话语,对萨义德而言,并非理论公式,而是隐喻性思维方式和象征性认知手段的有效媒介。透过这一媒介,萨义德认识到,小说的起始意图在被贯穿至小说情节、人物、结构和主题等各个层面时,体现出深刻的矛盾性:传统小说在人物塑造中表现出对自然父权的断然拒绝,但与此同时,小说作者又试图成为掌控小说人物和叙述形式等的父权角色。一方面,传统小说运用"线性顺序、图示性表述以及生物繁殖"等连续性逻辑摹仿线性生命轨迹、时间顺序意象、宗教的创世纪理念等所谓的客观表象模式(64),将心理和语言对作家写作权威的干扰控制在生殖模式之中。另一方面,传统小说如《无名的裘德》、《白鲸》、《远大前程》等,又通过退化、死亡、不孕、独身、家衰等结局,表现出权威幻想的破灭,对原初愿望的拒绝,把"生殖能力祭献给了独身的个性"(145)。传统小说在写作方法与文体形式上,既沿用也隐喻了原初对派生的支配、派生对原初或所谓的"真实事物"的理性主义复制。① 传统小说的情节,既包含也隐喻了对意义的追寻、对人与世界的认识,在摹仿原初之意图的导引下,在摹仿性或复制性的知识模式、语言形式或文体结构中,必然遭遇颇似坡的厄舍古厦之命运的最终结果,②隐喻了在该意图之下和该模式之中必然出现的起始性

---

① 爱德华·W.萨义德:《论晚期风格》,阎嘉译,北京:三联书店,2009年,第17页。

② 即美国小说家爱伦·坡的短篇小说《厄舍古厦的倒塌》中厄舍古厦的倒塌。古厦的倒塌埋葬了或许与其妹乱伦的男主人公,象征着仅留下男主人公一个人的整个家族的灭亡。

第四章　萨义德的民主批评：梭罗的回归？

意图的失落、生命力的终结和人性的消殒。

但是，萨义德指出，尽管小说人物或小说作者都意识到巴尔特所说的完全自由的写作其实"只是一个几乎无法实现的梦想"(24)，尽管传统小说的起始被所谓的"真实"模式和原初企图所确定和束缚，但传统小说仍旧包含了瓦解和批判自身的元素，具有无可置疑的"接受和守护个人力量之印迹"的俗世意图(100)。然而，传统小说创作中原本所包含了的个人力量，在小说摹仿性的所谓理性主义形式和方法不断被体制化、模式化、技术化和功利化的过程中愈发难于守护，作家主体愈发陷入被创造和被诠释从而无法生产的境地。其结果是，19世纪末和20世纪初的小说，如康拉德、T. E. 劳伦斯等的作品，逐渐抛弃了"准父权角色"(151)，接受了"叙述命定"(137)。这些小说将自身降格为对自身所叙述了的却并不能完全把握之事件的话语性和追溯性"补充"和替代(151)，小说的叙述因而滞后于被叙述的事件，作为语言模式的小说与作为物质的事件实现了分离。这些小说的写作策略虽然改变了文本理念以及"意图与时间相结合"的叙述方式，对传统小说摹仿性的认识和表述模式构成了批判，但却将寻求高于其他诠释的诠释，当作了对"真理"的追求(152)，成为一种陷入"僵局"时(161)的"自卫性策略"(161,162)，而非真正的"方法革命"。①

如果说在伊恩·瓦特眼中，18世纪小说是哲学和社会语境

---

① Said, Edward W. *The World, the Text and the Critic*. New York: Vintage Books, 1991. 124. 当然，萨义德对现代小说困境的认识，只局限在了守护个人力量之意图和失落个人力量之现实的层面，并未能清晰地像泰勒那样将则这种困境之原因概括为现代小说对"个人性的变形"——一种极端的自我观。见 Charles Taylor, *Sources of the Self*. 432.

的产物,在具有结构主义思想的法国批评家热内·基拉尔眼中,19世纪小说是对浪漫主义的祛魅,[①]那么,在萨义德的解读中,小说就不仅与社会语境、思想传统密切相关,而且是文本意义和方法意义的有效隐喻。在萨义德的阐述中,传统小说、19世纪末的小说以及从传统小说到19世纪末的小说的演变,从根本上说,都是创造体制形式的欲望与接受该欲望之结果的结合,隐喻了维柯所描述的人类文明在由幼稚到成熟的变化过程中所遭遇到的辩证结果,隐喻了只允许文本作为先在知识/文本的直系子嗣而存在的最终结局,或者说隐喻了知识行为和文本行为最终只能在体制内近亲通婚的最终命运,隐喻了文本和知识行为在其模式化方法或模式化形式与其起始之意图发生根本抵牾时的最终命运。正是由于这种隐喻意义的存在,萨义德对小说的阐述,一方面间接构成了将马克思、弗洛伊德、福柯等人变成学术王朝之上帝、将其理论变成神话式迷信的体制性、技术性和功利性批评的深刻批判,另一方面间接提出了文本行为者如何对待和处理先在知识、先在文本和既定规则之问题,间接表明了此问题的重要性——避免近亲通婚所造成的病态或灭亡后果。萨义德没有在小说中寻找此问题的答案,而是由小说转向弗洛伊德、福柯、维柯等思想家,因为萨义德所理解的批评,并不止于艾略特所说的"对艺术作品的评论和阐述",[②]而是要尽可能地成为认识和知识上的一次"撼动"。如果真正的创作,如艾略特所说,

---

① Watt, Ian. *The Rise of the Novel*. Berkeley: University of California Press, 1957; René Girard, *Deceit, Desire, and the Novel*, Baltimore: Johns Hopkins University Press, 1965.

② Eliot, T. S. "The Function of Criticism." David Lodge, ed. *Twentieth Century Literary Criticism: A Reader*. London: Longman, 1972. 78.

第四章 萨义德的民主批评:梭罗的回归?

与传统总是处在辩证关系之中,①如果维柯的认识论和知识论表明,没有哪部理论著作或文学作品可以完全避免成为瓦雷里所说的"衍生性成果"(15),那么,作为一种衍生性成果,维柯、弗洛伊德和福柯的著作之所以成功撼动了人类的习惯性认识模式,正是因为他们都能够"在一种本初的心智空间中对思想进行重新安排、重新部署"(312,295),将一脉相承或父传子承式的"原初性镌刻"转变为"并联手迹",将"主调/旋律"转变为"赋格",②从而给予人一种"不断体验自我教育"的契机和过程,而不是"一个计划好了的笛卡尔式的方法"(370)。

在萨义德的阐述中,这种本初的心智空间,并非对已有知识的彻底摒弃,而是在方法和理论上既入乎其内又出乎其外的自我放逐或无家可归,或者说类似于梭罗选择居住在并不远离村庄又在森林之中的瓦尔登湖边的回归自然。自我放逐,正如维柯所示,并非愤世嫉俗,而是时刻坚持知识和文本行为是个人之行动、是非自然事实的俗世本质,在承认理性之能力与"理性的不良或过失行为"(339),意识到个人的惰性、头脑的未知领域和体制的束缚的同时,使"可确定的努力"与"可确定的知识极限"之间相互关照(177),在自身"获得最大胜利的时刻",③将自己他者化"直至无理性"(312),继而又让理性重新从身体的力量中,从充满热情、创造力和生动性的俗世语境中迸发而出,最终

---

① Eliot, T. S. "Tradition and the Individual Talent." David Lodge, ed. *Twentieth Century Literary Criticism: A Reader*. London: Longman, 1972.

② Said, Edward W. *The World, the Text and the Critic*. New York: Vintage Books, 1991. 135.

③ Said, Edward W. *The World, the Text and the Critic*. New York: Vintage Books, 1991. 146.

使意义和关系"成倍增殖"(222)。这种自我放逐,从本质上说,其实就是维柯所说的教育。萨义德指出,维柯把有效的观察和理论的建立视为"个人力量之行为",因此,他所提倡的是"一种既激发最为优异的青春品质又将年轻人收服于责任感之下的教育,而不是毁坏青春气质的教育"。①

所谓青春气质,正是促成萨义德所说的出现在艺术家生命晚期的全新艺术风格的理性力量和情感动力,这种理性力量和情感动力就是生命晚期对连续性和适时性的抵抗,是维柯一个循环中的文明晚期对连续性和适时性的抵抗,这是一种"抹去了时间序列和时间移位"的动力和力量。② 在人的局限性之中,在同时也是文明退化的文明演进过程之中,在厚重而连续的先在知识和体制情境之中,在被肯尼斯·伯克称为充满"令人生厌的目标丧失"和"更为令人生厌的目标确立"的"贫瘠季节"里,③自我放逐便成为产生青春气质的必要条件。在此,青春气质就是劳伦斯所说的"激情满腔地奋力挣入意识存在"、"奋力追寻言语意识"的力量,④伯克所说的奋力"寻求某种身体动力及其在头脑中的对应物"的力量,⑤就是在萨义德笔下福柯等思想家"令人激动的思想"、"学者的活力"(292)、激发分散于空间中的语言和方法之变化

---

① Said, Edward. W. "Vico on the Discipline of Bodies and Texts." *MLN* 91.5(1976):821.
② 爱德华·W. 萨义德:《论晚期风格》,阎嘉译. 北京:三联书店,2009年,第 21 页。
③ Burke, Kenneth. *The Philosophy of Literary Form*. Berkeley: University of California Press, 1973. 161,162.
④ Lawrence, D. H. Foreword, *Women in Love*. New York: The Viking Press, 1950. viii.
⑤ Burke, Kenneth. *The Philosophy of Literary Form*. 161.

第四章 萨义德的民主批评:梭罗的回归?

潜力的能力,以想象方式"联结事物的意图力量"等。①

由青春气质所促成的起始性方法,就不是回归"原初"的"苦行主义"(40),不是浪漫主义式的从无到有的创造,不是决定论或时间意义上的开端,也不是现实主义式的摹仿照搬或机械套用,而是不断寻求识别和理解人之现实的方式,不断寻求"包容、表达、领悟、实现或体现"人之知识的语言或文本形式(159)的"思想历险"。② 经由思想历险而获得的起始性知识,不仅不会导致知识行为者陷于东方学式的自我扩张,反而会使其"对自己的心智和自己以'不可习得'方式参与自然事实的行为担负起责任"(160),即担负起"既独立自由又自我约束"的责任。③ 这样的道德意志,由于是知识给予人的回报,在伯克看来,不仅可以激发认知,也可以"赋予认知以强度与方向"。④ 因此,萨义德把作为思想历险的人之研究的真正起始,称为将这种"道德意志"和"对证据的掌握"融为一体的建构(380)。这样的人之研究,就不仅是思想和形式空间的构建,也是研究者对自我的认识。

由于萨义德将《起始》建立在拒绝将自己塑造为一个"职业化全知型批评家"的道德意志之上,⑤建立在拒绝归顺于已经无

---

① Said, Edward W. *The World, the Text and the Critic*. New York: Vintage Books, 1991. 61.

② Said, Edward W. *The World, the Text and the Critic*. New York: Vintage Books, 1991. 153.

③ Said, Edward W. Foreword. *The Performing Self*. Richard Poirier. Piscataway: Rutgers University Press, 1992. xii.

④ Burke, Kenneth. *The Philosophy of Literary Form*. Berkeley: University of California Press, 1973. 164.

⑤ Poirier, Richard. *The Performing Self*. Piscataway: Rutgers University Press, 1992. xii.

法"在创造性和文本空间的再分配上同其主题[文学]相匹敌"、既滞后于俗世现实又滞后于思想论著的当代批评的道德意志之上(10),《起始》的方法就成为一种自我放逐和思想历险。萨义德颠覆了教条性批评从文本"客观"导出批评主观,从"客观"理论/认知模式导出文本意义的单一程序,打破了小说与批评、批评与理论、文学与理论之间的等级关系,也打破了学术与人生的区隔,因为萨义德成功地将价值确立和认识活动、理论性语言与创造性语言、思想的辞令作用(及意义)与语言的隐喻作用(及意义)、批评观念的理论形态与批评观念的实践形态等融入方法和方法原则之中。

为此,《起始》对理论著作的分析,从根本上说,并不是要暴露其理论之短或因循其理论之理,而是要探究其方法之长并形成自己的方法之思。萨义德的章节安排正是对这一探究过程的隐喻与象征。萨义德在先是阐述小说,后又阐述马克思、尼采、弗洛依德、索绪尔、德里达、福柯等理论家的三个核心章节中,遵循了基本的时间脉络,却将对维柯的阐述置于了结语之中。以时间脉络为主的章节结构,寓意了在文明既是发展也是退化的过程之中,人先是认识已被创造之知识,后又在该知识、该认识基础上进行创造之过程,寓意了人先是发现问题、继而寻求解决问题之道的起始之过程,也寓意了由解读文学之行为生成起始性认识和起始性知识的批评过程。推进这一过程的力量,便是上述道德意志。而起始之意义在结语一章中的明朗化,结语在时间上的返回,则仿佛具有"复审"或"申诉"意义,是"以便于恢

第四章 萨义德的民主批评:梭罗的回归?

复到感官方面创造性的野蛮情况"的"复演",①仿佛是一个已经进入晚期的文明向着青春的返回,寓意了并非时间开端的起始的真正含义。

正是由于这种具有道德性的探索过程和美学价值的存在,《起始》对福柯的借鉴,便与其对福柯的批判成为一体。起始之主题,与福柯的疯癫主题极为相似。后者,如巴尔特所说,不是一种疾病本身,也不是"一种疾病分类现实"或"需重新找出其历史的一种认识对象",而是一种既具历史性又具认识论意义的"功能现实"。② 但是,萨义德将作为认识对象和功能现实的起始主题,置于了语文学和认识论的融通性分析框架之中。萨义德的分析,既吸纳了奥尔巴赫的分析方法和表达形式,又汲取了瓦雷里的象征主义理念。奥尔巴赫所坚持的分析方法和表达形式超越现成概念、陈词滥调、百科全书式思维、时间线性顺序以及地理或类型学分类,包容"丰裕的材料"和视角,③瓦雷里则视"想象性抽象或理论性概述"为"思想之启示和供体",用各种象征方法把对"影响"之概念的"线性(庸俗)构想"转化为"开放且充满可能性的领域"(14-15)。④ 由于起始主题的现实功能性和认识论意义不仅建立在智性内涵之上,同时也建立在美学价值

---

① M. H. 费希:《英译者的引论》,载维柯:《新科学》,朱光潜译,人民文学出版社 1986 年版,第 43 页。

② 罗兰·巴尔特:《罗兰·巴尔特文集》,怀宇译,北京:中国人民大学出版社,2010 年,第 198、199 页。

③ Auerbach, Erich. "Philology and Weltliteratur." *The Centennial Review* 13.1(1969):14.

④ 萨义德在《起始》中明确指出,瓦雷里"给我提供了一种我可以直接借鉴的写作方式"。见 Said, Edward W. *Beginnings: Intention and Method*. New York: Basic Books, 1975.14.

和道德意志之上,《起始》并未像福柯的《疯癫与非理智》那样,成为巴尔特所描述的"结构的历史"或话语模式的历史。① 萨义德坚持批评须立足于语言和形式的判断,因为萨义德的目的是要探索个人在方法、语言和形式层面突破福柯所说的结构和话语概念类型的可能性。正因为如此,《起始》得以在人类自我教育式的总体历史演进与个体自我教育式的知识和文本行为之间,以及与作为个体的人之研究方法之间,建立了互喻互促关系。

如果说通过阐述小说和思想论著来探索和实践自己的批评理念是《起始》的根本目的,那么,从表面上看,《起始》似乎从一开始就是偏题之作。但是,萨义德正是通过建立一个隐喻性和延伸性的连贯过程,对立足于人之本质的批评理念和批评方法自始自终进行着一种近乎是戏剧化的摸索和实践。而对这一过程的展示,正如理查德·波伊莱尔所说的那样,通过在写作中运用个人力量"组构自我"之活动,为"具有可能性的政治和社会活动提供了可被视见的范例"。② 当然,波伊莱尔对道德意志在个人力量中的作用只字未提。的确,《起始》并未能促成批评流派或理论模式的形成,也不是毫无漏洞、清晰澄澈的完美论述,更未直接涉入政治批判,因此,完全不讨学术界欢心。正如杰拉德·布朗斯所说,《起始》一经问世,就"有人在窃窃私语:萨义德怎么写了这么一本无可救药、无法卒读的书,一本到底是关于什么的书? 它跟文学有什么关系? 他就这么毁了自己成为康拉德

---

① 罗兰·巴尔特:《罗兰·巴尔特文集》,怀宇译.北京:中国人民大学出版社,2010年,第200页。

② Poirier, Richard. *The Performing Self*. Piscataway:Rutgers University Press,1992. xvi.

学者,或成为 19 世纪专家的荣光事业"(265)。① 但这正是萨义德的方法原则和批判性之所在。在他看来,一个担负人之责任的批评家,就应该像波伊莱尔一样,"无法被打包带走,也无法被化为小小公式而为人习得"。② 在这个意义上,萨义德几乎拥有了梭罗的风范。正是在这样的意图之下,让方法同时成为批评的客体和主体的《起始》,成为了《东方学》的奠基之作。当然,对《起始》报以惋惜之情的学者们,决不会由《起始》而预见到《东方学》的成功。只是,布朗斯在写下上述言语时,《东方学》或许还处在付印过程之中,但他却无意间预言了《东方学》在学术界被模式化和体制化的最终命运:萨义德低估了学术王朝对"老去的上帝和他们的高卢后裔们"强大的吸收同化能力。③

三、从音乐到晚期

如果说当代批评便是高度理性化、高度制度化了的文明的表征,那么,卡勒等学者所为,就与维柯乃至萨义德试图在个人层面创造神话气质的努力形成截然相反之势。无论是《东方学》还是《起始》,其实都阐明了这样一个理念:当作为批评的写作,为当下"已被腐坏了的语言和思想形式"提供一种"新的语言"、

---

① Bruns, Gerald L. "Edward Said's *Beginnings*." *Philological Quarterly* 57.2(1978):265.
② Said, Edward W. Foreword. *The Performing Self*. Richard Poirier. Piscataway:Rutgers University Press,1992. xiii.
③ Bruns, Gerald L. "Edward Said's Beginnings."*Philological Quarterly* 57.2 (1978):265.

激活一种新的"理解过程"时,①当写作者在"因为体验了另一个人的诗歌而出落为一个更好的、更完整的人"时,批评便带有了"无可征服的诗性含义"。② 伟大的诗歌所构成的时空,在萨义德看来,"融合了其他著作,将它们混合'在一个思想之中'",因为诗性是青春气质的动力、表征与结果。诗性,作为意象是缺失的,作为创造是人性的、博大的,因而,诗性不仅对维柯的人性观、历史观和知识观具有描述作用,也"对起始具有描述作用"。③ 萨义德之所以将福柯称为"离经叛道的现代艺术家",将其论著称为"思想的诗学",④是因为萨义德所说的诗性,不是美学至上主义的反映,也不是抹煞文学和批评之区别的结果,而是对方法及其背后的认识论模式和写作模式的一种诗性描述。这样的诗性,类似于克尔凯郭尔等近现代思想家观察事物时所坚持的美学之奢侈与宗教之敬畏的双重视角,接近于维柯复演青春气质的诗性智慧,也接近于肯尼斯·伯克理性逻辑和隐喻视角中的诗性理想。

诗性,如伯克所说,是可以创造更广阔的行为空间、融合更为广阔的人之关系、包含更为丰富的激励作用的非二元对立、非实证主义认知方式、思维方式和表达方式。诗性方式,"与象征符号运用的另一面即规约律法的繁殖相悖反",不仅建立在"偏

---

① Higgins, John. "'Criticism and Democracy': An Interview with Edward W. Said." *Pretexts* 10.2(2001):156,157.

② Said, Edward W. *Beginnings: Intention and Method*. New York: Basic Books,1975. 22,35.

③ Said, Edward W. *Beginnings: Intention and Method*. New York: Basic Books,1975. 21,365.

④ Said, Edward W. *Beginnings: Intention and Method*. New York: Basic Books,1975. 338,289.

轨"动机之上,①还最大限度地包容相互争斗、强化或否定的所有元素,从而获得"超越观点所带来的所有矛盾冲突"的诗性识见,实现一个"完全的道德行为"。② 与在本质上被用作"麻醉剂"或"止痛剂"的语义理想不同,诗性理想的价值只有在其发出声音之时方才具有意义,因此其风格就是"道德寓意,就是呈请,当然是质量意义上的呈请,而不是成功意义上的呈请"。③

由于诗性所包含的认识论和方法论含义,就是关乎真与关乎实的道德意志、思想能力、批判能力、言辞能力和美学能力的水乳交融,在《人文主义与民主批评》中居于核心位置的第三章"回到语文学"中,萨义德呼吁批评回到"语文学的英雄主义"和解释学革命之中,回到"阿多诺的那种诗意的洞见和辩证的天赋"之中,从而成为令"多样化和差异性展开奇异可能"的"多层面的分散性之统一"或"组合表演"。④ "组合表演"是萨义德对诗性的方法论含义更为生动而准确的诗性描述。可以说,在东方学、起始和音乐等主题之间,在《起始》、《世界、文本与批评家》、《东方学》、《知识分子论》和《人文主义与民主批评》等论著之间,这些论著本身都构成了一种组合表演。但是,由于表演是

---

① Burke, Kenneth. "The Poetic Motive." *Hudson Review* 11.1(1958): 57.

② Burke, Kenneth. *The Philosophy of Literary Form: Studies in Symbolic Action*. Berkeley: University of California Press, 1973. 148.

③ Burke, Kenneth. *The Philosophy of Literary Form: Studies in Symbolic Action*. Berkeley: University of California Press, 1973. 150, 167.

④ 爱德华·W·萨义德:《人文主义与民主批评》,朱生坚译,北京:新星出版社,2006 年,第 68、84 页;Said, Edward W. *Beginnings: Intention and Method*. New York: Basic Books, 1975. 373; Said, Edward W. *The World, the Text and the Critic*. New York: Vintage Books, 1991. 129, 138.

音乐的本质所在,萨义德的音乐论著,如《音乐之阐发》和《论晚期风格》等,就通过对音乐的阐述,间接阐发和直接实践了其所提倡的批评方法,因而是萨义德论著中最具方法论含义的组合表演。

《音乐之阐发》和《论晚期风格》借音乐论批评的意图毋庸置疑。出版于1991的《音乐之阐发》是萨义德1989年受加州大学尔湾分校批评理论学院之邀所作的韦勒克图书馆讲座。而《论晚期风格》则如其副标题所示,是对"反本质的音乐和文学"的散论。但是,在音乐学者凯瑟琳·弗莱看来,这种偏题就是理论杂芜的具体体现。弗莱认为,萨义德的音乐阐述把艺术同时视为一种美学现象和社会结构的一部分,因而是自相矛盾的,其音乐思想根本无法被嫁接到理论空间,因为复调音乐的确允许矛盾的存在,而关于历史哲学的理论冲突则必须得到解决。[①] 与用区隔、排他和线性视角审读萨义德的弗莱不同,萨义德的挚友丹尼尔·巴伦博伊姆明确指出,萨义德常常"经由音乐阐述思想,经由音乐获知结论",音乐是萨义德"对关于非音乐问题之思考的反映"。[②] 巴伦博伊姆所指,并非一般意义上的跨学科思维,而是《格格不入》中的少年萨义德"游刃有余地在不同的书本之间和理念之间找到关联"的诗性能力,[③]是《论晚期风格》中的阿

[①] Fry, Katherine. "Elaboration, Counterpoint, Transgression: Music and the Role of the Aesthetic in the Criticism of Edward W. Said." *Paragraph* 31.3(2008):278.

[②] Barenbolm, Daniel. "Sound and Vision." *The Guardian* 25 Oct. 2004:11.15, http://www.guardian.co.uk/music/2004/oct/25/classicalmusicandopera1.

[③] 爱德华·W.萨义德:《格格不入:萨义德回忆录》,彭怀栋译,三联书店2004年版,第205页。

第四章　萨义德的民主批评:梭罗的回归?

多诺作为音乐家却从不把音乐当作唯一的职业、作为哲学家却把音乐当作主题的晚期能力,也是古尔德在出色地完成一件事情时"却在暗示他同时在完成另一件事情"的隐喻性思维能力。①

这种以维柯的语文学阐释学和奥尔巴赫的"新的形象分配"法为核心的诗性能力,②在萨义德看来,是导致最有价值的现代音乐著述多产生于人文学科而非追求纯粹技术性的音乐研究领域的根本原因。但是,萨义德认为,像阿多诺那样经由音乐阐述意识形态、社会空间、权力或自我的形成等宏大问题的思想家,在当代人文学术文化中也已经不复存在,因为当代人文学术也深陷技术性泥沼、受缚于行业共识、纠缠于细枝末节性。正因为如此,萨义德毫不附庸地称自己为"最为坚定"却并非"无能"的"业余者",一个将当代文学思想用于音乐思考,既不依附人文界也不傍靠音乐界,把西方古典音乐视为文化场域,把在该场域中所识见到的文化研究的问题当作音乐阐述之根本宗旨的自我放逐者。③

在自我放逐所产生的偏轨视角中,萨义德识见到了演奏和批评之间的本质共性:两者都是波伊莱尔在《表演的自我》中所说的"表演"。"表演",与维柯的自我教育具有共性,发生在"试图掌控局面的毁灭性冲动从材料中导出最无可化约、最纯净澄

---

① Said, Edward W. *Musical Elaborations*. New York: Columbia University Press, 1991. 33.

② 爱德华·W. 萨义德:《人文主义与民主批评》,朱生坚译,北京:新星出版社,2006年,第125页。

③ Said, Edward W. *Musical Elaborations*. New York: Columbia University Press, 1991. xv, xvii, xxi, xvii.

明因而也是最美妙无比之本质"的时刻。① 由于表演是将材料、形式、自我的思想和情感统一在符号之中的知性过程,其在本质上是诠释行为,其根本要素是"自我谘商"和"示之于人"。② "自我谘商"与维柯所说的自我教育或自修自习相吻合。"示之于人"则强调了将认识和知识现实化和外在化的方法和形式的必要性和重要性。在萨义德的著作中,古尔德的演奏就是对表演本质的有效描述,对批评本质的寓言式启示。萨义德指出,古尔德的演奏,根据已有音调系列与组合技艺,在经验、知识、智识以及创造性力量的基础之上,创造出了一种展现思想过程的新的"美学结构"和"诠释艺术",既包含了"修辞学风格"、高度的技巧性,又借此有效地成为"理性能力和美学上之美的一种论证"。③ 如果说古尔德的演奏,就是对整个批评过程——从组合现有知识到诠释对象作品再到书写行为——的隐喻,那么,古尔德的演奏所具有的"表演"品质,便是对批评之品质的有效描述:既立足于俗世人性,又不妥协于表演的再诠释和复制性本质;方法和形式本身虽并不具有确定的思想意识形态和社会价值,但却因人之作用而具有了诠释自身的可能性。只有当这种可能性成为现实时,即方法和形式被赋予思辨性和美学性的独立品格时,批评,才有可能像古尔德的演奏一样,构成对躲避在语义理想中、将自身等同于"琐细、肤浅"的标准化书写行为的所谓"道德义

---

① Poirier, Richard. *The Performing Self*. Piscataway: Rutgers University Press, 1992. 87.

② Said, Edward W. *Musical Elaborations*. New York: Columbia University Press, 1991. 1.

③ Said, Edward W. *Musical Elaborations*. New York: Columbia University Press, 1991. 129、123、131。

务"的有效抵抗和批判,[1]批评者才有可能像古尔德一样成为对抗性思潮中的一员——集"音乐家、教师、'品格之人'和演奏者"于一身的思想者,[2]也即"作为艺术大师的知识分子"。[3] 萨义德指出,"作为艺术大师的知识分子"是古尔德的表演所提出的"一个有关知识分子的解放和批判性的论点"。[4] 萨义德之意,并不是要让知识分子成为字面意义上的艺术大师,而是敦促作为知识分子的批评家,在声称对抗之时,也将对抗和起始之意图、将自我谘商和示之于人的品质,有效贯穿于研究方法和书写形式之中。

作为艺术大师的知识分子和作为表演的批评这两种描述,隐含了批评的三个责任对象:自身的思想和方法,诠释自身的诠释者即听者或读者,以及被诠释对象。在责任对象中不包括规范、体制和利益。履行前两种责任,在萨义德看来,就是实现对自身及听者/读者智识和情感的挑战。古尔德将音乐的技术性特征和音乐的越界性、无语性本质推向极致,不仅促使自身也迫使听者,从僵硬的音乐会、杂志、评论习惯中,从类似于"警察体制"的符码、体制、教条性语言中脱身而出,[5]抵御与"阅读的退

---

[1] Burke, Kenneth. *The Philosophy of Literary Form: Studies in Symbolic Action*. Berkeley: University of California Press, 1973. 162.

[2] Said, Edward W. *Musical Elaborations*, New York: Columbia University Press, 1991. 26.

[3] Higgins, John. "'Criticism and Democracy': An Interview with Edward W. Said."*Pretexts* 10. 2 (2001):157.

[4] 爱德华·W. 萨义德:《论晚期风格》,阎嘉译. 北京:三联书店,2009年,第121页。

[5] Said, Edward W. *Musical Elaborations*. New York: Columbia University Press, 1991. 56.

化、读写能力的退化"同义的"听觉的退化",①从而在自身与表演者的联系中"建立了一个独特有趣、具有可塑性的美学空间"。② 履行对被诠释对象的责任,便是在充分意识到如下前提:被诠释对象同样也处在诠释行为之中、同样也在履行或未履行以上两个责任,即把被诠释者视为同样也在进行着建构的诠释者的前提下,通过自身的建构,将该对象归还于其所建构和其身处其中的美学和社会空间之中——不仅是社会和历史语境,而且是思想和方法语境、音乐文化史和音乐技术史语境之中。对自我、读者/听者、诠释对象的责任貌似不同,实则相辅相成。而履行这些责任,从根本上说就是履行方法之责。在《起始》中,萨义德赞扬瓦雷里的论著《列奥纳多、坡、马拉美》是对"一个自身也处在主动的建构行为中的列奥纳多"的建构(61)。③ 在《音乐之阐发》和《论晚期风格》中,萨义德多把处在诠释行为中的演奏者或思想家作为自己的诠释对象:诠释着托斯卡尼尼、瓦格纳和贝多芬的阿多诺,诠释着18世纪的施特劳斯,诠释着兰佩杜萨的小说《豹》的电影《豹》,诠释着巴赫的《哥德堡变奏曲》的古尔德,等等。无论是瓦雷里的诠释还是萨义德的选择,都一方面隐喻了诠释与自我、诠释与读者/听者、诠释者和被诠释者的关联关系,另一方面隐喻了担负以上责任的对位法和变奏曲式的

---

① Higgins, John. "'Criticism and Democracy': An Interview with Edward W. Said."*Pretexts* 10.2 (2001):157.

② Said, Edward W. *Musical Elaborations*. New York:Columbia University Press,1991.117.

③ Said,Edward W. *Beginnings:Intention and Method.*. New York: Basic Books,1975.61;Paul Valéry, *Leonardo, Poe, Mallarmé*. Trans. Malcolm Cowley and James R. Lawler. London:Routledge and K. Paul,1972.

第四章 萨义德的民主批评:梭罗的回归?

诠释方法或批评方法。

将两个或几个既相关又独立的旋律合成一个单一的和声结构的对位法,以及变化而不是消除主题、把主题同时作为一种被启示和被改变的对象的变奏曲式,在《音乐之阐发》的第二章中得到了最为有效的描述和体现。在该章中,萨义德由德曼的政治态度谈起,随即转向阿多诺、勋伯格、托马斯·曼、福柯、瓦格纳等。在这样的并置解读中,萨义德识见到了表面上迥异的思想家和小说家之间所具有的"镜像般效果"的传承或"主调":阐发"渐增性和末日性力量"的福柯,在"摹仿性的、对位法的、醉人的音乐知识中"看到了"一个伟大文明毁灭性坍塌之寓言"的托马斯·曼,在诠释贝多芬音乐风格的过程中建立了"关于退化的音乐学哲学"的阿多诺等。① 萨义德指出,共同的主乐调决定了这样一个事实:无论是套用福柯的理论来诠释阿多诺,还是套用阿多诺的理论来理解曼,都必然重蹈末世论、总体论和"自我反思性的自我中心性"覆辙(51),陷入循环定义的谬误之中,因为当"讨论之门已被完全重叠的历史和音乐理论关闭封锁"时,唯一的讨论方式便是"用依赖音乐的隐秘性和越界性特点的理论来诠释历史,又反过来用历史的决定性和'客观性'特点来诠释音乐"。② 为此,在商人和专家看来,古尔德是"奇人"或"极具天赋的钢琴家";③在人文学者看来,《尼伯龙根的指环》中阿尔贝

---

① Said, Edward W. *Musical Elaborations*. New York: Columbia University Press,1991. 45,51,47,48,47.

② Said, Edward W. *Musical Elaborations*. New York: Columbia University Press,1991. 51,49.

③ Said, Edward W. *Musical Elaborations*. New York: Columbia University Press,1991. 34.

利希表达强烈控制欲望的唱词和尖利、强硬的唱腔,《纽伦堡的名歌手》中萨克斯唱出的对德国艺术无限赞美的坚实而纯粹的全音阶音乐,都是瓦格纳歌剧的"主调"。这样的解读都是主调音乐式诠释的具体体现。

与这种诠释方法不同,萨义德将瓦格纳归还到音乐史的语境之中,对他进行交融了政治意义和美学意义的重构。在萨义德看来,《纽伦堡的名歌手》让音乐成为普通人生活的一部分,让音乐在这些同时也是音乐家的普通人唱出被公众接受的歌曲时成为生活之褒奖,构成了对歌剧自身帝国主义意识的反叛,为音乐自身开拓出了"一整套社会选择"。[①]《尼伯龙根的指环》用超越常规的长度和规模,打破了古典音乐和谐、平衡、约束之戒律,将无休止的欲望、权力和争端反复体现在"重构、修正、重新诠释"的结构之中,让"剧中交响乐的发展"隐喻了"竞争性的资产阶级社会的发展",对音乐愈发陷入"沉思冥想、自我关涉和装饰摆设"状态的事实进行抵抗。[②] 显然,萨义德对瓦格纳的解读,不单单是要启明音乐的社会性和越界性本质,而且是要在呈现主调音乐式批评的根本误区的同时,彰显尊重俗世和历史的对位及变奏式批评方法的必要性与合理性。

对于对位和变奏式批评方法的隐喻和实践,在《论晚期风格》中,是由音乐家和文学家的艺术晚期风格来完成的,也是由萨义德将音乐家和文学家、诠释者与被诠释者并置解读的批评晚期风格来完成的。无论是音乐家和文学家还是萨义德自身的

[①] Said, Edward W. *Musical Elaborations*. New York: Columbia University Press, 1991. 60.

[②] Said, Edward W. *Musical Elaborations*. New York: Columbia University Press, 1991. 70, 66.

晚期风格都表明,晚期风格如若不能"表现出要在形式上维系自身"、在方法上维系自身的意志,便会让青春气质随同晚期生命一起衰竭消殒。为此,晚期风格,同批评方法一样,"既是客观的,也是主观的",是形象,也是风格、形式、存在、智慧、意志和智识。① 如晚期风格所示,只有当对自我、读者、被诠释对象的责任意志在方法和形式上维系自身时,诠释行为才可以在庞大而厚重的先在知识语境下,成为在"重新发现和返回"过程中的创新,成为发现和阐明自身论点的重新发现和返回。以诠释为核心的批评,就是"创造性地重复和再体验的一种形式"。② 无论是萨义德在《东方学》中对东方学的解读,还是萨义德在《起始》中对各种理论论著和小说作品的解读,在《音乐之阐发》与《论晚期风格》中对音乐家和演奏家的解读,都是这种创造性的重复和再体验。这种融合了主要生产内部张力的智识性和主要生产外部张力的戏剧性的批评,被萨义德称为"复调创作"、"接受的二重性"、"研究性的或批评性的艺术"。③

结 论

萨义德的批评,归根结底,就是对自身作为人的本质的阐发

---

① 爱德华·W.萨义德:《论晚期风格》,阎嘉译.北京:三联书店,2009年,第15、8页。
② 爱德华·W.萨义德:《论晚期风格》,阎嘉译.北京:三联书店,2009年,第127、128页。
③ 爱德华·W.萨义德:《论晚期风格》,阎嘉译.北京:三联书店,2009年,第12、130页;Higgins, John. "'Criticism and Democracy': An Interview with Edward W. Said." *Pretexts* 10.2 (2001):159.

和完善,是萨义德不断在批评行为中汲取力量、不断建构相异于由社会和家庭建构而成的第一自我的"第二自我"、不断寻找自己的领土——"不是社会领土,而是思想领土"——的过程。① 正如诠释贝多芬晚期风格的阿多诺,同时也汲取其晚期的青春气质并成就了自己的晚期形象一样;正如诠释首次以理性方式创作作品的巴赫的古尔德,同时也汲取其创新力量并成就了自己的知识分子形象一样;② 诠释阿多诺、古尔德等的萨义德,也汲取并再构建自己的智识能力和美学能力,不断构筑自己的艺术家知识分子形象。吉姆·米罗德将萨义德学术写作的基础称为"半自传性的自我意识"并不为过。③ 当然,萨义德对第二自我的建构,并非自我歌颂式或展现自我个性的戏剧化表演,而是不断从自我强加的放逐中获得青春气质从而获得对抗和起始的知识探索。这个意义上的萨义德类似于波伊莱尔笔下的梭罗:"梭罗就是他的风格,他的风格本身就是他的著述的主角:他的风格在本质上就是作者的自我,是作者所汲取的各种不同的自我,是主角兼诗人的创造力的镜像。"④ 正因为如此,萨义德的著作既有象征理论、现象学理论、后结构主义理论、传统人文主义理论、马克思主义理论等的印记,却又不是其中任何一种的完形

---

① 爱德华·W.萨义德:《格格不入:萨义德回忆录》,彭怀栋译.北京:三联书店,2004年,第267、284页。萨义德所说的第二自我并非弗洛伊德的第二自我概念。

② 爱德华·W.萨义德:《论晚期风格》,阎嘉译.北京:三联书店,2009年,第132页。

③ Merod,Jim. "The Sublime Lyrical Abstractions of Edward W. Said." *Boundary* 2 25.2(1998):117.

④ Poirier, Richard. *A World Elsewhere*. London: Oxford University Press,1966.20.

第四章　萨义德的民主批评:梭罗的回归?

复制或典型代表;既涉及多种主题和各种关系,又不被主题的意义和关系中的矛盾所钳制,而是将它们都融入了自己的思想之中,融入了自己的第二自我之中。这便是萨义德论著最终的方法论含义所在。

萨义德将知、言、行集于学术实践之中,将认知意义和道德意志集于方法和语言之中,萨义德执着于拯救,与梭罗有着不可忽视的共性。但是,萨义德终究不是梭罗的回归。萨义德一生热衷于政治,乃至可以用扔石子的孩童之举表达政治愤怒,与从不给予政治过多价值的梭罗截然不同。萨义德一生皆在身份——种族身份、文化身份、宗教身份——的困境中煎熬,与从不屑于社会角色的梭罗截然不同。萨义德生长于中产家庭,并选择在成年后继续以中产职业延续富足的中产生活,与从不屈就于任何职业、自甘贫穷的梭罗截然不同。萨义德一度成为媒体的追逐之星并似乎欣然于"星"之角色,与从来鄙夷众人评价的梭罗截然不同。萨义德并未在死亡的阴影中找到除文字和思想之外可以代表永恒的事和物,与从不将死亡视为人生之阴影、认为永恒也包括死亡的梭罗截然不同。或许,这种不同是因为两个时代不同。但是,梭罗之伟大,正是因为当历史的洪流将自我中心主义和工具理性主义愈来愈多地裹挟进个人心脑时,当历史的洪流愈来愈剥夺个人以个人感受和个人认知的方式探索道德秩序、宇宙秩序和社会秩序意义的权利时,当历史的洪流愈来愈缩减乃至完全占有了原本应该由人来探索这些秩序的空地时,他可以像一个古希腊思想家那样,从自我走向自我之外,从人之中心走向人之外,开辟一片天地,让内与外在那里交流,从个人感受出发,探索大秩序中的人,而不是人造物框架中的自然秩序。如果萨义德的道德动机无法从功利动机中摆脱出来而成为最高动机,萨义德便不是梭罗的回归。但是,萨义德具有宽广的同感心,拒绝用抛弃良善的方式讨论道德或学术,拒绝程序性模式,因而完全可以配得上知识分子典范的称号。尽管如此,梭罗的精神性和执着性确实踪迹难觅了。

参考文献

Abbott, Philip. "Henry David Thoreau, the State of Nature, and the Redemption of Liberalism." *The Journal of Politics* 47. 1 (1985): 182-208.

Adorno, Theodor W. *Notes to Literature*. Vol. One. Trans. Shierry Weber Nicholsen. Shanghai: 上海外语教育出版社, 2009.

Anderson, Quentin. *The Imperial Self*. New York: Vintage Books, 1971.

Arac, Jonathan. "Criticism between Opposition and Counterpoint." *Edward Said and the Work of the Critic*. Ed. Paul A. Bové. Durham: Duke University Press, 2000.

Arendt, Hannah. *Crises of the Republic*. New York: A Harvest Book, 1972.

——. "Philosophy and Politics." *Social Research* 71 (2004): 427-454.

Arnold, Armin. "Transcendental Element in American Literature: A Study of Some Unpublished D. H. Lawrence Manuscripts." *Modern Philology* 60. 1 (1962) 41-46.

Arnold, Matthew. *Culture and Anarchy and Other Writings*. Cambridge: Cambridge University Press, 1993.

Aristotle. *Nicomachean Ethics*. Trans. F. H. Peters. New York: Barnes & Noble, 2004.

Auerbach, Erich. "Philology and Weltliteratur." *The Centennial Review* 13. 1 (1969): 1-17.

Barenbolm, Daniel. "Sound and Vision." *The Guardian* 25 Oct. 2004: 11. 15, http://www.guardian.co.uk/music/2004/oct/25/classicalmusicandoperal. January 20, 2011.

Bate, Walter Jackson. "The Crisis in English Studies." *Harvard Magazine* 84 (1982): 46-53.
Bode, Carl. "Thoreau the Actor." *American Quarterly* 5.3 (1953): 247-52.
Bové, Paul A. *Mastering Discourse*. Durham: Duke University Press, 1992.
Brackenridge, Hugh Henry. *Modern Chivalry*. Albany, New York: New College and University Press, 1965.
Brooker, Ira. "Giving the Game Away: Thoreau's Intellectual Imperialism and the Marketing of Walden Pond." *The Midwest Quarterly* 45 (2004): 137-54.
Brooks, Van Wyck. "Creating a Usable Past." *The Dial* 64 (11 April 1918): 337-41.
Bruns, Gerald L. "Edward Said's *Beginnings*." *Philological Quarterly* 57.2 (1978): 255-65.
Burke, Kenneth. *A Grammar of Motives*. Berkeley: University of California Press, 1969.
———. *The Philosophy of Literary Form: Studies in Symbolic Action*. Berkeley: University of California Press, 1973.
———. "The Poetic Motive." *Hudson Review* 11.1 (1958): 54-63.
Cafaro, Philip. *Thoreau's Living Ethics*. Athens, Georgia: University of Georgia Press, 2004.
Campbell, Colin. "The Tyranny of the Yale Critics." *New York Times Magazine* 9 Feb. 1986: 48.
Canby, Henry Seidel. *American Memoir*. Boston: Houghton Mifflin, 1947.
Casey, Edward. Foreword. *The Primal Roots of American Philosophy*. Bruce Wilshire. University Park: The Pennsylvania State University Press, 2000.
Cavell, Stanley. *The Senses of Walden: An Expanded Edition*. Chicago: The University of Chicago Press, 1981.
Chase, Richard. *The American Novel and Its Tradition*. New York: Doubleday Anchor Books, 1957.

Colacurcio, Michael J. "Symbolic and the Symptomatic: D. H. Lawrence in Recent American Criticism" *American Quarterly* 27.4(1975):486-501.

Corey, David D. "Socratic Citizenship: Delphic Oracle and Divine Sign." *The Review of Politics* 67 (2005):201-28.

Culler, Jonathan. "Review on *The Beginnings.*" *The Modern Language Review* 73.3 (1978):582-85.

———. *Structuralist Poetics*. Ithaca:Cornell University Press,1975.

Curtis, Merle. "Intellectuals and Other People." *The American Historical Review* 60:2 (Jan. 1955):259-82.

de Tocqueville, Alexis. *Democracy in America*. New York:Bantam Dell,2002.

Dilthey, Wilhelm. "The Rise of Hermeneutics." Trans. Frederic Jameson. *New Literary History* 3.2 (1972):229-44.

Doren, Carl Van. *The American Novel* 1789—1939. Revised Edition. New York:The Macmillan Company,1940.

Drake, Charles A. "Must We Read the 'Hundred Great Books'?" *The Journal of Higher Education* 11:5 (May 1940):257—261+286.

Drinnon, Richard. "Thoreau's Politics of the Upright Man." *Massachusetts Review* 3(1962):126-38.

Edwards, Jonathan. *A Treatise Concerning Religious Affections*. http://www.ccel.org/ccel/edwards/affections.html. March 3,2014.

Eliot, T. S. "The Function of Criticism." *Twentieth Century Literary Criticism:A Reader*. Ed. David Lodge. London:Longman,1972.

———. "Tradition and the Individual Talent." *Twentieth Century Literary Criticism:A Reader*. Ed. David Lodge. London:Longman,1972.

Emerson, Ralph Waldo. *Essays and Poems by Ralph Waldo Emerson*. New York:Barns & Noble,2004.

Erskine, John. *Democracy and Ideals*. New York: George H. Doran Company,1920.

———."The Future of Radio as a Cultural Medium." *Annals of the American*

Academy of Political and Social Science 177 (Jan. 1935):214-19.

Feidelson, Charles, Jr. *Symbolism and American Literature*. Chicago: The University of Chicago Press,1953.

Fendelman, Earl. " Toward Walden Pond: The American Voice in Autobiography. " *The Canadian Review of American Studies* 8. 1 (1977):11-25.

Fiedler,Leslie A. *Love and Death in the American Novel*. Revised Edition. New York: Stein and Day,1966.

Fisher, Philip. " American Literary and Cultural Lawrence since the Civil War. " *Redrawing the Boundaries*. Eds. Stephen Greenblatt and Giles Gunn. New York: MLA,1992.

Foerster, Norman. "Factors in American Literary History." *The Reinterpretation of American Literature*. Ed. Norman Foerster. New York: Harcourt, Brace and Company,1928.

Foster, Hannah Webster. *The Coquette and The Boarding School*. New York: W. W. Norton,2013.

Freud, Sigmund. *Civilization and Discontents*. New York: Penguin Books,2002.

——. *The Future of an Illusion*. Trans. W. D. Robson-Scott. Garden City, New York: Anchor Books,1964.

Fry,Katherine. "Elaboration,Counterpoint,Transgression: Music and the Role of the Aesthetic in the Criticism of Edward W. Said. " *Paragraph* 31. 3 (2008):265-80.

Gallagher,Catherine. "Politics,the Profession, and the Critics. " *Diacritics* 15 (1985):37-43.

Girard, René. *Deceit, Desire, and the Novel*. Baltimore: Johns Hopkins University Press,1965.

Goodheart,Eugene. "Lawrence and American Fiction. " *The Legacy of D. H. Lawrence: New Essays*. Ed. Jeffrey Meyers. New York: Macmillan,1987.

参考文献

Gourgouris, Stathis. "The Late Style of Edward Said." *Alif: Journal of Comparative Poetic* (2005):37-45.

Graff, Gerald. *Professing Literature: An Institutional History*. Chicago: The University of Chicago Press,1987.

Graff, Gerald, and Michael Warner, eds. *The Origins of Literary Studies in America*. New York: Routledge, 1989.

Gramsci, Antonio. *Selections from the Prison Notebooks of Antonio Gramsci*. Eds. Quintin Hoare and Geoffrey Nowell Smith. New York: Intellectual Publishers, 1971.

Guillory, John. "The Ordeal of Middlebrow Culture." *Transition* 67 (1995): 82-92.

Hammond, Bray. *Banks and Politics in America*. Princeton: Princeton University Press, 1957.

Higgins, John. " 'Criticism and Democracy': An Interview with Edward W. Said." *Pretexts* 10.2 (2001):153-61.

Higham, John. "The Rise of American Intellectual History." *The American Historical Review* 56.3 (1951):453-71.

Hirsch, E. D., Jr. *Cultural Literacy: What Every American Needs to Know*. New York: Houghton Mifflin, 1987.

Hobbes, Thomas. *Leviathan. The English Philosophers from Bacon to Mill*. Ed. Edwin A. Burtt. New York: The Modern Library, 1939.

Hoffman, Daniel. *Form and Fable in American Fiction*. New York: Oxford University Press, 1965.

Hofstadter, Richard. *The American Political Tradition and the Men Who Made It*. New York: Vintage Books, 1974.

——. *Anti-Intellectualism in American Life*. New York: Vintage Books, 1962.

Hussein, Abdirahman A. *Edward Said: Criticism and Society*. London: Verso, 2002.

Hutner, Gordon, ed. *American Literature, American Culture*. New York:

Oxford University Press,1999.

Hutton,Patrick H. "The New Science of Giambattista Vico:Historicism in Its Relation to Poetics." *The Journal of Aesthetics and Art Criticism* 30.3 (1972):359-67.

Ilie,Paul. "Review on *Beginnings:Intention and Method* by Edward W. Said." *Eighteenth-Century Studies* 10.2 (1976—1977):282-83.

James,William. *Pragmatism and Four Essays from The Meaning of Truth*. New York:Meridian Books,1960.

Jay, Gregory. *American Literature and Culture Wars*. Ithaca: Cornell University Press,1997.

Jefferson,Thomas. *Notes on the State of Virginia*. New York:Penguin Books, 1999.

Jehlen,Myra. Introduction. *Ideology and Classic American Literature*. Eds. Sacvan Bercovitch and Myra Jehlen. Cambridge: Cambridge University Press,1987.

Jones,Howard Mumford. *The Theory of American Literature*. Ithaca:Cornell University Press,1965.

Krieger,Murray. *The Institution of Theory*. Baltimore: The Johns Hopkins University Press,1994.

Krupnick, Mark. "Middlebrowism in the American Academy." *American Quarterly* 40:2 (1988):229-39.

Lane,Ruth. "Standing Aloof from the State:Thoreau on Self-Government." *The Review of Politics* 67 (2005):283-310.

Lawrence,D. H. "America, Listen to Your Own." http://209.212.93.14/doc.mhtml? i=classic&s=lawrence121520. May 15,2008.

——. *Studies in Classic American Literature*. 1923 Reprinted Ed. New York: Penguin,1977.

——. Foreword. *Women in Love*. New York:The Viking Press,1950.

Lauter,Paul. "Melville Climbs the Canon." *American Literature* 66.1 (1994):

1-24.

Leitch, Vincent B. *American Literary Criticism : From the 30s to the 80s*. New York: Columbia University Press, 1988.

Lentricchia, Frank. *After the New Criticism*. London: Methuen, 1983.

Lewis, R. W. B. *The American Adam*. Chicago: The University of Chicago Press, 1955.

Lowell, James Russell. "Nationality in Literature. " *Literature in America*. Ed. Philip Rahv. Cleveland: The World Publishing, 1962.

Lyon, Melvin E. "Walden Pond as a Symbol. " *PMLA* 82 (1967): 289-300.

Madison, James, Alexander Hamilton and John Jay. *The Federalist Papers*. New York: Penguin, 1987.

Marx, Leo. *The Machine in the Garden*. New York: Oxford University Press, 1964.

Matthiessen, F. O. *American Renaissance*. Oxford: Oxford University Press, 1941.

Merod, Jim. " The Sublime Lyrical Abstractions of Edward W. Said. " *Boundary* 2 25. 2 (1998): 117-43.

Michaels, Walter Benn. "Walden's False Bottoms. " *Glyph* 1 (1977): 132-49.

Miller, Perry. *The New England Mind : From Colony to Province*. Boston: Beacon, 1953.

Neufeldt, Leonard N. " Thoreau's Enterprise of Self-Culture in a Culture of Enterprise. " *American Quarterly* 39. 2 (2987): 231-51.

Nixon, Jon. " Toward a Hermeneutics of Hope: The Legacy of Edward W. Said. " *Discourse* 27. 3 (Sept. 2006): 341-56.

Paine, Thomas. *Common Sense , Rights of Man , and Other Essential Writings of Thomas Paine*. New York: New American Library, 2003.

Pangle, Thomas. *The Spirit of Modern Republicanism : The Moral Vision of the American Founders and the Philosophy of Locke*. Chicago: The University of Chicago Press, 1988.

Paul, Sherman. *The Shores of America*. Urbana: University of Illinois Press, 1958.

Plumb, J. H. "Looking East In Error. " *New York Times Book Review* 18 Feb. 1979. http://www.nytimes.com/books/99/10/03/specials/said-orientalism.html?_r=2. 2011/10/2.

Poetzsch, Markus. "Sounding Walden Pond: The Depths and 'Double Shadows' of Thoreau's Autobiographical Symbol. " *American Transcendental Quarterly* 22 (2008): 387-453.

Poirier, Richard. *The Performing Self*. Piscataway: Rutgers University Press, 1992.

———. *A World Elsewhere*. London: Oxford University Press, 1966.

Poovey, Mary. "Beyond the Current Impasse in Literary Studies. " *American Literary History* 11. 2(1999): 354-77.

Reising, Russell J. *The Unusable Past*. New York: Methuem, 1986.

Ricoeur, Paul. *The Rule of Metaphor*. Trans. Robert Czerny, et al. London: Routledge, 2003.

Rosenblum, Nancy L. "Thoreau's Militant Conscience. " *Political Theory* 9. 1 (1981): 81-110.

Rubin, John Shelley. *The Making of Middlebrow Culture*. Chapel Hill: The University of North Carolina Press, 1992.

Said, Edward W. Afterword. *Orientalism*. New York: Vintage Books, 1994.

———. *Beginnings: Intention and Method*. New York: Basic Books, 1975.

———. Foreword. *The Performing Self*. Richard Poirier. Piscataway: Rutgers University Press, 1992.

———. *Musical Elaborations*. New York: Columbia University Press, 1991.

———. *Orientalism*. New York: Vintage Books, 1994.

———. "Orientalism Reconsidered. " *Cultural Critique* 1 (1985): 89-107.

———. *The World, The Text and the Critic*. New York: Vintage Books, 1991.

———. "Vico on the Discipline of Bodies and Texts. " *MLN* 91. 5 (1976):

817-26.

Santayana, George. "The Genteel Tradition in American Philosophy." *The American Intellectual Tradition*. Vol. 2. Eds. David A. Hollinger and Charles Capper. New York: Oxford University Press, 1997.

Schiller, Friedrich. *On the Aesthetic Education of Man*. Trans. Reginald Snell. NY: Dover, 2004.

Schueller, Malini. "Carnival Rhetoric and Extra-Vagance in Thoreau's Waldern." *American Literature* 58.1 (1986): 33-45.

Scott, Matthew. "Edward Said's *Orientalism*." *Essays in Criticism* 58.1 (2008): 64-81.

Shklovsky, Victor. "Art as Technique." *Russian Formalist Criticism: Four Essays*. Trans. Lee T. Lemon. Lincoln: University of Nebraska Press, 1965.

Shumway, David R. *Creating American Civilization*. Minneapolis: University of Minnesota Press, 1994.

——. "The Star System in Literary Studies." *PMLA* 112:1 (1997): 85-100.

Spencer, Benjamin T. "A National Literature, 1837—1855." *American Literature* 8.2 (May 1936): 125-59.

Stanton, Phyllis Deery. "Processing the Native American Through Western Consciousness." *Wicazo Sa Review* 12.2 (1997): 59-84.

Strauss, Leo. *What Is Political Philosophy and Other Studies*. Chicago: The University of Chicago Press, 1959.

Susman, Warren I. *Culture as History: The Transformation of American Society in the Twentieth Century*. New York: Pantheon Books, 1973.

Taylor, Charles. *Sources of the Self*. Cambridge: Harvard University Press, 1989.

Thoreau, Henry David. *The Essays of Henry David Thoreau*. Ed. Lewis Hyde. New York: North Point Press, 2002.

——. *Selected Journals of Henry David Thoreau*. Ed. Carl Bode, New York:

The New American Library,1967.

——. *Walden* and *Resistance to Civil Disobedience*. New York: W. W. Norton & Company,1992.

——. *A Week on the Concord and Merrimack Rivers*, *Walden*, *The Maine Woods*, *Cape Woods*. New York: The Library of America,1985.

Tichi, Cecelia. "American Literary Lawrence to the Civil War." *Redrawing the Boundaries*. Eds. Stephen Greenblatt and Giles Gunn. New York: MLA,1992.

Trilling, Lionel. *The Opposing Self*. New York: Harcourt Brace Jovanovich,1979.

Turner, Jack. "Performing Conscience: Thoreau, Political Action, and the Plea for John Brown." *Political Theory* 33. 4 (2005):448-71.

Tyler, Moses Coit. *A History of American Literature*, 1607—1765. 2 Vols. New York: G. P. Putnam's Sons,1879.

Valéry, Paul. *Leonardo*, *Poe*, *Mallarmé*. Trans. Malcolm Cowley and James R. Lawler. London: Routledge and K. Paul,1972.

Vanderbilt, Kermit. *American Literature and the Academy: The Roots, Growth, and Maturity of a Profession*. Philadelphia: University of Pennsylvania Press,1986.

Vico, Giambattista. *New Science*. Trans. David Marsh. New York: Penguin,1999.

Walker, Brian. "Thoreau's Alternative Economics: Work, Liberty, and Democratic Cultivation." *The American Political Science Review* 92. 4 (1998):845-85.

Watt, Ian. *The Rise of the Novel*. Berkeley: University of California Press,1957.

Wenska, Walter P. "*The Coquette* and the American Dream of Freedom." *American Literature* 12. 3 (1977):243-55.

West, Cornel. *The American Evasion of Philosophy: A Genealogy of Pragmatism*.

Madison: The University of Wisconsin Press, 1989.

White, Hayden. *Tropics of Discourse. Baltimore*: The Johns Hopkins University Press, 1978.

——. "Review on Vico: *A Study of the 'New Science'* by Leon Pompa." *History and Theory* 15. 2 (1976): 186-202.

White, Morton, and Lucia White. *The Intellectual Versus the City: From Thomas Jefferson to Frank Lloyd Wright.* New York: New American Library, 1962.

Woodress, James. Preface. *Eight American Authors.* Ed. J. Woodress. Revised Ed. New York: W. W. Norton & Company, 1971.

Young, Robert. *White Mythologies.* London: Routledge, 2004.

Zagorin, Perez. "Vico's Theory of Knowledge: A Critique." *The Philosophical Quarterly* 34. 134 (1984): 15-30.

爱德华·W. 萨义德:《格格不入:萨义德回忆录》,彭怀栋译,北京:三联书店,2004.

爱德华·W. 萨义德:《论晚期风格》,阎嘉译,北京:三联书店,2009.

爱德华·W. 萨义德:《人文主义与民主批评》,朱生坚译,北京:新星出版社,2006.

查尔斯·泰勒:《本真性的伦理》,程炼译,上海:上海三联书店,2012.

基思·萨嘉:《被禁止的作家-D. H. 劳伦斯传》,王增澄译,沈阳:辽宁教育出版社,1998.

凯瑟琳·扎科特:《施特劳斯的真相》,宋菲菲译,北京:商务印书馆,2013.

拉塞尔·雅各比:《乌托邦之死》,姚建彬译,北京:新星出版社,2007.

罗兰·巴尔特:《罗兰·巴尔特文集》,怀宇译,北京:中国人民大学出版社,2010.

Plato: *Apology.*《柏拉图著作集》,本杰明·乔伊特英译,广西:广西师范大学出版社,2008.

萨克凡·伯克维奇:《惯于赞同》,钱满素等译,上海:上海译文出版社,2006.

瓦莱丽·肯尼迪:《萨义德》,李自修译,南京:凤凰出版传媒集团,2006.

维柯:《新科学》,朱光潜译,北京:人民文学出版社,1986.
詹姆斯·杜德斯达:《21世纪德大学》,刘彤等译,北京:北京大学出版社,2005.